東方書店

同時代の中国文学

ミステリー・イン・チャイナ

釜屋 修 監修

同時代の中国文学

ミステリー・イン・チャイナ❖目次

都市と農村のミステリー

記憶のミステリー

老いらくのミステリー

本文挿画＝関乃平 *Guan Naiping*

凡例　本文中、（　）は原著者、［　］は訳者注。

都市と農村のミステリー

部屋と風景

韓　東

石井　恵美子訳

韓東（かん・とう）　Han Dong

一九六一年、南京生まれ、男。父親は作家の方之。文化大革命中、八歳の時、両親といっしょに蘇北の農村に下放した。八二年に山東大学哲学系を卒業。教員などを経て、九四年より専業作家。中国作家協会会員。大学在学中に創作を始め、「第三代詩歌」詩人として注目された。詩集に『白色的石頭（白い石）』（一九九二）がある。八五年に「他們《かれら》文学社」を結成、馬原、蘇童らと、雑誌『他們』を出版した。その後小説も発表するようになり、朱文、魯羊、呉晨駿などとともに「新生代」の代表的作家と呼ばれている。小説集に『我的柏拉図《プラトン》』（二〇〇〇）、長篇小説『扎根（根を下ろす）』（二〇〇三）などがある。

『部屋と風景』では、急速な都市化が始まった九十年代、農村から出稼ぎにやって来た労働者の都市住民に対する刺すような視線が引き起こす不幸な事件が展開する。

三月はずっと、工事は日夜停まず
我らを四月の大楼に憧れさせよ
だが書中にはすでにその十六通りの倒壊が予言された

——『三月の書』

1

都市は毎日建設中だ。誰も望んではならない。いつの日か市長が竣工を宣言し、青空に鎚《つち》の音が響かなくなるなどと。数世紀以来一度きりの静けさの中、陽光はま新しい都市の中心部に注いだ。ちょうどその都市の最初の模型をライトが照らしだしたように。

誰も望んではならない。

市長が雲を突いてそびえるビルのてっぺんに立ち、こう宣言するなどと。おそろしく長い時間を費やした都市建設はついに完了した！　市長がこう宣言するなら、それは彼が身を置く記念碑的建築も崩れ落ちる日となるだろう。

誰も望んではならない、市長も含めて。

都市は毎日建設中だ。その未来の青写真は、何度も書きかえられ（どの市長も就任すると書きかえた）、永遠に完成しない。前任者の誤りを訂正するだけで、ゆうにひとりの市長の任期は満了になる。そして、歴代市長の流れの中にいる現在の市長は、こんなふうに言うのだ。

「都市の未来計画はこんなにも壮大で、一日にして成らずである。我われは数十年、ひいては百年、千年以上の時間を必要とする。こうして、最後の一棟の完成時には、最初の一棟は早くも廃墟になっている。最後の一棟を待つまでもないかもしれない。我われが第十八万棟を完成する時、倒壊はすでに始まっている。さらにわが定方向爆破チームの努力により、繁華街安全爆破の技術を完璧なまでにした後は、いっさいのものを倒し、また建て直すことになろう。建物が生まれたり死んだりするのは万物と同様、それを悲しむ必要はないのである。偉大な建築労働者は永遠に飯《めし》の種に困らない」

2

幼稚園は引っ越していった。二列に並んだ平屋が倒された。解体作業は順調に進んでいる。

土埃《つちぼこり》がはでに舞いあがった。

莉莉《リーリー》は窓を閉めたが、窓辺からは離れなかった。外を見ている彼女の鼻は、ゴムみたいに窓ガラスにぺったり押しつけられている。下では、土埃がしずまり、もともとの幼稚園の教室は側壁ひとつだけが残った。廃墟の中に壁は屹立《きつりつ》し、内壁の石灰層が陽光の下に露わになった。目がくらむように白い壁に赤緑二色で万年青《おもと》が描かれ、絵の下には「好好学習、天天向上［しっかり学び、日々向上］」という決まり文句が色とりどりの飾り文字で書かれていた。教室の内装は一昼夜だけ形を留めた後、解体作業員たちにより、徐々に崩されていった。

莉莉はベッドに寝ころんで、窓の下から聞こえてくる子どもの歌を聞いていたものだ。子どもたちの幼く拙《つたな》い歌声に彼女は心を動かされた。くり返される、先生の先導と子どもの斉唱、手本とまね。彼女と年が同じくらいの先生（声から判断して）が、オルガンを弾いている。とりわけ冬の短い午後に目覚めると（彼女には昼寝の習慣があった）もう黄昏《たそがれ》に近く、室内は明らかに暗くなってきている。眠っているようないないようなぼんやりした意識の中、窓の外の歌声が大雪のように襲ってくると、胸に沁《し》みて死にたくなる。幾度となく彼女は想像した。オルガンを弾く彼女と似たような年齢の娘が、両手の指を鍵盤の左から右へ、右から左へと動かすにつれ、長い髪が乱れて顔の左側を、またさっと右側を覆《おお》う。どんなに演奏の常識に外れていようと、その姿は莉莉の頭から離れなくなった。

オルガン奏者の内心に深く入ったと感じるときもあった。坐って両手を背中に組み、小さな胸をはり、大きな口を開けて歌う子どもたちの前で、思いのままに自分の成熟感を表現する。子どもたちの口調をまねて話し、命令をできるだけわかりやすいことばに翻訳する。そこから何かを学ぶというのではなく、彼女がこんなふうにするのは、自分から望んで低い姿勢になってやるだけなのだ。ある頃から、彼女は幼稚園の先生が自分の理想の職業だと思うようになった。

それ以前は、彼女はよく実家の近くの動物園で克強《コーチアン》とデートした。――それはこのあたりでひとつしかない公園であり、憧れの芝生があった。行く回数が多くなるにつれ、彼女は虎か、何かほかの猛獣を飼いたいと強く願うようになったりもした。もちろん、幼稚園に夢中になった時間のほうがもっと長い。その後、彼女はあの歌声はテープレコーダーから出ていて、自分の分身のような幼稚園の先生など存在しないのではないかと疑うようになった。感動的な子どもの声も、録音室で手を加えられたものじゃないのかな？　彼女はそのことで長いこと失望していた。次に窓の外から迫ってきた歌声にどうしようもなく虜《とりこ》になってしまうまで。

偏見さえなければ、窓の下に見えるのはほんとうの児童の楽園だとわかるだろう。倉庫を改築したふたつの教室――つまり例の合唱の聞こえる屋根――以外に、幼稚園を囲む塀際の一角にある、木製の手すりで作られた広場には、滑り台、木馬、虹色に塗られたブランコが置かれている。莉莉《リーリー》は子どもたちが列を作って出てきて、裏の手洗い場で手を洗うのを見た。すべての手が点検された。だが引率と点検を担当する先生は、想像したような若い女性ではなく、ズボンを引っぱりあげながら、手洗い場の脇の臨時トイレに出入りし、子どもの前でも気にするそぶりもない。横暴ぶりもひどい。莉莉はその先生が男の子にびんたを喰らわしたのを見たことがある。しかも、ぶたれた後泣くのも許さなかったのだ。彼女は五階の窓からこれらすべてを目撃してから、あの感動的な歌声がこの集団、こんな歌の先生からは生まれっこないと思うようになった。

今は、子どもたちも引っ越していき、作業員たちが合唱の聞こえる教室の屋根を剥《は》がした。彼女はただひとつ残った万年青の壁を見た。子どもたちはそれに向かい、何度も歌ったのだ。思いがけず、彼女はついに壁を見た（夢の中で何度も教室に入ったが、そのどれもこれとはちがっていた）。歌の壁もついに倒された。建築作業員は古い煉瓦をきちんと積みあげ、現場をならし、さあ、これから大仕事をするぞと準備を整えた。

莉莉は窓辺を離れ、台所に行った。夫の克強においしいご飯をつくろう。莉莉はまさにその夜身ごもったのだろうか？

3

ビルを建てる計画が許可され、通り沿いから順に六、四、一階建になるという。一階建のすぐ奥が莉莉たちの古ぼけた団地だ。住民の利益はあっという間に脅《おびや》かされる。四階以下は日があたらなくなる。自由に往き来する夏の涼風も。特に一階は、一一九工場の将来の生産現場から十メートルと離れていないし、ビル完成後、彼らは他人の陰で暮らすことになる。

周囲の住民と一一九工場の間にこれまでにない衝突が起こった。

一階が発起人になった署名請願書が全体で採択されなかったのは、よく計算してみると、四階以上の住民のメリットとデメリットが実質上半々だったからである。得難い夏の涼風が少々遮《さえぎ》られ、以前より風通しが悪くなっても、もう道路端ではなくなるのだから、毎日車輪が巻きあげる土埃の来襲も同時に阻止される。それに最前面の六階建は少なくとも四十メートル離れており、陽光はちょうどいい時にちょうどいい角度で六階と六階（住民の建物も六階建だ）の間の深い谷に降り注ぐ。

莉莉《リーリー》は自転車置き場で自転車を出そうとして、一階の邵《シャオ》おばさんに出会った。この人はここの居民委員会［都市部の大衆自治組織、町内会］主任で、連日一一九工場ビル着工阻止のためにあちこち奔走し、目に見えて痩せてきていた。莉莉が太ったの痩せたのといった世間話をちょっとしかけると、邵おばさんのおしゃべりが始まってしまった。みなが知っているこれまでのいきさつをくどくど説明する。莉莉は自転車のハンドルを持ったまま、そこを立ち去るわけにもいかず、だからといってがまんして聞き続ける気にもならなかった。最後に邵おばさんが言った。「おたくら五階はいいわよ、お日様の光は遮られないし、通りから入るほこりはずいぶん減るし。車のクラクションも聞こえなくなるもの。若夫婦ふたりぐっすり眠れるでしょ」

でも彼女は知るよしもない。そうなると莉莉の好きな街の景色も遮られるのだ。これは莉莉にとって放っておいてもいいこととはいえなかった。邵おばさんに言ったってわからない。何を言おうと彼らが労せず大きな財布を拾ったと思いこんでいるのだから。ましてや引っ越してどこへ行ったともしれない幼稚園のことなんて。莉莉の工場が休みの時、街灯に樹影がゆらゆら揺れる街の景色は夜、子どもの声がにぎやかな幼稚園は昼だった。邵おばさんに言ったってしょうがない。おばさんの家は幼稚園の裏門に面していて、子どもの歌声のせいで彼女の耳は静けさを得られなかった。引っ越してくれたのは、不幸中の幸いと言っていい。克強《コーチアン》でさえ、莉莉の幼稚園への溺愛《できあい》を理解できず、妻は将来の子どものために近くにあれば便利だと考えているのだと思っている。

夕飯の席で、莉莉は克強に階下でおばさんに出会ったことを話した。克強もさっき邵おばさんに引き留められ、だいたい同じ内容の話を聞かされたと言った。莉莉はそれを聞いて少しばかり反感が湧いた。もともと一階の住人にはそんなに同情していなかった。いまや不幸を喜びたいくらいの気持ちだ。彼女と克強は例の署名請願書にサインするのを拒んだ。こんなことしたってしょうがないと思ったのだ。事実は彼らが正しかったことを証明した。一一九工場のビルは市政府の重点工事で、一万人の署名請願書があってもムダだったろう。彼らが得する点もあるという人だっているのだから、これはよくよく吟味し、考えてみるべきじゃないか。

土埃のない部屋なら、窓を大きく開けても、毎日テーブルを拭いたり床を掃《は》いたりしなくてもいい。車が疾走する音、カーブをきる音が聞こえなければ、確かに前より落ち着いて眠れる。特に妊娠期間は、いい環境が胎児の成長にどれだけ重要か。遮られることのない陽光が、今までと変わらず、将来ベランダに干してもきりがないおむつを、すっかり乾ききるまで照らしてくれる。下の幼稚園がとり壊されただけだ。何年後かに、私たちが仕事に行っている間、息子はどこにいればいいんだろう？　それから、通りのアオギリの街路樹を遮る一一九工場ビルが息子の将来の視野に悪影響をあたえ、目先のことしか見えない人間になったり近眼になったりしないだろうか？　でも、みんなメリットがデメリットより大きいというんだもの、きっとそうなんだと莉莉《リーリー》は思った。
だが、計算の中で、莉莉は重大な誤りを犯した。時間だ。おなかの胎児の成長と、窓外のビルの伸びは、ほぼ同時に進んでいったのだ。

4

莉莉と克強《コーチアン》はダンスパーティーで知りあった。それから彼女はどうしても彼と結婚すると言いはった。両親はその決意を変えようがなかったばかりか、止めれば、その決意はもっと決然とした、突飛なものになるだろうと思われた。莉莉はたっぷり甘やかされて育った娘だが、ありがたいことにバカではない。彼らは今後に、現実生活で莉莉がよけいに壁にぶち当たることに、望みを託すしかなくなった。だが彼女の生活は始まったばかり。彼らは何を指して壁やつまずきというのだろうか？　彼女ひとりの負担となるつわりの時期か？　はたまた母親が自分の経験をもちだして何度も脅《おど》かした陣痛のことだろうか？　克強と結婚しなければ避けられるものでもあるまい？　両親はむしろそう信じたかった。彼らが反対なのは克強本人だったからだ。さらには本人ですらなく、彼の職業にすぎなかった――ごくごくありふれた機械工場勤め。初めのうち、彼女はたしかに彼の一八四センチの身長と軽やかなダンスステップに魅了された。だが今は、――結婚後一年三ヵ月経って、莉莉は両親よりもさらに現実的になっていた。機械工場勤めだろうと、アメリカに留学した博士だろうと（両親が望む結婚相手はそういう人物だ）、普通の情況だったら、どちらも十分莉莉を妊娠させることができるだろうし、それに、莉莉の陣痛を消すことはどちらにもできない。彼女が必要なのはひとりの男、子どもの父親なのだ。相手に問題となるような病気の家族歴がなく、きわめて正常な生殖能力があって、血液型が自分と同じO型で、子どもの体に恐ろしい溶血反応が起こりっこないなら、その人と結婚して彼のために子どもを産まない理由はないでしょう？　両親の反駁は吹き出したくなるような誤解から発していた。今がどんな時代だと思ってるの？　莉莉がバカまじめに労働者階級にロマンティックな思いをもつなんてありえない。彼女は克強がどんな職種なのかも知らないのだ。組み立て工？　旋盤工？　それとも電気溶接工？　彼女は知らないし知りたくもないし、知る必要も感じない。これは彼女と克強の共通の認識だった。でも、もし夫が経済地理学の博士で、妻たるもの彼の専門について全く何も知らなかったら、自ら妻としての務めを投げだしているとか、少なくとも向上心がないと思われるにちがいない。手間が省ける点から考えても、克強を選んだのは正解だった。彼は露店で選んで買った服のようで、安いかどうかなんて関係ない。身の丈にあっているかどうかがだいじなのだ。

莉莉はこれまで離婚しようと思ったことなんてないし、そのうえ克強のために息子を産もうとしている。両親はどんなにがっかりしているだろう。彼女のつまずきをさらに大きくするため、両親は彼女を実家に連れ戻す考えを捨てた。捨てたけれども安心もできず、莉莉に長期休暇をとらせ、彼女と克強の住まい（莉莉の父親の職場所有の）で出産に専念させた。子どもが生まれ授乳期が過ぎるまで、約二年間莉莉の収入はふた親が補ってくれる。二年経ってからも両親がベビーシッターを雇う金を出してくれる。莉莉がこれまでどおり両親の好意を受けるのは、主に「親の気の済むようにさせてあげるため」であり、彼女は克強《コーチアン》の枕許でこう言った。「パパとママは私たちの結婚と出産で、今まで気にいらないことばっかりだったんだもん」。両親が彼女のために大きな障害物となる壁をまたとり除いてくれたことに、莉莉《リーリー》はまったく思い至らなかった。この障害物は部屋の中にあるじゃまな釘を除《の》けるのと同じく、こっそりとり除かれた。でも両親は彼女の前途にある壁に希望を託していたのではなかったのか？　だからこそ、娘が前途に立ちはだかる壁に気づいてくれるよう希望を寄せる一方、ふたりの娘、いとしい子の体を傷つけたくなくて、老命《いのち》をかけて壁を除いていくのだった。なんと複雑で難解な行動。哀れな親心よ。いま、彼らは最大の壁、死亡、に望みをつなぐしかなくなったのかもしれない。「私たちだっていつまでも生きてるわけじゃないんだよ！」。彼らはこう言って莉莉を脅かした。

5

幼稚園があったところに煉瓦作りの簡易宿泊所が建てられた。屋根にアスファルトシートを敷き木の桟《さん》を打ちつけ、煉瓦で押さえて、農民出稼ぎ労働者の宿舎ができあがった。莉莉は興味津々で彼らの日常生活を観察した。炊事の時、屋根の煙突からどんなふうに煙が上るか、ドアの前の鉄条網に干してある服がどんなにおかしいか。それと、毎朝彼らは狭い空き地にびっしり集まって、ごしごし歯を磨き、うがい水を遠くに吹き飛ばす。莉莉にはどれもほんとうに新鮮だった。窓枠や板戸がない窓を通して、光線がちょうどよく射しこみ、たまに彼らの居室の一角が見えたりもした。どぎつい色彩のはでな模様の掛け布団、ベッドの上にある黄色い寝ござ［涼しくするため夏にベッドに敷く、藺草《いぐさ》のござ］や敷物。彼らの荒っぽいことばやお国なまりに耳を傾けた。裏が桃色のトランプが一枚、イカサマをした人の手で窓から放り出されたこともある。

初めの一、二ヵ月はおそらく彼らが最も快活な（したがって最も愛すべき）時期だった。穀物の収穫が終わった直後で（農繁期にはいつもぎゅうぎゅう詰めの汽車に乗って女房の手伝いに帰る）、まだまだ農民から建築作業員にきり替わっていなかった。彼らは秋の穫《と》りいれや、旅の途中で見聞きした各地の畑の土の湿りぐあいや、農作業の独自の工夫について話しあった。農業の達人として自慢することもできた。工事現場の仕事も少なく、どうせ何人か交代で電気ドリルを使い、一一九工場の敷地のコンクリートにひとつひとつ角穴を開けていくくらいのものだ。大部分の人が休憩している。それこそ農繁期後の休暇みたいに。それに、こんなに爽やかな秋でもあり、後は暇をもてあます冬に突入していくかのように思えた。

たまに夜中にトラックが着いて荷をおろすと、ひとりひとり揺り起こされ、車のライトの光とモーターの唸りの中、列を組んで、セメント袋や長い鉄筋を担ぐ。もっと大きなものならクレーンが必要だ。彼らは寝ぼけ眼で傍《かたわ》らに立ち、あちこち動きまわる強い光と暗闇が作る奇跡を見ていた。団地の住民全体にとって許し難いこの夜間運輸は（都市の幹線道路は昼間トラック通行禁止）、彼ら（出稼ぎ労働者）から見ると、奇跡のように夢中になって喜べるものだった。夜これだけがむしゃら働いておけば、農繁期の疲れでくたくたになった体を休めるため昼間おおいに眠る理由になる。

克強はこの頃から下の工事現場に悪態をつき始めた。彼は昼間仕事に行かねばならなかったからだ。莉莉はもっと寛容な精神を持っているようだった。「つわりの妊婦にも劣るわねえ」、彼女は克強《コーチアン》にやりかえした。

莉莉《リーリー》のつわりが特別寛容だったとでもいうのだろうか。

彼女は昼間の団地で、ひとり暮らしのおばあさんを除いて唯一の人間だった。いや、母子ふたりというべきだろう。莉莉とおなかの子どもと。一、二週間経ち、慣れてくると、ふたり（莉莉とおなかの子ども）の生活リズムは、基本的に下の工事現場と一致してきた。作業員たちが眠る時、ふたりも眠る。作業員たちが働く時、ふたりは窓辺で見ている。長い昼の間、疲れた感じもしないし、するべき仕事もないとしたら（莉莉にとって仕事をする人以上にかっこいいものはない）、どうやって過ごしたらいいのだろう？だから、夜間の突然の喧噪《けんそう》を、莉莉はむしろ歓迎した。それは不眠（昼に寝過ぎて）の苦しみから免れるのを保証してくれる。彼女はいつもめんどうを厭わず上着を肩にはおり、スリッパをつっかけて、灯りが明滅する窓辺の近くで、克強に荷おろしの情況を報告した。文句を言うふりをしながら、内心は、明日の昼はまたぐっすり眠れるわと考えていた。

眠らなかったとして、何ができるというのだろう？　彼らが働くのを見る以外に。彼らだってこのトラックから荷をおろしてしまえばゆっくり眠るはず。彼らが寝ている間、簡易宿泊所の屋根のアスファルトシートや煉瓦や桟をぼうっと見てろっていうの？　実際そうしていたこともたしかにあった。

莉莉にとっても建築作業班にとっても、初めの二ヵ月はふり返る価値のある良い時期だった。春節［旧正月］前後の二十日間、作業員たちは正月帰省し、工事は休みになった。その間に雪が降った。作業小屋に、建材の山に降り、空き地の四角い穴も覆い隠された。旧暦の正月六日、莉莉と克強は莉莉の実家から帰ってきた。窓の外の変化に、彼女は初めは驚き、すぐに飽きた。克強は仕事にでかけた。爆竹はこの街でも禁止だ。周囲は莉莉の慣れない静けさに満ちていた。後に雪はしだいに溶けていったが、かなり長い時間がかかった。およそ十日間も、莉莉は音もなく消えていく雪がもたらす変化を観察した。まず姿を見せたのは、簡易宿泊所の屋根の赤煉瓦、続いて雪の絨毯《じゅうたん》の下で黒くなった木材。雪がいっぱいつまっていた角穴もだんだんへこんでいき、美しい陰影があらわれた。最後に建材が、あっちで一山、こっちで一山、雪の中からあらわれた。ひとりで部屋にいる時、莉莉は、このように積雪と自分のおなかの毎日の変化を観察して日々をやり過ごしていた。それからきっぱりと窓辺を離れ、一日中テレビの前に坐った。それからまたテレビの中の専門家の警告が彼女を引き戻した（窓辺に）。テレビ画面の照射が胎児にとり返しのつかない悪影響を与える可能性があるというのだ。

窓の外の氷雪はすっかり溶けていた。世界は水滴の音に満ちている。莉莉は散歩に出たいと思ったが、克強は彼女がぬかるみで転びやしないかと心配した。彼は、彼女と息子を家に閉じこめるという強硬手段をとった。いまや、彼はこれまでのどんな時よりがんばっていた。毎日八時間（行き帰りの時間はいれないとして）働くほかに、食品やその他必要不可欠なものの購入任務を担当しなければならなかった。時間をやりくりして、莉莉に彼がつきそい、必要な散歩も保証した。食事と片づけを終えて出かけると、もうまっ暗だ。ずっとこの時を待っていた莉莉だが、やっぱり何も見られなかった。克強は、冬は日が短いんだと謝り、夏に散歩する時には見たいものが全部見られるくらい時間があるよと保証した。

「その頃はもう、おなかが大きくて街を歩けないんじゃない？」、莉莉《リーリー》は怒って言った。「そのころには、他人を見て歩くっていうより私が他人に見られるわよ」

犬を連れて歩くようなこんな散歩に、彼女は深く傷ついた。

6

建築作業班が戻ってきた。工事現場はまた賑やかになった。ありがたいことに、蒸気で杭を打つあの恐ろしい音はあらわれなかった。彼らは機械を一台持ちこんで、地表にレールを敷いた。クレーンのブーム［クレーンの腕のように伸びた部分］が、セメント杭のとがった一端を機械の四角い穴に入れる。この穴はおそらく電気ドリルが地面に掘った角穴に対応しているのだろう。どんな動力を使っているのか、十メートルほどのセメント杭がだんだん沈んでいき、最後には穴の中に消えてしまう。機械が移動した後、地面にはセメント杭から出ている鉄筋が数本見えるだけになった。ひとつところに続けて二本の杭を打つこともあるが、同じように地中に沈んでいく。機械が振動し、不安定な騒音を発した。ドアや窓を閉めきっていても、つんと鼻を突くディーゼル油の臭いが入りこみ、シーツやタオル、いたるところにしみついた。それで莉莉は杭を打つ機械は液圧プレス機、それもきっと油圧機にちがいないと一応考えた。

彼女は自分の考えを証明するために克強《コーチアン》に教えを請うたりはしなかった。彼は労働者だけれど、自分が動かす機械以外はどんな機械も知らないと、莉莉は信じている。まして、その動力メカニズムや作動原理なんて。莉莉は自分では克強より賢いと思うし、母になる年齢になってもまだ事物を探求する情熱を保っているのだが、それでも巨大なセメント杭が地中に深ぶかと呑みこまれていくのに驚きを感じていた。庭にあった小山のようなセメント杭が使いきられ、消えてなくなり、全部が地中に沈んだ。体積を計算しただけでも、この時一一九工場の敷地は、以前より二寸高くなったはずだ。ディーゼル油の臭いがしみこんだ髪の下で莉莉は思った。高くなったはずの部分はどこへ行っちゃったのかしら？

暑くて窓を開けずにいられない頃になって、団地の住民たちは窓が開かないことに気がついた。分析によれば、土台が沈下し、窓枠が変形したためで、前面の一一九工場の現場の杭打ちが直接関係していた。続いて建物第三ユニット東寄りの上下六軒ともが壁の亀裂を発見した。亀裂は規則的で、六軒の東西方向の壁の、同じような位置に生じていた。いつか亀裂より東の部分が（トイレも含め）突然崩れ、建物全体からはがれるかもしれない。莉莉は、その時自分がトイレに入っていないこと、また片足が亀裂を跨いでしまっていても、重心を引き戻せることを願うしかなかった。

悲しいことに、莉莉の部屋は一一九工場裏の棟に属すだけでなく、第三ユニット東寄りの六軒のひとつ（五〇六号室）だったため、窓が開かないだけでなく、亀裂の通過箇所にも属していた。それればかりか、莉莉の台所のシンクにも最近ひびが入り、水漏れするようになった。――だがこれは彼らの部屋だけの特別な現象である。漏れだした水は床の亀裂を経て（壁の亀裂と同じ方向）、下の四階の部屋に滴《したた》りおちた。一家で夕飯の食卓を囲んでいた時、落ちてきた水滴がちょうどおかずの鉢に命中したのだそうだ。莉莉は文句を言いに上がって来た林《リン》先生に説明しなければならなかった。あの水は汚くないんです、水を換えて野菜を洗った三回目の水だからと。その頃急速に増殖していたさまざまな音に比べ、いつ来るかわからないノックの音に、莉莉《リーリー》は最も神経質になった。

克強《コーチアン》が近所の人たちみなと同じように、のみと金槌で南向きの窓を開けるやいなや（どうにか閉められるようにもしなければならなかった）、どしゃぶりの雨になった。雨水は広がった窓の隙間から吹きこみ、床を濡らし、各階を隔てている薄っぺらなコンクリート板に吸収されたほか、一部は亀裂の中に流れこんだ。近所の抗議のノックは前よりずっと多くなり、口のきき方も遠慮がなくなった。それにある時、彼女は寝る前に水を使い、機敏な動きができなくなっていたため、洗面器をひっくり返した。莉莉はおなかを蹴られるより恐ろしげな金切り声をあげた。克強は慌てて起きあがり、モップで懸命なあとしまつをした。その結果やはりドアを叩く音がドンドンと響いた。ノックの音はあまりにも激しく、窓の外で吼《ほ》える電気のこぎりの音すらかき消した。

莉莉はドア枠が揺れるのを見て、ドアを破って入ろうとしていると思いこんだ。恐怖のうちに待ったが何も起こらず、四階はひとことも文句を言ってこなかった。克強がドアを開け、ドアに残るはっきりした三つの足跡を彼女に指さした。この後、彼らの家のドアは二度とぴったり閉まらなくなり、鍵をかけるにも特別な技巧と非凡な手首の力が必要になった。

のみと金槌を用いて南向きの窓を開けてからというもの、それ幸いとばかり、団地の家いえは長い時間をかけ室内リフォームを始めた。亀裂を覆うため、彼らは床板をとりつけ、壁を塗り、磁器タイルをはめこんだ。下は工事現場だし、塀も高くないから、大部分の材料をそこから調達する。セメント、砂、煉瓦、山形鋼、鋼管、なんでもある。工事現場の建材の見張りは上司の意を受けて見て見ぬふりをし、さらには電気ドリルをわざわざ出して来て団地の住人に貸し出した。

電気ドリルは団地に一度出て行ったきり一ヵ月以上戻らなかった。一軒の家からもう一軒へ、いちばん遠くの片隅でも、その恐ろしげな喘《あえ》ぎ声が聞こえた。それは団地の壁に何百何千の穴を開け、防犯ドアや温水器をとりつけたり、ベランダの覆いをつけるのにおおいに役だった。特に防犯ドアの設置はまたたく間に流行した。「あの出稼ぎ労働者たちは何でもしでかすような奴らしい」と噂した。明らかに他人《ひと》の電気ドリルを借り、他人の目の前からセメント、砂、木材をとってきているのに、防犯ドアでその他人たちを防ごうとしている。莉莉はどうにも釈然としなかった。

それと同じ噂は、近くの防犯ドア工場に財運をもたらした。一ヵ月のうちに、団地中の莉莉の家を除くすべての家が、防犯ドアをつけた。莉莉の家はいちばん防犯が、少なくとも足蹴り防止が必要だったが、人手がなくてしかたなくそのままにしていた。彼らは部屋のリフォームに絶好のチャンスを失った。将来、いつか電気ドリルの音が止み、土埃がおさまり、彼らが自分たちのボロになった住まいを直さなければならなくなった時、隣近所は躊躇なく連名で抗議をするにちがいない。莉莉が彼らの安らかな時を、彼らの休日と夜をぶちこわすという抗議だ。彼らは莉莉に工事の中断を迫るだろう。部屋があまりにもボロボロになり、どうしてもリフォームしなければならない次の機会が来るまで。それは莉莉と克強の息子がもう結婚する頃じゃないだろうか？　リフォームが終わった家はそのうちの一間《ひとま》を新婚夫婦のために空けることになる。

この未来への想像は莉莉《リーリー》を非常に怒らせた。いま隣人たちはまさに彼女の許可も得ないまま、彼女の安らかな時、彼女の昼と夜をぶちこわしていたのだから。彼女だけじゃない、彼のも、ふたりの息子のもだ。息子の安らかな時、彼の昼と夜。彼女たちは絶対に罪のない被害者だった。この団地の隣近所はすべて彼女に借りがある、それにふたりの息子にも。でも将来、彼ら（隣人）は決して自らの非を認めず、反対に噛みついてくるだろう。考えてみて、彼らが束になって彼女たち母子に加えた害は、彼女が追いつめられてしようがなしにこの数日彼らに与えた迷惑に比べれば、まったく比べようもない。とうとう莉莉は気がついた。団地の住民すべてがリフォームに熱心だというわけじゃないんだ。自分が彼女のような損な立場に落ちないよう、懸命に反撃しているだけなんだ。いわゆる敵を一万殺し、味方を三千失うということ。あるいは、敵を三千殺し、味方を一万失っても惜しくないということ。

いわゆる、葡萄《ぶどう》を食べられなかったものが、その葡萄は酸っぱいと言うってやつだね。心穏やかな時はまだ、莉莉は自分の考えに対して、十分誠実で冷静でいることができた。

7

いわゆる、便宜を図ってくれた人には強いことは言えないというやつだった。住民たちが工事現場から建材や工具を持ち出してから、建築作業班の作業時間は延長になった。夜間作業許可証がない状況下で、彼らは灯りをつけて夜間の戦いに臨み、電気溶接のアークの閃光が、一晩中団地の窓にきらめいた。騒音も二倍になり（人も寝静まる夜更けなので）、そのうえ集中して（一心にただ眠りたいと思って）聞いていると二倍の効果があった。どうすることもできない被害者は考える。耳には機械のキンキンした音ばかり、それなら、自分の出す音を加えたほうがまし。やかましくて眠れないのなら、起きて働くほうがまし。明日は愛すべき電気ドリルを次の家に回すんだから、今晩急いでリフォームの仕上げをしたほうがいい。そして、建物全体が動きだし、窓の外の工事現場はそれにしたがい遙か遠くになっていく。

次の日、出勤した人たちはおのおの作業場や事務室の中、相対的に静かな場所で安らぎを享受した。仕事の合間に気持ちよく居眠りをした。莉莉だけ行くところがない。工事現場の轟音が続く中、彼女は両親に頭を下げて実家に戻らなくてすむように、どうやってもちこたえようか、懸命に考えた。自分の体型が変化して同僚にあれこれ言われるし、職場に戻るのはもっと嫌だ。近くの大通りをちょっと散歩するのもいいと思いついたが、例のちゃんと閉まらないドアは開かなかった。彼女を家に閉じこめる克強《コーチアン》の過激な行動に、彼女は何度か騒ぎたて、半月もの間彼といっしょに寝るのを拒否した。だが、何の役にも立たなかった。母子の安全を守る問題に彼はすごく固執し、彼女が道を渡ると車に轢《ひ》かれる、道を渡らなくてもバナナの皮を踏んづけると思いこんでいる。彼がついて行かない時、彼女が玄関の敷居を跨ぐなど考えられない。

そこで彼はボーナスを引かれてもいいから一日休暇をとるといって、団地のすべての家が防犯ドアをつけた後、最後に彼らの家にも防犯ドアをとりつけた。彼女はついにあの音を発する怪物、電気ドリルを目にした。まるまる半日、隣近所を不安にできると彼らは喜び勇んでいた。それ（電気ドリル）の振動と怒号が、彼女の将来の日々の屈辱をそそいでくれた。そのうえ、自分で音を作り出すほうが、聞かされるよりよっぽど痛快だとわかった。だからおなかの子の成長にもきっと有益だと断定した。

防犯ドアのとりつけが終わり、莉莉《リーリー》は克強《コーチアン》がいない時ひとりで外出するという考えをすっぱりあきらめた。抗議のかわりに、彼女は泣き叫びはじめた。はじめは克強がいる時だけそうしていた。それから克強が仕事に行っている間も、鏡の中の自分に向かっても叫ぶようになった。つづいて、どんな人やイメージに向かわなくてもよくなり、ガラスを隔てて轟音止まぬ工事現場に向かって大声で叫ぶようになり、ついに莉莉に聞こえるのは自分の声だけになった。いつもこんなふうに叫んだ後はずっと痛快な気分になる。それで妊娠中を通じていちばん多く飲んだ薬はのどを治すシロップやトローチだった。保胎丸［当帰《トウキ》、白《ハク》芍《シャク》等が入った漢方薬。妊娠中のむくみや吐き気を抑える、流産防止等の効能をうたう］ではなく。しまいに、莉莉は叫ぶ時まったく声が出なくなった。口を大きく開け、力をこめ、のどを震わせても抑えられて出てこない叫びは、ことさらに快感で、どんな雷鳴怒号にも勝る。

克強に立ち向かうにも彼女は新手を使った。皿を投げる、テーブルをひっくり返す、両手の拳で壁をがんがん叩く。こうした時期に、いちばん怖くいちばん厳しい音こそ彼らには最も説得力があった。克強はどんな時よりもおとなしくなった。彼は黙々と嵐の後を片づけ、部屋の隅っこの割れた食器のかけらを注意深く捜し、最後にまた莉莉の擦りむいた指にバンソーコーを貼ってやらねばならない。

8

春の轟音が去り、団地の住民全体は、全面的に爆発する夏を迎えた。ほかにも、彼らは一一九工場の高さの問題について計算違いをしていた。一一九工場が建てているのは製造部門であり、一階が団地の二階分に相当する。六、四、一階建を普通の団地の高さに換算すると、実際には十二、八、二階分になる。通り沿いが十二階、その裏が八階、またその裏が二階。こうなると団地の一階はさらに低い谷間に落ち、その他の各階は（最上階の六階も含めて）まるまる八階の陰に位置する。住民たちは後悔しきりであった。どうして初めに請願書に署名しなかったんだろう？　邵《シャオ》おばさんは今や言いたい放題である。前に建つビルを怨むのは彼女の権利だとでもいうように。四階以上の家、いい気味だね！

ビルは三階（団地の六階に相当）まで伸び、足場にいる作業員と莉莉の視線が同じ高さになった。向かいあうと、直線距離でたった二、三十メートル。初めのうち、彼女はガラスのこちら側に立っていた——ガラス際に立っただけで、彼らには彼女が見えた。その後、雷雨の前の蒸し暑さのせいで彼女は窓を開け、直接窓の外に身を乗り出した。窓のところの壁は腰の高さまであり、彼女の大きなおなかを隠していた。だから彼らには、彼女が一日中家にいて、することもない暇な女に見えた。彼らは今彼女が偉大な仕事——妊娠というたいへんな仕事についているとは知らなかった。彼女が一メートルも部屋の奥に入ってしまえば、光線の加減で彼女の姿ははっきり見えなくなる。それに彼らに残されるのは後ろ姿だけだったし。彼女の大きなおなかは長いことバレなかった。これまでずっとベランダに出ず、洗濯物を干したい時は、克強《コーチアン》が仕事から帰るのを待っていた。とりこむ時もやはりそうだった。

莉莉《リーリー》の家は団地で唯一ベランダに草花を植えていなかった。ベランダは十分に活用されたことがない。ほこりだらけで荒れていたが、作業員たちはそれでも見たがった。物干しに干された服に思わず心躍る。とりわけ女性用の小物衣類は、水滴を垂らし、あるいはひらひらと風にはためいている。たいていどの家のベランダも似たような状況だったが、莉莉のベランダのそれだけは、窓辺のミステリアスな女と関連づけることができた。壁とネグリジェに隔てられてはいたが、彼らには彼女の今日のパンツの色も断定できる。ベランダにあるのがピンクに赤い花模様なら、彼女が履いているのはレースの縁《ふち》どりがついた白いのにきまっている。まるで彼らの考えを実証するかのように、翌日のベランダは縁どりのついた白に換わっていた。それなら、あのピンクに赤い花模様のは、彼女がいま身につけているのだ。

窓を開け、彼女が身を乗り出せば、日光の下で作業員たちとはごく近くになったし、ベランダの衣類の有力な証明も加わり、自信をもって彼女を理解していると彼らは思いこんでいる。

彼女はきっと恐ろしい作業員小屋での夜の話題、目を奪う艶やかなアイドルなのだ。彼女の近頃の不眠と疲労は、窓外の騒音と電気溶接のアークのせいだけではないのかもしれず、テレパシーと脳波の干渉も原因のひとつかもしれない。騒音を測定するデシベル測定器のような機械でそれらを測定できないだけだ。数十人の性的飢餓にある作業小屋の男がいちどきに彼女のことを妄想し始める。そのエネルギーは推して知るべし。そのうえ、彼らが集めた彼女に関する情報もこれほど正確で十分なものなのだから。彼女のブラジャーに至るまでこと細かく。

聴力がほぼ失われる環境の下、眼の観察は異常に鋭く陰険になった。彼らは彼女という窓にもたれて外を眺め無聊をかこつ若妻の姿を、彼女がよくとり換える下着を、記憶した。そしてそれらをひとつ漏らさず、下層の作業員小屋とさらに下層レベルの夢の中へもちこんだ。

そしてにわか雨が降ってきた時、莉莉は洗濯物をとりこんでいないのに気づき、考える間もなくベランダに走り出た。そこはヘルメットを被った作業員たちとさらに近く、彼らはみな彼女の大きなおなか、むくんだふくらはぎを見た。とうとう見られてしまった、と彼女は悩んだ。それから自分が長い間ベランダに行きたくなかったほんとうの原因がわかった。彼らのいやらしいまなざしが自分の上半身や下着に集中したとしても（それはもうあきらめた）、妊娠していないと見せかけて彼らを惑わそうと思ったわけでは必ずしもない。たとえ惑わすにしても、おなかの子と関係ない部分に彼らのまなざしをより多く惹きつけておきたい。よくありがちな迷信的性分《しょうぶん》から、彼らの恐ろしい一瞥《いちべつ》がおなかの可愛い子どもを傷つけると思ったのだ。「もう私が妊婦だと知られてしまった」、莉莉は落ちこんだ。「そうなると私の可愛い子にはとっても危険だわ」。そして彼女はこんなふうに自分に言いわけした。「可愛い子どものためでなければ、見られたって気にしないのに。結婚前の女の子や子どもを産んだ後の女の人なら怖がりっこないもの」

豪雨は二時間以上続き、足場にいた作業員はみないなくなっていた。コンクリートミキサーも運転を止めた。雨だけがざあざあと大地を流れていく。巨大な鉄筋コンクリートが飢えたように吸収し、次第に深い色に変わっていく。莉莉は窓辺に立ち、モップを手に準備を整えた。風向きが変われば、大雨は窓の隙間から入りこみ、窓枠を越えて床にたまるだろう。近くにあるあの亀裂は、乾燥が長い期間続いて待ち焦がれている。幸いにも大雨はまっすぐ下向きに降り続け、窓ガラスさえ濡らさなかった。視界良好な窓の前で、莉莉《リーリー》は思いに沈んでいった。

こんなに静かでもの思いにちょうどよいのは、ここ数ヵ月で初めてだと、彼女はまず思った。それから、莉莉たちはがまんできないすべてをがまんすることをだんだんと会得《えとく》し、悲しくも適応してきたのだと思った。彼女には二度とあの恐ろしい音は聞こえない。回想の中で響きつづけるだけだ。ベランダに下着を干すのもなにも問題はない。考えている時だけは恥ずかしいような気がするけれど。最後に彼女は思いついた。昼夜を問わない轟音と悪意のある注視の中で育っている胎児は、指折り数えてみると、もう七ヵ月過ぎたじゃない。今からやり方を変えたとしてももう遅い。この子が奇形児になるなら三つの頭六本の腕になるがいい。この子が魔物であるならこの世界に災いをもたらすがいい。轟音炸裂する中、彼らの息子は奇妙な静けさを保っていた。莉莉はふと気づいた。数ヵ月来、彼女のおなかは世界でいちばん静かな場所だった。でも、この時、しとしと降る雨音の中で、彼女はようやく子どもが微かに動くのを感じた。

9

その日は夕飯の後まで、工事現場は静まりかえっていた。莉莉は窓を開け、雨の後の新鮮な空気を吸いこんだ。それからベッドにあぐらをかいて坐り、セーターを編みはじめた。もちろんやがて生まれてくる子どものためだ。克強《コーチアン》にむりやり家に閉じこめられて以来初めて、絶叫も、物をこわすことも、壁を叩くこともせず、手本となる良妻賢母のように、大きなおなかを突き出し、周りに毛糸玉を転がして、夫が撫でるにまかせながら、おなかの子に小声で歌を口ずさむ。今から胎教しても遅すぎるのではないだろうか？　しかし、ベッドの頭の上の壁の灯は柔らかく、窓の外の鉄筋コンクリートは静かで、莉莉は気持ちを抑えられない感じがしていた。

作業員たちは仕事がひけて、下の宿舎でトランプをしているか酒を飲んでいる。がやがやとやかましい声が聞こえてくるけれど、どうしようもないほど騒いだって、機械の雄叫びより百倍も耳に心地よい。

莉莉は以前、夏には窓を大きく開けて、ベッドの寝ござの上でセックスしたことを思い出した。彼らの前一五〇メートル以内には何の建物もなく、ましてビルなどなかった。飛行機の中から雲の間を縫って覗くのでもなければ、見ている人などいるはずがなかった。そう思った時、彼女はふと窓外にチラリと目をやった。

案の定、足場に人影がある。団地のほうを向いてしゃがんでいる。暗がりにいたが、工事現場の上に掛かった照明灯が背後にあり、その人の輪郭がくっきり描き出されていた。あきらかに莉莉たちの窓を見ているのがわかる。莉莉が見きわめようとして目を凝《こ》らした時、相手が動いたからだ。莉莉は太股から克強の手をどけたが、彼には何も言わず、途中で止められてわけがわからない克強のかわいそうな顔を顧みる余裕もなかった。

莉莉は急いでその時の格好を点検した。まだしもよかった、はだしの足がまる見えになっている以外、すべて昼間と同じだ。彼は注意深くネグリジェの裾を、特に両足の間のところを力いっぱい引き寄せて閉じた。それから編み棒を置き、あの憎《に》っくき黒い影を、目を凝らして見始めた。克強《コーチアン》にはこの一連の行動がさっぱりわからない。大戦勃発《ぼっぱつ》前夜の兆候だと思った。「よかったら散歩にでも行こうか。外はいい空気だし」

じっと見つめていたその黒い影が身を起こし、足場の端にある梯子《はしご》に向かうまで、莉莉《リーリー》はずっと黙っていた。黒い影は止まっては歩き、何度もふり返り、このまま失敗で終りたくないようにみえた。この時克強は莉莉のご機嫌をとろうとして、ひっきりなしに両手と頬を近づけてきたが、そのたび莉莉に怒って押し戻された。彼女はこうやって足場にいた人物に自分の憤り、抑えきれない怒りを表していたのだ。そいつが梯子を下りたとき、事情がわからない克強は癇癪《かんしゃく》を起こす寸前だった。莉莉はいちばん可愛い笑顔を彼に向け（自分が勝利したため）、すべてを埋めあわせすることにした。彼女はにこやかに、カーテンを閉めてきてと克強に言い、それから部屋の灯りを消した。

莉莉はどうにか克強の相手をしていたが、頭の中では一瞬もさっきの一幕を忘れられない。あんなに早く灯りを消したことまで後悔した。あいつはまっ暗になった窓を見てどう思うだろう？　問題はあいつの思ったとおりになったということだ。莉莉は他人の言ったとおりになるのが何とも嫌だった。とりわけこういうことについては。

彼女はトイレに行った後もすぐにはベッドに戻らなかった。別の南向きの部屋――そこのカーテンはまだ閉めていない――に入る。しばらく一人でいた後、彼女は客間に戻ろうとして、窓の外の足場に小さな火が瞬くのを見た。陰になったコンクリートの柱に、喫煙者の頭部のぼんやりした輪郭が映っている。あいつは隠れやすい位置に変えただけで、あの彼女を不安にさせるような努力を捨ててはいなかったのだ。それは、これが確信犯的覗きであり、足場に登るのを目的にしているのでもなく、たまたま向かいの団地の生活絵巻に惹きつけられたのでもないことを物語っていた。

莉莉は暗闇の中で、彼には彼女が見えないのがわかった。それならじっくりと相手を観察できるだろう。覗く者と覗かれる者の役割交替は、彼女を気分よくさせてはくれなかった。反対に、観察の結果、彼女はますますぞっとした。柱の後ろの黒い影は、かたくなに先ほど灯が消えた窓のほうを向いている。さっき彼らがカーテンの向こうで睦みあっていた時も、彼はこうやって見ていたのだ。隣の部屋から克強の規則的ないびきが聞こえてくるが、彼はカーテンを視線で突き破ろうとしている者がいるのを知らない。幸いにも莉莉が別の部屋にいて、そいつの一挙一動を注視し、夫の安眠を守っていた。そうでなければ、ふたりが寝いってもそいつは起きていて、ふたりが目を閉じていてもそいつは目を見開いてカーテンを見ている……莉莉は恐怖を感じた。克強がまた夜勤になり、家にひとりきりになったらどうしよう？

10

昼間、彼女はあいかわらず窓辺で彼らの仕事を見た。覗く男を彼らの中から懸命に捜し出そうとした時、彼女は気づいて驚いた。自分は毎日目の前で働いている人たちを区別することができない。彼女にとって彼らは長い間、全部がヘルメットを被《かぶ》った建築作業員であり、体格や背丈の違いさえなかったのだ。彼女は彼らの誰が木工で誰が煉瓦工で誰がクレーン運転手なのか、誰が現場監督で誰が臨時雇いの雑用係なのかわからない。およそこうした、他の人からみたらきわめて必要な区別を彼女は全然知らない。今日、それまでとはまったく異なるまなざしで窓辺に立ち、彼らの間の区別や異なる箇所を見分けようと努力した。彼女は、自分がたまたま出会った、昼間の時間つぶしになるこの新しい遊びに心が沸き立った。

11

夜、室内の灯をつける前にカーテンを引かねばならない。一日いちにち暑くなっていっても、彼らはそうせねばならない。それに、気温が高くなるにつれて、彼らはますますそうする必要があった。蒸し暑く風のない部屋の中で、莉莉《リーリー》はどんどん薄着になり、最後にはブラジャーと、ゴムのゆるい大きめのパンツだけになった。両足ははだし。おなかの子を危険にさらしたくなかったので、いつずり落ちるかわからない危険に甘んじた。こんな格好で明るい室内をうろうろするには、どうしたってカーテンに対する要求が自然と高くなる。

風がなければ、カーテンを開ける必要はない。でも風があってカーテンを開けるなら、身なりをきちんとして、カーテンのかわりに服で自分をくるまねばならない。それならまだ、カーテンを引いて部屋の中ではだかになったほうがいい。閉めたカーテンにカーテンの役割（視線を遮る）をさせようとすれば、やはり無風でなければならない。風があると、カーテンがめくりあげられてしまうだろうし、そのために室内のいっさいが（外から）しっかり見えてしまう。だから、待ち望んだ風が吹き始めた時にはすぐに窓を閉めねばならなかった。それでどうにかカーテンは安全に垂れ下がるわけである。

しまいには莉莉は、蒸し暑くてやりきれない夏の夜に風を待ち望んだほうがいいのかどうかさえわからなくなってしまった。いちばん考えるべきなのは、期せずして風にカーテンをめくりあげられた時、どうやってさっとその場をとりつくろうか、なのかもしれない。予防措置として、カーテンに重りを下げておくのはどうしても必要なことだった。たとえば、洒落《しゃれ》た金属の鈴をいくつかつけておけば、風の襲来時の警報になる（彼らはすぐさま灯のついていない別の部屋に移動する。前もってそこに必要な着替えを全部そろえておく）。鈴の美しい音色は、窓外の工事現場の騒音と釣りあうだろう。これはいい考えだったが、ひと夏の間彼らの生活にはもう二度と自然の涼風は望めなくなった。

もうひとりの肉体ももはや吸引力を失った。それは三七度の体温と体中を流れる汗を意味するだけだった。彼らはこのためだけに結婚したわけじゃあるまい？　だが視覚は今までどおり騙しつづけていたし、前よりひどくなったくらいだった。双方の肉体は、こんなに長い時間、裸になってもだいじょうぶな理由が十分あって露わにされていたことはなく、視覚はこれらすべての全裸、半裸の情報をとらえ、大脳はただちにそれを快楽と激情の期待に変える。だが触ってみると、一台のオーブン、床にころがった一個の糊の容器に出会うのだ。困惑と失望の中、これは愛から発した犠牲と必要なのだと自分に思いこませる。こうした一連の教訓の後、夏がほんとうに始まった頃には、彼らのセックスはめっきり少なくなっていた。でも、全然なかったわけではない。

莉莉《リーリー》の態度は子ども中心だった。彼女はしっかりと子ども（いまはまだ大きなおなかにすぎなかったが）を抱き、やや横向きに寝たまま、克強《コーチアン》が後ろからおずおずと入ってくる感じもほとんどしなかった。あっという間に、彼は気が咎《とが》めるように済ませ、それでも長いことその姿勢のままでいなければならなかった。彼が必要なのはこれだけじゃない、セックスすることだけじゃないと証明するように。彼には彼女たち母子が必要だ。妊婦と交わるある種特別な姿勢は、いつのまにか愛する人への、胎児のような抱擁に変わっていく。

彼女がおなかを抱き、彼が彼女（とそのおなか）を抱く、その姿はほとんどそっくりだ。オーブンと糊の容器に対する恐れがなければ、莉莉はほとんど感動しそうだった。でも彼女は、彼が彼女を抱きながらいつのまにか眠っているのに気づいた。莉莉は心から憎らしいと思った。こんなにやかましくて蒸し暑いところでよく寝られる、それでも跡継ぎを作るのは忘れないんだから。パンツもはかないまま。

物事とはうまくいかないものだ。彼らは自分では周到な防御措置をとった、枕を高くして寝られると思っていたが、一陣の狂風がカーテンを吹きあげたのだ。同時に雲の中から一筋の稲光が、彼らの第二防御線――暗闇を破って、射すように入ってきた。

莉莉は窓のほうを向いて寝ていた。一瞬目がくらんだ後、足場に中腰になって覗く男が見えた。彼の眼は莉莉とぶつかり、稲光自体のように、カーテンがめくれあがると窓を破って侵入した。別の見方をすれば、稲光またはそいつの貪欲な視線がカーテンを一瞬で焼きすてたのだ。その視線（または稲光）は部屋に入りこみ、彼女の裸体、腹の中、はては魂にまで深く入った。莉莉は大声で叫び、抜け出そうともがいた。熟睡している克強は莉莉の背中にはりついていたが、本能的に彼女をさらにぎゅっと抱きしめた。直径一メートルの鉛の球が木の階段を転がり落ちるような激しい雷鳴。長い間聴覚が損なわれるような厳しい状態にあったせいで、克強はそれでも起きない。

暗闇が再び彼女を守り、彼女に闇夜の衣装をくれた。同時に、過ぎていく一秒が、黒いネガにパッと像となってあらわれた。その歪んだ顔、黒ずんだ前歯、覗き独特の鋭い眼、丸首シャツについたシミまでもが、そいつをヘルメットと解放靴［布靴の一種。人民解放軍の兵士が履いていたことから名づけられた］姿の他の作業員と区別していた。それらは同じように普通とは異なる莉莉の真昼のような裸体、風船のような透明に近い大きなおなか、克強のこの後のきわめて卑猥《ひわい》な伸びきった肢体と同列にあるものだ。

カーテンは乱れた鈴の音をたててようやく垂れ下がった。暗闇とあわせ、彼らが過信しすぎていた二重の保護がふたたび築かれた。

12

この不測の事態の後、莉莉は彼女が観察したことを次つぎと克強にしゃべった。

決定的な防御措置として、彼らはドアと窓を閉めきって寝ることにした。カーテンと暗闇を加え、三つの防御線の設立は、彼らの一糸纏《まと》わぬ裸体と疲れきった心をオーブンか蒸し器のような部屋で一息つかせるに十分だった。それにガラスには一部の騒音を隔てる効果があり、ほんのわずかだけれど、とにかくがまんはできる。

このほか莉莉《リーリー》は彼らの防御システムに対して、ふたつ改造を加えた。ひとつはカーテンを三分の一下に移動させ、上の通気窓の位置を空けたこと。今のところ足場の高さは、だいたい団地の五階と平行か、いくらか高い。それに加えて四十メートルほどの直線距離があり、通気窓の位置から見下ろして彼らを覗くことはできない。通気窓は夜通し開けてあり、カーテンに遮られないから、通風換気は保証され、若夫婦と生まれる前の子どもを窒息死させることにはならない。

絶対安全という点から、莉莉は克強《コーチアン》にダブルベッドを南側の壁際に移させた。昼間の日照で外壁はより熱くなったが、同時に通気窓から下向きに覗ける角度も最小になり、覗きはほぼ不可能になる。ヘリコプターの窓から下を見たとしても。

莉莉は毎晩壁にくっついて、死角の中で眠った。ここから得られる安全感はベッドのもう片方、克強の側よりずっと多いだろう。壁は焼けつくようだし、工事現場から伝わる振動ははっきり感じるけれど、彼女はやはりこうしているのがいい。壁が強烈な共振によって崩れない限り。壁は崩れっこないし、屋根は落ちっこない。これが莉莉の最後に残った信念である。

克強は？　彼はこれまでもこんなに具体的で些細《ささい》なことなど気にしていなかった。受身になって隠れるやり方は彼の性格と体力にあわない。ある晩、彼はエアライフルを持ってベランダに出た。武力をひけらかして足場の作業員を追い払うつもりだ。だが、彼らは克強の普通とはちがう出現を見て見ぬふりをし、コンクリート柱の間で煉瓦を積み続けた。莉莉がベランダに出るたびに起きる騒ぎを克強が知ったら、彼自身のいまの気まずい情況に比べ、ひどく嫉妬したにちがいない。

克強はエアライフルを持ちあげ狙いをつけるまねをした。だがこの時も、彼らの反応は前と変わりがなかった。彼を棍棒を持って遊んでいる子どもだと思ってるんじゃあるまい？　克強は一回撃った。警告として。想像では、鉛の弾が孟宗竹で組んだ足場に当たって、カーンと音をたてるはずだったが、音はしなかった。ここにはどんな音でもあったが、弾が孟宗竹にあたる音だけはしなかった。彼らは彼のエアライフルを無視し、彼の射撃の正確さも無視し、ひとりとしてそこを離れようとする様子はない。

莉莉はますます彼に部屋に戻ってと言えなくなってしまった。彼が自分の女房の裸体の純潔を守るのをどうして止められよう？　彼のエアライフルだってまったく威力がないわけでもない。結婚前、克強は四羽の鳩と一羽の雌鶏《めんどり》を仕とめたことがあるのだ。その後、それはずっとベッドの下で錆びるにまかせていたが、最近改めて用いられることになり、隣人に蹴り壊されたドアのつっかい棒になっていた。昨日克強が知りあいのところから、家で遊びで鼠を撃つのだと言って弾を手にいれてくるまでは。これが銃と弾の歴史であり、ちょっとそれをふり返っただけで克強は自信を回復した。

問題は覗く男を彼が作業員の中から見分けるすべがないということだ。莉莉が提供した特徴は彼ら全員に当てはまるようにみえる。痩せた面長の顔、煙草で黒ずんだ歯。もとは、彼が銃を持ってベランダに現れれば、そいつは内心びくびくしながら逃げ出すはずだと期待していた。逃げ出したのが面長の顔で、煙草で黒ずんだ歯であれば、覗いた男に疑いない。情況はいささか厄介になってきたが、克強は莉莉をベランダに呼んで指し示してもらうわけにもいかない。

克強《コーチアン》が次に銃を撃った時には、まったく狙いをつけなかった。彼は天の助けを期待した。いちばんいいのは誰かの煙草を撃ちおとすか、あるいはそいつのプラスチックのヘルメットに当たる（当たった人だけにカチンという音が聞こえる）ことで、それで警告になる。もし正確な射撃技術ではなく、天意の助けが、克強にそれをさせてくれるなら、鉛の弾の眼を使って彼に覗く男を見つけさせることもできるだろう（彼らの中に紛れているにきまっているのだ）。

わあっという声がして、工事現場の周波数とはちがう悲鳴が聞こえてきた。

あたった。でもなんと誰も足場から転げ落ちない。仕事中の作業員は両側から平行移動して、ひとかたまりになっただけだった。足場も崩れなかった。「このバカ野郎」、克強は誰かが罵るのを聞いた。その後は煉瓦、木材（その時彼らが手にできたものをみな）が嵐のように彼のいるベランダに襲いかかった。

恐ろしい土石流《どせきりゅう》は最後には団地の住民全体を襲った。ガラスは割れ、植木鉢は落ち、運よく免れた家は一軒もなかった。

13

克強はすぐにエアライフルを持って部屋に戻ったが、二十分もしないうちに彼のあまり頑丈でないトーチカから警察に連行された。莉莉《リーリー》の大きなおなかは法執行者の同情を勝ちとれなかった。彼ら（法執行者）は防犯ドアをこじ開け、そのうえ修理するつもりもない。三つの防御線は、一度の不注意で自発的な出撃によって瞬く間に瓦解した。ガラスが割れて窓枠だけが残った。風がカーテンを吹きあげる。工事現場の右上隅のサーチライトが、調整されて、光の束が射しこんできた。

克強が拘留された一日目の晩、莉莉はこのようなひどい状況の下で過ごしたのだ。窓の外の足場には、立ったりしゃがんだりして作業員が集まり二重の列をなしていた。彼らは作業中の仕事をすっかり放り出し、昼のように明るい彼女の窓を指さしては議論しあっていた。莉莉が彼らの視線の届かない客間に引っこめば、煉瓦や石やゴミが投げこまれるだろう。彼女が寝室に射しこむサーチライトの下でぼんやりと、彼らが眺めるに任せていれば、両親からの結婚の贈り物、八千元以上もする広東式家具を十分に守れる。

一晩中、莉莉は大スターのように絶えず舞台にあがり、カーテンコールに応えて、客間（舞台裏）から寝室（ステージ）を往復すること三十回を下らなかった。足場（いまは観客席）の観衆の彼女に対する崇拝はこれ以上ないほどだ。まして、彼女の姿を一目見るため、彼らは代価を（ひとりの同僚の臀部に不幸にも弾があたった）払ったのだから。彼らにはその権利がある。キップを買い、金を払い、今夜の彼女は彼らのものだ。それに莉莉はこの特別なやり方によって、人としての栄華を味わわなかったともいいがたい。でなければ、隣人や両親の家に臨時避難してもよかったのではないか？

二日目は記者が取材に来て、現場を撮影し、莉莉は大きなおなかを抱えてその日のテレビに出た。市民のアピール、関係方面の口添えがあり、三日目には、視聴者の深い同情と好感を得た莉莉の夫がついに釈放された。建築作業班も世論の圧力に押され、毎晩十二時以降の工事を停止した。ここ七ヵ月、近隣住民にもたらされた不眠の夜と、某煉瓦工の脂肪の中にある鉛の弾は、どちらも二度ともち出されないことになった。双方痛み分け。

事件発生後、団地の全住民は克強《コーチアン》と莉莉《リーリー》を非常に怨んだ。各家は彼らの過失によって程度のちがいこそあれ損失を受けた。もちろん深刻さは莉莉の家とは比べようもない。だが彼らは自業自得、ほかの人たちは無実なのだ。彼らは隣近所を巻き添えにした。だから、夜勤の警官が手錠をぶらさげて任務執行に来た時、邵《シャオ》おばさんは彼に莉莉の家を指さし教えたのだった。だから、克強が拘留され、莉莉がひとりで投石と視線に追われていた時、彼女を引きとり、しばらく避難させようという隣人はひとりもいなかった。しばらく避難させる――そんなことをすれば必ずや莉莉の家と同じ猛攻撃を招くだろう。それに、この若夫婦はちょっとばかり人としての教訓を得るべきなのだ。いつか克強が銃身を彼らに向けないともかぎらない。そうなったらもう遅いだろう?

隣人たちの結論は一晩しかもたなかった。翌日には世論の圧倒的動向により、莉莉は全市民の同情と思いやりの対象になっていた。克強もほとんど英雄のようになっている。いささか軽率だった(堪忍袋の緒がきれたとも解釈できる)にすぎないというわけだ。取材を受けた時、莉莉はあの恐ろしい土石流の夜の隣人の無情には言及しなかった。反対に、彼らに代わり、向かいのビル工事現場が彼らの正常な生活に与える害を訴え、各家が今度の襲撃で受けた物質的損失を数えあげた。後の建築作業班の賠償はこの時の話に基づいている。

その後にやってきたのは彼らがすっかり忘れていたやすらかな夜だった。騒音の子守歌がないと逆に寝つけない。寝ござに横たわり、克強の一発の絶対的必要性と、一一九工場の賠償が彼らの実際の損失を遥かに超えたことを考える。ひそかな喜びを抱いて、彼らは団地の敷地の下に埋まっている財宝を夢みた。でもそれを得ようとするなら、まずやらなければならないことがある。彼らが住んでいるこの建物を徹底的に壊すこと。

留置所から出てきて、克強は前と変わらず勤めに出た。仕事が終わるとすぐに帰宅して妊娠中の妻を気遣い世話をする。変わったのは彼が前よりもよくベランダに出ては、両手を空のままで（エアライフルはもう没収された）コンクリートの手すりにもたせかけていることだ。あの武力をひけらかした夜を回想し、彼はいまの素手《すで》のほうがより威嚇力があると自覚していた。彼は自分の家のベランダを歩き回り、後にはいっそのこと寝ござを敷いてベランダで寝ることにした。彼が工事現場を静かにさせたのだ。今度は自分のいびきが足場の作業員にはっきり聞こえるようにしてやる。

作業員たちは足場に登って涼むほか、どうやってこの暑い夜をやり過ごしたらいいかわからなかった。夜勤がなくなったって、寝つけない。連続テレビドラマの愛好者でもなく、トランプからもはずされたら、足場の上に登って涼むしかない。それに、彼らに、テレビよりリアルな向かいの団地の生活を見るなと禁止する人はいなかった。

莉莉はまた三つの防御線の後ろに戻ってきた。南側の窓ガラスは全部入れ直したが、カーテンは前からあったものだ。彼女は早ばやと電気を消し、焼けつくような壁に身を寄せた。工事現場の常夜灯が、上の通気窓を通して彼女の寝ござを照らす。莉莉は窓枠形になった灯光と壁の間に横たわり、暗闇の中で安全だと感じた。彼女は考える。覗いたやつは、今頃チャンスがありそうなほかの窓に視線を移したわよね？

克強《コーチアン》がベランダで寝るのに、彼女は特には反対しなかった。ひとつには性欲を抑えるため、ふたつには作業員たちに見せつけるため。でも莉莉《リーリー》からみて、最も重要なのは三つ目だ。彼が公然とベランダで寝ていれば、彼女といっしょにいない証明になる。それなら彼らがあれこれ妄想することはもうないかもしれないじゃない？

こんなふうに静かな、決めたどおりの日々が二十三日過ぎていった。

14

ビルは伸び続けている。いまや、莉莉の窓は昼間でもカーテンがぴったり閉められている。克強は毎日出勤前に古い寝ござと不要になったシーツでベランダをまるごと囲み、昼間の日照を遮った。日中の最高気温は一週間続けて三五度以上だ。住民の避暑法はまちまちだった。四方のドアや窓を開け、熱風の通りをよくする。それなら、ドアや窓を閉め、日よけ板を置き、カーテンを閉めきって、より多くの陰を集め、室内の涼しさを保持するほうがいい。風はないが、熱波にも呑まれなくてすむ。それに工事現場を遠ざけたいという特殊な必要性もあり、後者の避暑法にすればまちがいない。

莉莉は昼の間ずっと薄暗い部屋の中で過ごした。扇風機をつけたり、洗面所のシャワーを浴びたりして。彼女の唯一の任務は自分の体温を下げることで、時間がかかるのもかまわず、ひとつで四キロもある西瓜《すいか》を食べた。冷蔵庫にはアイスクリーム、酸梅湯《スアンメイタン》［梅を原料とした甘酸っぱい飲料］等の冷たい飲み物がいっぱい詰められ、欲しくなるととり出す。暗い部屋を歩き回っていたため、瞳孔が拡大してきた。はだしで歩き、足にトイレの水をつけたままどこにでも行くので、床がびしょぬれになった。扇風機はブンブンうなり、その羽根が幾重もの陰影を送り出す。洞穴のような環境の中で鼠のような咀嚼《そしゃく》の音が聞こえた。目では見えないので、莉莉は必要に迫られ聴覚がもたらす判断力を味わった。日光の下の見えない工事現場、その雑然としたさまが、今では豊かで感動的なものに変わっていた。

ある日彼女は通気窓を開け、工事現場上の空を見あげた。いくつかの不揃いな鉄筋がまっすぐ上に伸びている。莉莉は見当をつけてみた。この高さはもう団地の六階を越えて、七階と八階の間ぐらいになっている。もはやカーテンを開けに行く勇気はなかった。莉莉は彼女の窓が前のビルに完璧に塞がれたのを知った。

数日前と比べて、彼らはもう対等な高さではなくなったのだ。いま、彼女が彼らの仕事を見ようと思えば、仰向かなくてはならない。だが彼らは、鳥のように彼女を(彼女が現れれば)、あるいは彼女がぴたっと閉めた窓を俯瞰する。どうしてこんなことになっちゃったんだろう? 半年以上前には窓辺から彼らを見おろすと、蟻みたいだったのに。いまはもう蟻たちはあんなに高いところにいて、鷹のように鋭い眼光で彼女を窓辺から引き離し、暗い洞穴の中の爬行《はこう》動物に落ちぶれさせたのだ。莉莉はすぐ、自分の蒼白い肌と丸いおなかが、あの舐《な》めるような視線の下、南京虫か虱《しらみ》だと見なされなかっただろうかと思った。

この新しい変化(彼らが八階の高さにあがったこと)により、莉莉はすぐに自分の安全を気にし始めた。彼女はいまでは母虱《ははじらみ》のように醜いけれど、覗かれるのは前より許せなくなっていた。彼らはあんなに高くなり、上の通気窓から視線が射しこまれる可能性がないとはもはやいえなくなった。幸い、壁にひっついて寝ている彼女を見るために必要な角度はほとんど零度に近く、実に難度が高い。莉莉《リーリー》が眠っている間にベッドの縁に転がってさえいかなければいいのだ。でも克強《コーチアン》はずっとベランダで寝ていて、ベッドの片方は空いているから、莉莉がそちらに転がっていく可能性はやっぱりある。

いまは昼で、莉莉は部屋の奥に引っこんでいた。通気窓を通して八階にあがった足場や巨乳のように垂れ下がった墜落防止ネットが見える。作業員たちはこんなに強い陽射しの中にあって、まるで烈日を磨いているようだ。壁に遮られた左側には、鋼鉄の支柱のタワークレーンがさらに高く伸びている。クレーンのブームは天空を横に貫き、通気窓と平行だった。糸のように細いワイヤーロープが空中でクレーンのブームをつなぎとめている。

莉莉にまず見えたのは空中を動く二本の足だった。もっとよく見ようとして彼女は高度を下げていき、トンと床に坐りこんだ。左を下にして横たわればタワークレーン本体も見えるはずだ。そいつは鉄板に囲まれた運転室から出てきて、おっかなびっくりクレーンのブームに沿っていちばん端の滑車に向かっていく。ちょうど彼女の通気窓の位置まで来て立ち止まり、上半身をこちらに向けた。

そいつはじろじろと彼女の暗い窓を、生物が出没するこの洞穴を注視している。彼女はこの洞穴が彼女自身で、彼女の身体にあるのだという感じから逃れることができなくなった。莉莉は無意識に胸をぎゅっと抱いた。そいつは眼を細め、こんな驚くような場所でおおっぴらに見ている。なんと奇妙なやり方だろう。そいつの冒険に惹かれないではいられず、視線をそらして、刺激を受けはじめた網膜からこの人物を消すすべがないとすれば、こちらのすべてもおそらく同じように深く洞察されてしまう。これが共鳴なのだ。そいつは莉莉に手に汗を握らせた。あきらかに誤解の余地のない出撃体勢によって、彼女を部屋の奥から窓辺に向かわせた。

莉莉はそそくさとTシャツを着て、カーテンを開け、身を乗り出してそいつを直視した。相手の思うツボだ。この勝利にそいつは踊らねばなるまい。そいつはまた滑車のほうに動きだし、両手は交互にタワークレーンの端に伸びているワイヤーロープをつかんだ。注意深く落ち着いて、危険を恐れず、彼女に対して建築労働者が持つべき最良の資質――空中高く登る技術と決意――を表した。

クレーンのブームをつないでいるワイヤーロープは全部で二本ある。一本はてっぺんにつながっていて、滑車の近くにあり、一本はクレーンのブームの中間のジョイントにつながっている。そいつはもっともらしく、滑車を調べ(手で触ってみた)、後ろ向きになると、満足すべき帰途についた。クレーンのブームはわずかに下に傾いていて、そのため帰路は実際にはやや上り坂になり、行きより力がいる。彼はワイヤーロープにつかまり、油断するつもりはなかった。ワイヤーロープはタワークレーンのてっぺんに伸びているから、彼のつかまる位置もどんどん高くなっていった。上のワイヤーに手が届かなくなるまで。空いているほうの手がもう一方のワイヤーロープの下端をつかみ、それから、運転室が近づくにつれて、クレーンのブームの中間につながるワイヤーも、高くて届かないところにいってしまった。彼の手は空をきった。短い区間、二、三メートルないくらいの距離、ワイヤーロープもほかのつかまるものもなかった。彼は両手を広げ、小刻みに進みながら、この光り輝く夏のいくらも残っていない運に選択の余地なく自分を任せ、こう思った。さっきのでっかい成功で運を全部使っちまったんじゃないだろうな？

15

16

莉莉《リーリー》は早産した。彼女の家の防犯ドアはふたたびこじ開けられた。

今度の突発事件では邵《シャオ》おばさんがまたもや権威となった。彼女は病院の廊下で駆けつけてきた克強《コーチアン》に説教している。

「この前こじ開けたドアを修理しなきゃよかったのに」

「はい、はい」

「私が防犯ドアの工場を思いついたからよかったけど。自分でまいた種だもの、自分で何とかしなきゃ」

「はい、はい」

この時、ドアの向こうから胸を引き裂くような叫びが聞こえてきた。

邵おばさんは言った。「やっと声が出た。私たちが中に入った時には死人みたいで、床一面は血だらけだし、それはもう……」

「莉莉の声かな？」

「林《リン》先生の奥さんの王《ワン》さんが遅番で、家で寝ていたからよかったのよ、そこへあんたの奥さんの血が敷布の上に落ちてこなかったら、今頃あんた大泣きしているところだったわよ！」

「邵おばさん、ありがとうございます。林先生も……」

克強はまだ何かしら言いたかったのだが、白衣の看護師が、莉莉が男の子を産んだと嬉しい知らせをもってきた。

それと同時に外科手術室付近からざわめきが聞こえてきた。四十メートルのタワークレーンの上から落ちたひとりの建築作業員が治療の甲斐なく、死亡したのだ。

四十人の生きている作業員が同時に病院の階段を降りる。

がたがた、がたがた。

「どうりで私が工事現場に人を呼びに行っても応えがなかった。事故がおきてたんだ。そっちの騒ぎが終わらなきゃ、私について来てくれるわけがない」

がたがた、がたがた。

莉莉と克強の息子は、ことばを話しはじめてもいい年齢になってもしゃべれなかった。先天性聴覚障害と診断された。

だが彼の目はことのほか輝き、生まれつき視力は抜群だった。

がたがた、がたがた。

莉莉《リーリー》は毎日窓辺で息子を抱き、ことばではなく心で、工場のビルにとってかわられた昔日の絵を彼に語った。

彼の幼稚園、きれいな色の木馬、彼の万年青。

街灯の下にひらひらと揺れるアオギリの葉を彼に語った。

彼女はこれらすべてが彼の心に注ぎこまれていると思う。

いつかふたりが息子のもとを去る日が来ても、彼はそれでもひとりで、工場ビルのこれ以上ないほどすべすべした壁に美しい風景を幻を見るように映し出すだろう。

がたがた、がたがた、がたがた、がたがた、がたがたがたがたがたがたがたがたがたがた。

だが彼の心にあるのはこの音だけ。

一九九三・九・三〇

訳者付記　第十五章は原文が空白である。

鄭さんの女

魏　微

上原　かおり訳

魏微（ぎ・び）Wei Wei

一九七〇年、江蘇省淮陰生まれ、女。九八年、南京大学中文系卒業後、芸能情報誌を発行する雑誌社に就職。九四年、『小城故事（小さな町の物語）』を発表後、創作を続ける。九七年、若手作家の発掘に力を注いだ『小説界』誌に短篇『一個年齢的性意識』を発表、九八年に雑誌社を辞職し、作家業に専念する。二〇〇二年に『青年文学』に連載したエッセイは、多数のエッセイ集や雑誌に一部が転載された。話題作に、短篇『化粧』（二〇〇三）、長篇『流年』（二〇〇二）、『拐弯的夏天（まがりかどの夏）』（二〇〇三）がある。二〇〇四年、中国作家協会会員となり、二〇〇五年より広州に住む。

『鄭さんの女』（二〇〇三）は、『人民文学』賞、魯迅文学賞を受賞した。農民が土地から離れて町に流れ始め、社会全体が大きく変わった八十年代の、小さな町の風景とそこに生きた人びとを描く。往事を回顧する書き方が、語り手の今の価値観をも相対化している。

1

数えてみれば、それは十数年前のことになる。

あの頃、鄭《チョン》さんは四十歳そこそこだっただろう、私の家の間借人だった。当時、我が家は部屋数が多く、大通りにも面していた。そこで母は数部屋空けて、この地に商売に来るよそ者に貸し出したのだ。いつからそうなったのかわからないが、私たちのこの小さな町はしだいに賑やかになり、見たところ栄えてきたかのようだった。

もともと私たちの町は静かで、通りであまりよそ者を見かけなかった。商いをする家も少なく、あったとしても代々受け継いだ家業で、家の前に露店を出して、飴や乾物、お茶などを売る程度だった。この町の大部分の住民は、役所の者も工場の者も学校の者も……のどかで決まりきった生活を送っていた——出勤、退勤、週末には家族で公園に行ったり、映画を観たり。

町は小さく、川が一本流れ、小さな橋が何本か架かっていた。南通りに北通り、東の城門、西の城門……私たちはここで暮らしていた。ここで生まれ、大きくなり、ゆっくりと老いてゆくのだ。

誰の家にも些細《ささい》ないざこざはあるもので、口にしたところで珍しくも何ともない。みなよその家のことを挙げつらうにすぎない。どこそこの家では嫁と姑の仲が悪いとか、誰が離婚したとか、誰がまた嫁いだとか、誰が浮気したとか、どこそこの息子が犯罪を犯したとか……こうした事はもしも自分が当事者ならがまんして耐え、他人事なら噂しあい、嘆くべきは嘆き、笑うべきはひとしきり笑って、それでおしまい。またそれぞれ多忙な日々へと戻っていくのである。

ここは古くからの町だが、どれくらいの歴史があるのかわからない。項羽が劉邦を攻めた頃にはもうあったし、今もある。項羽が劉邦を攻めた頃に暮らしていたように、今もさして変わらない暮らしをしている。

ある時は、時間はこの町でゆっくり流れる。一年一年と過ぎても、大通りと路地はそのままだが、ふり返れば人は老いている。あるいは、大通りと路地は古びてしまったが、人が生きていることもあるかもしれない。もしふらりと誰かの家の前を通りかかれば、戸口に若い女が坐って、枝豆を剥《む》いている。膝の上に竹籠をのせ、すごい速さで莢《さや》を剥いている。あたり一面、緑色の枝豆の莢だ。ある静かな一瞬に、彼女はおそらく剥き疲れたか、あるいは剥きすぎて爪を痛めたか、顔をあげ、手をぶらぶら振り、口許《もと》に運び、少し噛んで息を吐きかける……そう、その一息で、過去のその人が蘇る。彼女のすべてが、この若い女の体の中に、枝豆を剥く動作の中に生き返る。女が顔をあげ、手をぶらぶら振る……すると過去の時間が戻ってくる。

　また例えば、どこか横丁に入ると、夕方のエンジュの木の下で老人が何人か腰を下ろし、ぽつりぽつりとことばをかわしているのを見かけるだろう。彼らは古い戒めのことを話しているのだ。そのうちのひとりが――八十はいっているだろうか――話すうちに、不意に顔をあげ、首の後ろに手を回し、掻きながらこう言う。くそ！　この毛虫め！

　あれから何年にもなるが、私たちの町にはなお素朴な風情《ふぜい》が残っている。横丁、老人、土地のことば、夕方のエンジュの花の香り……昔ながらの庶民の風俗を感じさせる。

　またある時は、私たちの町も活気づく。最新の情報が風のように吹きこみ、その速さのままに発達し、弱まった時には私たちのものになっている。最新の情報がもたらす最も驚くべき変化は、なんといってもまず町の女性に現れる。私たちの町の多くの女性は時流に乗っている。どの年のことだったか思い出せないが、新聞でこんな記事を見た。広州の女性が化粧をし始め、口紅を塗り、アイシャドウをいれて、デパートなどの窓口業務には厳格な規則まででき、違反したら罰金をとられると。広州は何というところだろうと思ったものだが、しかし一年足らずで、化粧は私たちの町で流行り始めた。

　私たちの町の女性は、遠い昔のことはさておき、レーニン服を着る頃から始まって、軍服へ、ワンピースへ、そしてミニスカートへ……いくつもの時代が訪れたが、どの時代にも追いついてきた。

　私たちの町は遅れているが、情報に疎《うと》いわけではなかった。一時期、私たちの町の人は口を開けばやれ改革だ、やれ下海《シアハイ》（1）だ、経済だと話した。なぜならこれらは目新しい用語だったからだ。

そして間もなく、よそ者がこの町にやって来た。

よそ者がどうして私たちの小さな町を見つけたのかわからないが、ここで商売を始め、ある者は財をなし、ある者は破産し、最後はみな去っていき、また新しいよそ者がやって来た。

最も早くこの町に来て逗留したのは温州の姉妹だった。その姉妹は見目うるわしく、色白で、話し方も淑やかで、歌を唱うようだった。彼女たちの装いはこの町の女性とは一味違い、どこが違うとはっきりは言えないが、例えば同じ服でも彼女たちが着るとどこか違った。ふたりのほうが垢《あか》ぬけて現代的と言おうか。物腰に落ちつきがあり、世慣れているように見えた。要するに、彼女たちは私たちの町に時代の息吹を吹きこんだのだ。この息吹は私たちに、開放、沿海、広東といった単語を連想させた。

おそらくそういう点を考えてのことだったのだろう、姉妹は自分たちのヘアサロンを「広州ヘアサロン」と名づけた。広州ヘアサロンは北通りにあった。それは昔の大通りで、いつの頃からか、新華書店(2)ができ、郵便局、派出所、公民館、病院、穀物管理所ができ、そこにヘアサロンが加わったのだ。

それは私たちの町で一軒目のヘアサロンで、初めは誰もその存在に気づかなかった。間口は一部屋分しかなく、とても小さかったからだ。それに私たちの町ではヘアサロンをヘアサロンと呼ばず、理髪店か、床屋と呼んでいた。一般に男性客が多く、頻繁に通っては、散髪したり髭を剃ったり、肩を揉んでもらったり、背中を叩いてもらったりした。私たちの町の女性の中にも理髪店に行く者がいたが、ほとんどは、頭を洗い、髪を切ると、左右をさっとチェックしておしまいだった。あの頃、私たちの町ではまだパーマをかける人がいなかった。もしも通りで天然パーマの女性を見かけたら、波打つようなウェーブラインを、それはもうみなが羨ましがった。なんて垢ぬけているのかしら、西洋人形みたいねと。

広州ヘアサロンは私たちの町に革新をもたらした。それはまるで鏡のようだと形容した人がいた。サロンはこの小さな町における、一時代の投影だというのである。単に頭髪のことからだけでも、私たちはわかった。生活とは実はこのようにスタイル百出、奇抜さや艶やかさを競ってもよかったのだ。ふたりのヘアサロンから、私たちは頭髪についてのさまざまな常識を知らされた。顔の形に合わせてヘアスタイルを考えること、ドライシャンプーにウェットシャンプー、トリートメント、ストレートパーマ。普通のパーマは言うまでもない。

私が広州ヘアサロンの存在を知ったのは、開店から二、三年たってからだ。ある日の放課後、私はクラスメイトと覗きに行った。十メートル四方に満たない小さな部屋に、私たちの町で最もおしゃれできれいな女性が集まっていた。彼女たちは受付で番号札をとって並んでいた。腰かけている者も、立っている者もあり、あるいはヘアスタイルブックを手に、体験や感想を伝えあったり……私は目が眩《くら》んだ。所詮はまだ子どもで、怖気《おじけ》づいたのだ。入口をうろつき、中を少し覗いただけで逃げ出してしまった。

聞くところによると、広州ヘアサロンが繁盛しているのは、女性相手に商売するばかりでなく、男性相手の商売もやるからだそうだ。男性を相手に商売するというのは、むろん散髪を意味するのではなく、別の意味だった。この「別の」とは何か、わからない人もいる。わかる者は意味ありげに笑い、解説してやる。それはね、昼は女性相手に商売し、夜は男性相手に商売するってこと。聞いた者はそこでやっとわかったような、わからないような、そしてはっと悟るのである。なぜならこの種のことは、当時は破天荒なことであり、誰も見たことも聞いたこともなかったからだ。だからみなが珍しがり、内輪でとりざたするにも熱が入った。

　鄭《チョン》さんはその数年後に私たちの町にやって来た。彼は福建の莆田《プーティエン》出身で、この町に来て竹細工の商売を始めた。当時、私たちの町にはすでに相当な規模のよそ者が集まっていた。この町の者でさえ下海《シアハイ》して商売を始め、金物屋や電器屋、衣料品店を開いていた。

　広州ヘアサロンはもうなくなっていた。だが、温州ヘアサロン、深圳《しんせん》ヘアサロン……と、さらに多くのヘアサロンが現れた。これらのヘアサロンもおおかたはよそ者が開いた店で、やはり千客万来だった。あの温州の姉妹はとっくにこの町を出ていた。彼女たちはこの町で三、四年過ごし、十分に儲けたのだ。彼女たちをめぐる噂はもう誰も持ち出そうとはしなかった。それはもう昔の暦みたいな過去の遺物になってしまったかのようだった。噂の真相はともかく、ひとつだけまちがいないことは、人びとはこの事から学び、視野を広げ、このような現実を受け入れたことだ。何を見ても、もう誰もおかしいとは思わなくなった。

　鄭さんが借りた部屋は、通りに面した一室だった。その後、彼の兄弟三人も追いかけて来ると、彼は私の家からさらに二部屋借りた。屋敷の中にいきなり一家族増えたのだから、初め私たちは慣れなかったが、そのうち慣れて、彼らを何だか好きになってさえいた。なぜならこの四人兄弟はまじめで人好きがしたうえ、性格もそれぞれ個性的で、集まるととても賑やかだったからだ。最も肝腎な点は、商売人臭さがないことだった。もっとも、商売人臭さとは何かとなると、簡単には説明がつかなかったのだが。

例えば鄭さんの場合、誠実で慎み深く、見た目も優しく落ちつきがあり、一目で長男だとわかるような人だ。ふだんはあまりしゃべらないが、何かやる時には実に礼儀正しく、かといって礼儀にこだわりすぎない。これがおそらく世間でいう、ほどあいというものだろう。その年、私たちの屋敷には葡萄《ぶどう》が実をつけた。それは勢いよく伸びて、夏には葡萄の房が棚から垂れ下がった。母は鄭さん兄弟に自由にもいで食べてもらった。また、自分でもいで、きれいに洗って大皿にのせ、私の弟にもって行かせたりした。鄭さんはまず一度は遠慮して、それから受けとった。ところが数日後、果物を買いこんできて、私の家のテーブルにとどけた。そしてこちらを気づかって巧みな話し方をした。田舎に仕事に行ったついでに畑で買ったもので、新鮮で安かったのです。二束三文の物ですが、お口よごしに……言いながら笑みを浮かべた。まるでかえって得をして悪いといった様子だった。

鄭さんはまた働き者でもあった。毎朝、空がうす暗いうちに起き、扉を開けてまずやることは中庭の掃き掃除だった。しかも私の家の花壇に水をやり、草を抜く……まるで自分の家のことのようにやる。私の祖母もいつも鄭さんを褒《ほ》めた。物事をわきまえ、仕事もできる、しかも優しく、臨機応変で……あの人といっしょになる女《ひと》は、きっと一生幸せになるだろうね。

故郷にいる鄭さんの奥さんは、一六歳で鄭家に嫁ぎ、鄭さんとの間に一男一女をもうけた。私たちはいつも鄭さんに奥さんや子どものことを訊《たず》ねた。そんな時はたいてい、鄭さんは笑みを浮かべ、いいとも悪いとも言わない……その様子からするといいということだ。

私たちはこう言った。鄭さん、いつか奥さんと子どもさんを連れて来て、しばらくいっしょに暮らしたらいいのに。

鄭《チョン》さんは、はい、と言い、はい、と言う時もやはり笑みを浮かべていた。

長い間、私たちは鄭さんのことばを信じて、ある日突然、奥さんと子どもふたりを連れて来るだろうと思っていた。特に私と弟は、夏休みの間はなおさらに、屋敷に遊び仲間がひとりふたり増えるのを待ち望んだ。彼らは遠い海辺からやって来るから、体は日に焼けて黒光りし、海の匂いがするだろう。彼らのところには高い山があり、平原もあり、広大な竹林が見える。

これはどれも鄭さんが私たちに話したことだ。鄭さんは彼の故郷についてあまり話さなかったが、私たちが訊ねれば、ひと言ふた言話してくれた。ただ彼のことばは素朴で、自分の故郷がいかにすばらしく、いかに美しいかをほとんど語らなかった。けれどもなぜか、私たちの町とはまったく異なる海辺の小さな町の光景が、いつも私の目に浮かんだ。そこには青い石畳の小道があり、月光は青く、女の人は青い花模様の服を着て、頭には笠をかぶり、背には竹籠を背負い……私たちの町と同じように、そこにも庶民の純朴な風俗を感じる瞬間がある。きっとそんな瞬間があり、人びとは善良に暮らしている。善良かつ穏やかに。

私は自分がどうしてこのように想像したのかわからない。もしかしたら、すべては鄭さんが原因かもしれない。毎日つきあっているうちに、私たちは彼に愛着を感じるようになり、信頼するようになり、現実離れした空想を抱くようになった。私たちは彼が好きだ。それに彼の三人の弟も、揃《そろ》いも揃っていい人だった。例えばいちばん上の弟。私たちは二老鄭《アルラオチョン》(3)と呼んでいたが、兄弟の中でいちばん明るいひょうきん者、よくしゃべりよく笑い、歌も唱える。唱うのは故郷の俗謡だ。

娘さんよ　娘さん
あなたの腰は水桶だ　水桶だ

節回しは変だし、人をおちょくったような歌詞だし、私たちはたまらず笑いだしてしまう。ある時、鄭さんが冗談半分の口ぶりで、この弟の結婚をこの町でとりもってくれないかと私の母に頼んだ。帰らないことにしたの？　母がそう聞くと、鄭さんは笑って言った。あいつらは帰らなくてもいいんです、でもおれは帰らなくてはいけない、おれには女房子どもがいるから。

鄭さんが故郷を出て来てからかなりの年月が過ぎていた。彼ら莆田《プーティエン》の男たちは、港町を渡り歩いて商売をする習慣があった。稼ぎには関係なく、一年にそう何度も家に帰れなかった。だから私の母は、奥さんと子どもが恋しくないかと鄭さんに訊ねた。鄭さんは頬を掻きながら、時には恋しいと答えた。母は言った。時には恋しいだなんて！　鄭さんは笑って言った。私の言い方はまちがってますか、時には恋しいじゃなくて、寝ても覚めても恋しいとでも？　母は言った。それなら早く帰って会えばいいのに。鄭さんは、帰りません、と言った。母は言った。いったい何でまた？　鄭さんは笑って言った。もう慣れてしまったんです。そして口を突き出して弟たちを示し、言った。この商売をこいつらに任せられると思いますか。

鄭《チョン》さんは私の母と四方山《よもやま》話をするのが好きだ。兄弟の中で彼だけが少し年かさで、あとの三人は二六歳、二十歳、いちばん下はやっと一五歳。私の母は言った。学校にももう行かせないの？　鄭さんは言った。行かせません、勉強する柄じゃありませんから。私の母が言った。老三《ラオサン》(4)ならどうかしら、文弱の書生風で、無口だし、めったに出かけないし。鄭さんが言った。あいつにしても、部屋にこもってただ笛を吹いているだけですよ。

老三は笛の名手だった。月の出た夜には、彼は灯りを消して、ひとり窓辺に坐り、悠然と笛を吹いた。そんな静かな心地よい時は得がたいもので、私たちの町は、喧噪《けんそう》が永遠に消え失せたかのように、静まりかえり、沈黙して、いっさいのものから遠ざかってしまったかのようだった。

一時期、私たちはまるでほんとうに遠い昔の時代に生きているようだった。とりわけ夏の夜は、早ばやと夕飯をすませると、私と弟は小さな腰かけを中庭に運んで夕涼みの支度をした。私たちは三三五五腰かけて、ほの暗い星空の下、団扇《うちわ》を扇ぎながら、私の両親が職場で聞いてきた噂話に耳を傾けた。鄭さん兄弟が遠い空の彼方の莆田《プーティエン》について話すこともあった。

おもしろい連続ドラマがある時は、テレビを中庭に運び出し、両家族でいっしょに見た。雑談がもりあがる夜などは、私たちはテレビも見ずにひたすら話に興じた。

私たちはたわいないことをしゃべり、どちらの家が買った西瓜もこだわりなく食べ、眠くなれば次つぎに部屋に戻って寝た。時には、私と弟は部屋に戻るのが惜しくなり、そのまま中庭に居坐った。私たちは竹で編んだベッドに横たわり、夏の夜ののどかな雰囲気を味わった。天上の無数の星を眺めたり、月明かりをうけて壁に映ったアオギリの葉の影を眺めたり、コオロギやセミの声を聞いたりした。そのあとは、おとなたちのささやきに包まれながら、鄭家の兄弟の抑揚ある笛の音と子守唄のような歌声に包まれながら、眠りについた。

夢の中でか、微かに聞こえてきた。父が鄭さんと時の政治について語っている。経済制度改革のこと、政権と資本の分離、江蘇の郷鎮企業、浙江の個人経営……そりゃもうすごいんだ！　父が感嘆する声ばかりが聞こえる。時代はいったいどこまで発展したんだ！

私たち両家族は、四角い空の下に腰かけていた。表の門を閉じれば、そこは完全にひとつの小世界だった。何を話そうと、この世界はやはり同じように単純で、清らかで、古風で……私は後にこう信じるようになった。私たちは実は遥か遠い夢の中に暮らしていたのだと。しかもその夢は、かくも美しいものであった。

2

ある日、鄭さんが女の人を連れて帰ってきた。

その女の人は美人ではなく、頬がこけていたが、骨格はしっかりしていた。背が高く、痩せていて、体つきに丸みがなく、後ろから見ると男の人のようだった。彼女は黒いスーツを着て、白いトラベルシューズを履いており、一見して私たちの町の女性の服装ではなかった。田舎の人かといえばそうでもなさそうだ。私たちの町に来る田舎の女性は、たいていがいかにも実直そうな農民の服装だからだ。垢ぬけてはいないが、素朴で自然体、花柄の上着を着、黒い布靴を履いても、様になっているし、落ちついている。

私たちはこの人が鄭《チョン》さんの奥さんだとも思わなかった。なぜなら、こんなふうに奥さんを家に連れて来る男の人はいないからだ。鄭さんは彼女を連れて私たちの屋敷に入るとき、何の紹介もせず、ただ私たちを見て微笑んだだけで、すぐに部屋に入ってしまった。しばらくして、彼はまた出てきたが、戸口の辺りをうろうろしながら、さっきと同様こちらを見て微笑んだ。

私たちもただ微笑み返すだけだった。

母は二老鄭《アルラオチョン》を隅に引き寄せて訊ねた。お兄さんが雇った家政婦じゃないだろうね。二老鄭は兄の部屋を覗き、言った。違うみたいです、家政婦はこんな鳴り物入りで来ませんし、トランクをふたつも持って来てるんですよ。

母は言った。どうやらここに居つくようだね。お兄さんは、あんたたちに新しい嫂《ねえ》さんを捜してきたってわけだね。二老鄭はペロッと舌を出すと、にやにやしながら行ってしまった。

話しているうちにもう夕方になったが、空はまだ完全には暗くなっていなかった。半分あいた窓から、女の人の姿が見えた。彼女はベッドの脇の椅子に腰を下ろし、俯《うつむ》きかげんにしていた。部屋の明かりで、彼女ののっぺりした顔が見えた。視線を落として、自分の足許《もと》を見ている。退屈したのか、時どき顔をあげて中庭を横目で見たが、思いがけず私たちのひとりと目があってしまい、また俯いた。手持ち無沙汰のようで、最初は服の裾を直したりしていたが、そのうち気詰まりになったのか、自分の手をいじり始めた。

彼女の様子はどことなく花嫁に似ていた。恥ずかしそうに畏《かしこ》まり、慣れない感じだ。新しい環境に連れて来られて、まだ適応できていないようだ。部屋の中の男について、彼女もよく知っているわけではなさそうだ。おそらく何度か会って、なんとなくいい印象をもち、彼がまじめな人であることがわかって、自分によくしてくれそうだと思ったので承諾し、ついて来たのだろう。

その晩、彼女は縁組の雰囲気を醸《かも》し出した。この雰囲気は厳粛、盛大で、そのくせ気恥ずかしそうで、まるでうら若き男女の初婚のように、ここに到るまでに仲人のとりもちや数かずの煩雑な手続きを経て、やっとこの日を迎えたかのようだった。しかしこの日、中庭の雰囲気はどことなく冷ややかで、誰もが模様眺めの感じだった。鄭さんだけがはりきり、片時も休むことなく部屋で動き回っていた。まず掃き掃除をし、テーブルを拭き……そういったことをやり終えると、彼は少しためらってから、彼女から拳一つぶん間隔をおいて、ベッドの端に腰を下ろした。手を揉みながら、ずっと微笑んでいる。彼が何か話しかけているのか、彼女は顔をあげて彼を見ると、笑みを浮かべた。

彼は立ちあがり、彼女にお茶を入れた。

また立ちあがり、彼女の湯呑みを置くための腰かけを運んできた。

その次にできることは何だろう、そうだ、りんごを剥《む》くという手がある。そこで彼はりんごを剥き始めた。彼はゆっくりゆっくりりんごを剥いた。まるで技巧を楽しんでいるようだった。彼はたまに彼女を見たが、むしろ私たちを見る回数のほうが多く、私と私の弟、それから彼の家の老四《ラオスー》を見ていた。私たち大きくも小さくもない年頃の子どもは、中庭の中央にある花壇に集まり、話したり遊んだり笑ったりしながら、偶然目がいったふりをして中を覗いた。花壇に並んだ鉢植えと二株のモチノキの向こう側で、鄭《チョン》さんが腹を立てているような、いないような面持ちで私たちを睨み、片足を伸ばしてそっと扉を閉めた。

その晩、女の人は鄭さんの部屋に泊まった。もともと鄭さんは老四《ラオスー》といっしょに住んでいたが、あとで老四が部屋に呼ばれて、しばらくたつと布団をまとめて別の部屋に移る姿が見えた。口を尖らせ不満げな様子に、私たちは笑った。

その日の雰囲気はとてもふしぎで、私たちはずっと笑っていた。そもそもこんなことはおかしくも何ともないはずだ。なぜなら私たちの町は多少保守的ではあったが、男女のこととなれば自由豁達《かったつ》な側面もあったからだ。およそこうしたことはどこでも起こるもので、既婚男性たるもの、ふだん妻が傍にいないなら、たまに人目を憚《はばか》ることをしても普通のことだった。父の友人で悪ふざけが大好きな李《リー》おじさんは、私たちの家にたびたび遊びに来るうちに鄭さんと顔見知りになり、ある時、鄭さんをからかってこう言った。鄭さん、あんたに女友だちを捜してやろうか。

すると鄭さんは笑って口許を動かしたが、しばらくたってもことばが出てこなかった。李おじさんは言った。あんたねえ、かっこいいんだし、歯も白いし、何だい、もう顔赤くしちゃってさあ……

母は傍《かたわ》らで笑いながら言った。からかっちゃいけないよ、鄭さんはまじめなんだから。この人はそんな人じゃないよ。しかしその晩は、母も認めざるを得ず、こう言った。鄭さんときたら、私は全然見ぬけなかったよ。母はソファに腰を下ろし、鄭さんが自分に「話がある」と言ってくるのをじっと待っていた。

母は家主だから、屋敷に突然見知らぬ女がひとり増えれば、やはり少しは事情を訊ねて、知っておく必要があるだろう。

なんと、その女の人はこの土地の人だった。実家は田舎にあるものの、町に来てかなりの年数がたっていた。初めは製粉工場の臨時工をしていたが、その後、理由ははっきりしないが工場を辞め、人民劇場の周辺でヒマワリの種(5)を売っていたという。母は言った。私たちもよく人民劇場に映画や芝居を観にいくけど、どうしてあなたを見かけなかったのかしら。

女の人は言った。私もよく田舎に帰りますから――。その晩遅く、鄭さんは女の人を連れて母に挨拶に来た。ふたりは私の家の応接間に腰かけた。女の人はほとんど何も言わず、ただ俯いて、ソファの模様を何度も指でなぞっていた。彼女は一所懸命になぞっていた。その十数分の短い時間、彼女の神経は指先とソファの模様に集中していたのではないだろうか。鄭さんはといえば、ひたすらタバコをふかし、時たま私の母と本題から離れた話をしては、また黙りこくった。話の種がすっかりなくなって、彼は上を向き、電灯の下の蛾を見て、笑った。母は言った。何を笑っているの？

鄭さんは言った。笑ってませんよ。

それを聞いて、女の人も思わず顔を綻《ほころ》ばせた。

女の人はこうして私たちの生活の中に入ってきて、屋敷の一員になった。こうしたことは、はっきりと口に出すわけにもいかず、みなも目をつぶり、そのまま曖昧に済ますことになった。母はもともとても開けた人だったが、かなりの間、彼女も悩み、何度も父にぐちをこぼした。なんてことなの！　家に妻、外に妾の暮らしをほんとうに始めちゃったわよ！　ため息まじりに困った笑いを浮かべて言った。よその人が知ったら何て言われるかしら、この家は悪の巣窟だと思われるわ。

実際は、これは母の取り越し苦労だった。時はすでに一九八七年の秋、私たちの町はかなり開放的になっていた。私娼のような古い職業もしだいに復活し、警察はたびたび「売春・ポルノ一掃」通達を出し、父が勤める新聞社でも何度か追跡報道を行っていた。もちろん、私たちは誰も私娼を見たことがなく、彼女たちの容貌がどんなふうで、どのような服装で、どのような言動やしぐさをするのかも知らなかった。だから誰もがひそかに興味をもっていた。そこで母は笑って言った。いくら何でも、鄭《チョン》さんが連れて来たのがそうだってことはないわよね。祖母が言った。ないね、あの子はまじめだよ、それにさ、きれいでもないし、この術《て》のことで食べてる娘《こ》たちは、顔も体つきもよくて、気ままに渡り歩ける性分《しょうぶん》じゃなきゃ、飢え死にしちまうよ。父が笑って言った。ふたりして、言いたい放題だな。

要するにあの頃、私たちの勘ぐり病は若干ひどくなっていたのだ。私たちはあらゆる事柄に好奇心を抱き、邪推した。たしかに特殊な時代だったのだろう。人の心はいつも焦《あせ》り通しで、眠る時ですら落ちついて寝ていられないようだった。一夜明けて目覚めれば、目の前にあるのは、いつもの古い通り、古い建物に変わりないのに、こう思えてならなかった。何かが変わった、何かがいま変わりつつある、いやもう変わってしまった、それは私たちの生活の中に起きたのだが、私たちには見えないのだ。

とにかく、女の人は私たちの屋敷に住みついた。初め私たちは彼女に好意的ではなかった。母も、彼女と鄭さんの同棲関係を嫌っていたが、追い出すわけにもいかなかった。ひとつには、鄭さんとのつきあいがなかなかうまくいっていたし、ふたつには、その女の人にしてもたしかに気の毒で、身を寄せる場所がなかったからだ。田舎には八歳の息子もいたが、離婚したために、裁判で夫にとられてしまったという。

彼女がまた鄭さんによく尽くした。まめで労を惜しまなかった。日頃、糊づけ洗濯や繕《つくろ》いものはもちろん、兄弟たちが帰宅すると、いつも食事の準備ができている。メニューもよく変わり、今日は魚、明日は肉というぐあいで、鄭さんの機嫌がいい時には兄弟たちが啜《すす》る酒もある。鄭さん一家は食卓を囲んで坐り、蛍光灯の下では拭き掃除を終えたばかりの床が涼しげな光を放っている。

時には、食事の場が沈むこともある。みなあまりしゃべらず、たまに鄭さんが二言、三言、話題をふり、女の人がその横で静かに微笑む。時にはまったく逆で、酒が入ったせいか、雰囲気がもりあがってくる。老二《ラオアル》が竹箸でリズムをとりながら唱いだすが、とぎれとぎれで、歌にならない。女の人は口を結んで微笑む。飲みすぎたんじゃない？

老三《ラオサン》が言う。ほっとけよ、すぐよくなるよ。

ふたりともぽかんとする。なるほど、話がこうして繋がったのだ。彼ら自身でさえ気づかぬうちに。鄭家の兄弟はうそがつけない質《たち》だったから、彼女に対していつも素《そ》っ気なかった。その素っ気なさは冷淡ではなく、むしろ恥じらいときまり悪さからくるものだ。例えば彼女の姓は章《チャン》だが、しかしどのように呼べばよいのか。まさか、嫂《ねえ》さん、姉さんなどと呼ぶわけにもいかない。そこで「ねぇ、あの」と話しかける。「ねぇ、あの」と言ってからさらに笑いかけるのだ。

女の人は利口で、私たちのやや蔑《さげす》んだ目つきに気づいてか、めったに外に出なかった。昼間はひとりで部屋にいて、服を洗い、ご飯を作り、掃除を済ませると、ソファに腰かけて瓜の種をかじりながらテレビを見た。私たちを見かけると、きまって笑みを浮かべながら体を少しおこしたが、あまりしゃべらなかった。彼女が進駐したその日から、その部屋は変わり始め、ソファ、ティーテーブル、テレビ等が新しく買い足された。彼女はさらに猫を一匹飼った。秋の午後、猫は表門の屋根の下で眠り、午後三、四時ごろの太陽に照らされて、部屋全体が動物の毛皮のような暖かさに包まれた。

ある時、私は彼女が手袋を編んでいるのを見た。えび茶色で、形は小さく手がこんでいた。そこで訊ねた。誰にあげるの？　息子さんに編んでいるの？　彼女は笑って言った。うちの子の手はこんなに大きくないわよ、老四《ラオスー》にあげるのよ。彼女は手を休め、編み終わったほうの手袋をとり出して私の手に重ね、大きさを確かめるとこう言った。こんなもんだと思うけど、小さくないよね？

弟たちの中で彼女がいちばん可愛がっているのは老四だった。老四は甘え上手で、まだ世間のことがよくわかってもいないので、ある時、彼女を「姉さん」と呼んでしまい、彼女を驚かせた。傍にいた老二《ラオアル》と老三《ラオサン》は目配せしあい、結局は笑った。誰もいない時、老四は彼女に莆田《プーティエン》のことや義理の姉のこと、甥と姪のことを話した。莆田の町では、多くの人が二階建てに住むようになったというので、彼女は訊ねた。あんたのところはどうなの？　老四は言った。今はまだだけど、でももうすぐだよ。

彼女は続けて訊ねた。あんたのお嫂《ねえ》さんはきれい？　この質問に老四は困った。俯いて手を後ろ頸《くび》のほうへまわして言った。まあとにかく、すごく太っているよ。彼女は笑った。

彼女はあれこれ訊ねるわけでもなく、少し話すと老四を部屋に戻らせ、ふたりの兄がいるかどうか確かめさせた。老四は顔を窓ガラスにつけ、言った。もう少ししてから掃除をしにおいでよ、兄さんたち寝ているから。彼女は笑って言った。誰も掃除するなんて言ってないわよ、かけ布団を洗うから、あんたたちのもついでに洗ってあげるのよ。

彼女は田舎者だが大のきれい好きで、兄弟たちともうまくつきあい、いつも彼らの身の回りの事を手伝っていた。彼女はこう言った。思うんだけど、あの人たちもたいへんね、何百キロも離れたところに来て、親戚も友だちもいない、奥さんもいないんじゃ。話すうちに笑いだした。彼女の性格はやや淡白なところがあり、あまりしゃべりはしなかった。しかしひとりで部屋に坐っている時でも、部屋中に彼女の気《け》配《はい》が漂っていた。まるで彼女でこの部屋はもっているかのように、彼女が大きくなり、部屋が小さくなったようだった。

これもまったくふしぎなことだが、もともとばらばらの砂のように見えた四人の男たちは、彼女が住みこんで間もなく、変化を見せた。四人は、彼女が発するふしぎな力に率《ひき》いられ、それに従い、しだいにまとまりをもつようになった。ある時、私の母は感慨をこめて言った。部屋に女の人がひとりいるだけで、やっぱり違うものね、ずいぶん家庭らしくなってきたもの。

そしてこの家庭で、彼女は自覚していなかったものの、自分が演じられるだけの役を演じていた。妻、母、使用人、女主人……しかし、彼女は鄭《チョン》さんと偶然出会った女にすぎない。

彼女と鄭さんは、仲睦まじいほうだった。とはいっても、どこがとはっきり言えるわけではない。ふたりが日常生活を送るなかで、いっさいは平平凡凡、同じ部屋で食事を摂り、寝ているにすぎなかった。鄭さんは暇ができると帰ってきたが、特に急用があるわけでもなく、彼女のそばにいて、話し相手をするだけだった。彼女がベッドに腰かけ、彼が向かいのソファに腰を下ろし、扉も閉めなかった。扉を閉めなければ、気兼ねのなさがありありと出て、いかにも夫婦らしく見えた。

だんだんと、私たちも彼女を鄭《チョン》さんの奥さんと見なすようになり、ついには莆田《プーティエン》のほうの人を忘れてしまった。しかも私たちが話す時は、彼女を傷つけないよう、いつも気をつけていた。ただ一度だけ、莆田の人から手紙が届いたとき、私の祖母が鄭さんに笑いかけ、こう言ってしまった。手紙に何て書いてあったんだい？　あんたの帰りを待ち望んでいるんじゃないのかい？　母が咳払いすると、祖母ははっとして、ばつが悪そうな顔をした。女の人は聞こえなかったかのように、微笑みながら電灯の影に腰かけており、おちついた様子で、私たちにりんごを剥《む》いてくれた。

気づいてはいなかったが、時間は私たちの見方を正したようだ。半年たつと、私たちはこの女の人を受けいれ、好きになっていた。私たちは彼女について一点の憶測さえ頭をよぎるのを恐れた。それは彼女に対する冒瀆《ぼうとく》のように感じられたからだ。母は、以前は冗談でふたりを「オシドリモドキ」と呼び、こう言っていた。彼女は彼に尽くしているけど、金目当てにすぎないわよ。しばらくすると、もう言わなくなった。なぜならこんな言い方はあまりにも無意味だったからだ。流水の如き平板な日常の中で、私たちの目に映ったのは、この男女が愛しあっている姿だった。

彼らの愛し方はとても静かだった。永遠に変わらぬ愛を誓うようなふたりではなかったのかもしれない。いろいろなことを経験してきて、ふたりとももう無邪気ではなかったのだ。しばしば夕食後に、それほど寒くなければ、ふたりは散歩に出かけた。いまだにお散歩デートなんて、若者みたいじゃないの。母がからかうと、ふたりは笑い、女の人は鄭さんの首にマフラーをかけ、襟を立ててあげる。時には、老四《ラオスー》を連れて行くこともあった。老四は家の外でよくコマ遊びをしていた。彼はコマを回しながら遠くまでついて行った。

ふたりが出かけない時は、私たち両家族は例によって世間話をし、天気のこと、料理のこと、時の政治のことなどを話した。門口によりかかった老二《ラオアル》が冗談を言うと、私たちはぷっと吹き出す。ちょうどこの時、隣りの部屋から澄んだ笛の音が聞えてくる。練習中の曲で、とぎれとぎれだ。老三《ラオサン》がまた笛を吹いているのね。女の人がそう言うと、私たちは息をひそめた。老三はまだあまり熟達していないが、それがもの悲しいメロディであることはわかる。夜の寒空に、雲が静かにたち昇っていくようなメロディだ。

私の家の中庭は、また以前の調子に戻ったようで、むしろ以前よりもよくなったようだった。月明かりの夜、人びとは寒さに縮こまり、蒲団のぬくもりの中で、時は止まったかのようだった。部屋でじっとしながら、もうひとつの部屋のことが想像できた。そこには女の人がひとりいて、ソファに腰を下ろしてセーターを編み、猫が足許で丸くなって眠っている。冬の夜はこのようにしんしんと冷えていくが、しかし彼女は私たちに、悠久の歳月に属するものを運んできた。それは平穏と整然であり、真冬に人びとの口から吐き出される温かい息のように、すぐに冷えてしまうけれど、その一瞬、それはある。

彼女が腰かけるところにはストーブの温かい香りが漂い、燃え盛る薪《たきぎ》の香りが部屋全体に広がり、そうして私たちはほんとうに眠くなるのだった。

ある時期、母はふたりを案じてこう言った。あのかりそめの夫婦は、あんなに仲よくなってしまって、結論を出さなきゃいけないんじゃないかしら？　しかしふたりに「結論を出す」気配《けはい》はなかった。ふたりは一日を一生と思って生きているようで、だから落ちついて、少しも焦っていない様子だった。冬の午後、私たちは昼寝をするのが日課だった。だが、このふたりは敷居に坐り、男は竹細工の材料を削り、女は小さな腰かけを運んで彼の後ろに坐り、毛糸の玉を高だかとあげて猫とじゃれた。猫が彼女の体によじ登ろうとすると、彼女は跳びあがって小走りに逃げながら、ふり返り、「ミャーミャー」と鳴きまねをして、笑った。

そんな時、彼女の子どもっぽさが顔を見せる。とても生きいきとして、おちゃめで、かわいらしい娘のようだった。彼女はそんなに年というわけでもなく、せいぜい二七、八だったろう。彼女がふと視線をあげる時、その目の中にはキラキラ輝くものが覗くことがあった。人前では見せないが、鄭《チョン》さんの前では、色香ただよう女性と言えなくもなかった。

そんな時、鄭さんは笑った。彼が彼女を見る時のまなざしはとてもふしぎで、男が女を見る目であり、年長者が子どもを見る目でもあった。彼は言った。ちょっと静かにしてられないのか？

彼女は再び彼の後ろに戻って坐った。指で彼の腰をつついたのだろう。彼がふり返り、笑って言った。何すんだ？　彼女は、何もしてないわよと言った。ふたりは相手の様子を窺うように見てはニコッとし、何も言わずにまた仕事に没頭した。やがて見るのにも飽きて、彼女は言う。バカね。鄭さんが笑って言う。バカだってば。

今度は鄭さんが子どもになる番で、彼女のほうが年長者のようだった。

3

翌年の正月が明けたころ、屋敷に男の人がやって来た。その男の人は四十歳くらいだろうか、田舎の人の服装で、濃紺のズボンを穿き、カーキ色のズック［軍用の「解放鞋」］を履いていた。まだ早春で、少し肌寒かったためか、彼は綿入れの上着を着こんでいたが、袖口が短かすぎ、彼の綿入れ姿はよけい寒そうで、硬く縮こまって見えた。

理屈から言えば、私たちは田舎の人を見てきたし、人によっては彼よりもいいかげんな格好で、服に気を使っていなかったが、誰も彼ほどだらしなく時代遅れではなかった。しかし彼はそのことに気づいていないようで、愚鈍でやぼったく、何にでも服従し、妥協しそうに見えた。あの頃、私たちのところの田舎の人にも機転の利《き》く者は多かったし、一部の流行りにのった者は町に出て来て商売をする度胸まであった。口を開けば金のこと、やれ経済だ、リベートだと、実に世慣れた様子だった。だがこの男の人は違った。見るからに、田畑に生きる人間であり、大地にふんばり作物を相手にしていくタイプだった。町に来たのは今回が初めてなのだろう。

彼は誰かを捜しているらしく、少しきまり悪そうに、はじめは門の前に立って屋敷の中を覗き、入ろうか入るまいか迷っていた。手にはしわくちゃの紙きれを握り、しきりに家屋番号と見比べている。その日は日曜日で、屋敷には人影がなかった。昼食を食べ終わると、鄭《チョン》さんは女の人を連れて街へ出かけ、他の者は、外で用事があったり、銭湯に行ったり、知人を訪ねたりしていた。だから私と母だけがのんびり日向ぼっこをし、他には老四《ラオスー》と私の弟が地面にかがみこんでビー玉遊びをしているだけだった。

この時、私たちは彼に気づいた。こわばった笑みを浮かべ、背を丸めて畏《かしこ》まり、誰かに怒られはしないかと心配しているようだった。母が、覗きこむように訊ねた。何かご用？　彼は俯いて上体を少しかがめ、手を袖に挿しこんで言った。女房に用があって来ました。奥さんの名前は何というの？　母はそう訊ね、彼に手招きした。彼は感謝で胸がいっぱいの様子で入って来ると、小さな声で妻の名を口にした。母は私をふり返り、ひと言、まあ、と言った。

彼が会いに来たのは鄭さんの女の人だった。ということは、彼は女の人の先夫なのか。私たちは、今生《こんじょう》で女の人の先夫に会おうとは思ってもみなかった。それで彼をつぶさに観察し始めた。体はまあ丈夫そうで、赤ら顔をしていた。目鼻だちはむしろ鄭さんよりも整っていたが、肌は荒れており、明らかに、風に吹かれ、日に焼かれた痕《あと》だった。その痕跡には、土ほこりや強い陽射し、野良仕事のさまざまな苦労が刻まれていた。どうしたわけか、この田舎の人にのしかかる苦労の多さと重さを、目《ま》の当たりにしているような気がした。実際に見ているわけでもないのに。

彼はぽつねんと中庭に立ち、孤独で、ひどく小さく見え、広野にとり残されたようだった。春の太陽の下で、私たちはご飯を食べて満腹し、温まり、何も考えずぼうっとしていたが、彼を見たとたんに心が寒くなり、突然目覚めた。母が言った。なんなら少し待ってみたらどうかしら。彼は顔を綻ばせた。母は私に部屋から腰かけを取ってくるよう目で促した。私が腰かけを運び出した時には、彼はもう壁に貼りつくようにしゃがんでおり、懐《ふところ》からキセルをとり出して、セメントの上にコツコツと灰を落としていた。

正直に言って、私たちは彼に何だか興味を覚えた。つまり、私たちは彼がなぜ女の人に会いに来たのか知りたかった。縒《よ》りを戻したいのか？　彼らは今もしっかり連絡をとりあっているのか？　いったいなぜ離婚したのか？　私たちは女の人について何も理解しておらず、彼女がいい人であることしか知らない。彼もいい人だろう……しかしふたりのいい人が、なぜ平穏無事に暮らしていけないのだろう。

初め、彼は畏まって、あまりしゃべらなかった。しかし、タバコを一服するうちに、母と雑談を始めた。実は、彼は大の話し好きだったのだ。彼は話す時、生きいきとして落ちつきのある表情と声になり、私たちは些か驚くとともに、彼は愛すべき人物だと思った。畑の収穫の話になり、彼の家には雌豚が一頭に仔豚が五匹、裏庭の木……全部足して税金と村に納める積立金を引くと、一年に何百元かの稼ぎにはなると言った。だけど、と彼はため息をつき、何かに使えるわけじゃない、その何百元かは幾つにも小分けして使わなければならず、化学肥料や農薬を買い、子どもの学費に充て、夫に先立たれた母親の医療費に充てたりするうちに手許には一銭も残らないどころか、逆に借金をする始末だと話した。

母は言った。じゃあ、どうしたらいいのかねえ。

彼はそれには答えず、脇の下に手を入れて何度か掻き、その手を出して嗅ぎ、また話し始めた。彼らの村に万元戸(6)が二軒あり、どうして儲けたかといえば、手許にちょっと余った金で果樹園や魚の養殖場を請け負ったからにすぎないと言ったところで、彼はフンと鼻をならした。少し軽蔑しているようだった。

あいつらは畑を捨てたんだ。彼はつぶやいた。天罰が下るよ。彼はそう言う時、口調は冷静で、憂え、ひどく悲しんでいるようだった。

母はからかって、そうね、ちょっと頭を自由にきり換えなきゃ、畑なんてもうやめたっていいじゃない？　と言った。

彼は母をまじまじと見つめ、重苦しく、野太い声で言った。畑をやるのがいい。

母は笑って言った。どうしていいの？　畑をやってたんじゃ、万元戸になれないでしょう。

彼は顔をまっ赤にし、慌てて弁明した。畑をやってるほうが堅いんだ。盤古《ばんこ》の天地開闢《かいびゃく》以来、どこに畑を耕さない農民がいるんだ、言ってごらんよ。ただここ数年——ここ数年どうしたのか、彼はすぐにはことばが続かなくなった——それに俺は万元戸にならなくても食べ物はあるし、着る服もある、瓦葺《ぶ》きの新しい家にも住めるからな、けども——彼は膝に肘《ひじ》を押しあてながら考えていたが、突然恥ずかしそうに笑った。そして、瓦葺きの家を建てた金はおおかた妻が出しており、彼女は町で幹部職に就いているので、ひと月に三、四百元は稼ぐことができ、それは優に彼の半年の収入にあたると認めた。

私たちは唖然とした。母は疑わしそうに訊ねた。幹部職ですって？　何の幹部なの？　私だって月に三、四百元も稼げないのよ。この町の人にしたって、商売でもしないかぎり……それに、離婚したんじゃないの？

離婚だって？　彼は膝に手をついて立ちあがり、目を剥いて言った。誰から聞いたんだ？

その表情から、私たちは少しわかった気がした。ひょっとすると……私たちは疑ってみるべきだったのかもしれない。どこかがおかしい、私たちはだまされているのかも。彼は女の人の先夫ではなく、夫なのだ。母は私に、老四《ラオスー》と弟を外へ連れ出すよう唇で合図をおくり、笑って言った。あらまあ、私ったら何ばかなこと言ってるのかしら。ふだんあんたには会えないし、章《チャン》さんのほうもひとり暮らしなものだから、てっきり離婚したと思いこんだのよ。

男はやりきれない様子で言った。あれが来るなと言うからね、それに家のあれやこれやで忙しくて出かけられない、もしも子どもの学費のことがなければ……いやとにかく、一ヵ月も滞納しているんだ、先生から最後通牒を突きつけられてしまったよ、これ以上学費を払わないなら学校に来なくていいってさ。それがまた運よくあの日、二順子《アルシュンツ》が町に出て、この門の前であれを見かけたんだ、そうでなければ、どこを訪ねればいいんだかわからなかったよ。

彼はくどくどと話し続け、ここ数年の生活をぐちり始めた。父親役も母親役もやり、家の中はまるで家庭らしくなくなってしまった、家計に余裕がありさえすれば、彼だって彼女に出稼ぎさせたりはしないと。どんな幹部職に就いてるかって？　彼は、くすっと笑った。俺があいつの能力のほどを知らないわけがないだろう。両手で四両［二〇〇グラム］も持てない細腕じゃ、紡績工場に紛れこんで、臨時工のグループ長をやるくらいが関の山だよ。

私と母は顔を見あわせた。製粉工場、紡績工場、人民劇場でヒマワリの種を売っていたというのは、そうなるとぜんぶ嘘だったわけだ。母はひとまず真相が漏れるのを避け、遠回しに他のことを訊ねた。最終的に、事の次第はだんだん明らかになり、ベールが剥がされ、事態は私たちが最も望まない方向へと転回したのだった。

男の人は話し始めると口が滑らかになり、止まらなくなった。その日の真昼どき、私たちの耳許《もと》でブンブン鳴るのは全て彼の声だった。何という声だろう……妻の話となると、彼の話は長くなり、熱がこもって悲哀に満ちていた。彼はいつも彼女が恋しかったのだろうか。夜が更けて人が寝静まる頃、彼はしばしば目を覚まし、窓の外の月を眺めてきたのだろうか。一日のうち、静かに考えに耽《ふけ》ることのできるそんな時間はめったにないだろう。昼は野良仕事に出かけ、夜は家事に勤《いそ》しみ、一年一年、老いた母親を介護し、幼い息子を育てているのだから……これでは死んでしまう！　妻はどこにいるのだろう？　今ごろ、彼女も寝ているだろうか。彼女がベッドでまるまって寝ている姿を想像して、口許がほころぶ。彼女が恋しくてたまらなくなる。彼女は家族思いで、帰る時には必ず上等なタバコの葉を彼へのみやげにし、子どもにいろんなおもちゃを買い、しゅうとめにはあれこれ薬を買ってきてくれる。だがそれは彼の願ったことではない。どうしたわけか、時には泣きたくなるほどだ。彼はこう思っている。生活が楽になったら彼女に帰って来てもらい、彼女の本分の仕事をさせて、家庭らしさをとり戻すのだ。

そう、家庭らしさをとり戻すのだ。その刹那、彼は真昼の太陽の下に坐りながら、ゆっくりと目を細めた。

彼はひと息ついた。話し疲れ、これ以上続けたくなくなったのかもしれない。がらんとした真昼どき、あたり一面が白金の太陽の影に覆われ、私の家の中庭は突然広くなった。物音ひとつせず、汗が出そうになった。これ以上もの寂しい瞬間はない。私たちは少しずつ気が沈んでいき、日溜《ひだま》りに長い間腰かけていた。ふと顔をあげると、陽光が暗くなっていた。

夫は結局、妻が帰るまで待つことはできなかったが、上機嫌で帰って行った。数日後には妻が給料を耳を揃えて届けてくれるのがわかっていた。その金で子どもの学費や雑費を払うのだ。また彼は、敷居のところに置いた袋半分の米を引きずり出すと、彼女に渡してほしいと言づけ、こう言った。これはいい米なんだ、町ではけっこう高い値がつく、あれに食べさせてやってくれないか、俺たち家の者はできるだけ節約するから。

女の人は夜になってやっと帰ってきた。彼女は鄭《チョン》さんの後ろについて歩き、手には大小さまざまな袋を持っていた。母は歩み寄り、何を買ったのか訊ねた。鄭さんが笑って言った。適当に彼女の服を買ったんです。女の人はベッドの端に立ち、買った物をひとつひとつ袋から出した。革靴、ワンピース……そして生地を一枚、肩にあて、自分にあうかどうか確かめながら母に訊ねた。似あうかしら、私ははでじゃないかと思ったんですが、彼がどうしても買うと言うから。鄭さんは笑って言った。この中で俺がいちばん気にいっているのはこれだよ、色もいいし、服にして着るとずいぶんおしゃれに見える。

冷静に眺めれば、女の人のしぐさは以前と何ら変わらなかったが、私たちはみな別のものを見いだした。例えば、彼女は切れ長の目をしており、鄭さんが話す時、彼女の目は少し上目遣いになる。ゆっくりと、無意識であるかのように。いずれにせよ、私にはどうもうまく表現できないし、まねできない。このちょっとしたしぐさに、母は肘で私をつつき、耳打ちした。ほんとうに、らしいわね。

実は、母は早くから、私たちの町にはふたつのタイプの売春婦がいるという話を耳にしていた。もとはといえば、それもこれも広州へアサロンから始まったことだ。ある時、通りを行く女性を指さし、「そっちの商売をしている」者だと母に教えた人がいた。それはまさに天女のように見えた。母は後《のち》にこう言った。年が若いこともあるけど、あの装いだけでも、この町では見たことがない。母は教えてくれた人に聞いた。地元の人じゃないよね。知人は笑って言った。自分の地元で商売する人はいないわよ、できると思う？　樹に皮があるように、人にも面の皮ってものがあるから。いくら困ったとしても、親戚友人の顔だけはつぶさないようにしなくちゃ、万一、兄弟やおじたちが客になったら困るじゃない。

もうひとつのタイプのほうは、ほんとうにこの土地の人で、鄭《チョン》さんの女の人のように、半分は妻、半分は娼婦の仕事をしている。この種の話を母は一向に信じず、デマだと思っていた。その理由は、妻は妻であり、娼婦は娼婦であり、両方に足を突っこんでいる女性はいないというものだった。ところが意外にも、このタイプの女性が私たちの町にも多少はいたのだ。彼女たちはたいていが田舎の人で、結婚もしており、家族がいるから故郷を離れたがらない。

このタイプの女性はたいていよそ者を相手に商売している。彼女たちはもともと善良だが、家の暮らしが貧しく、田舎で暮らすのに鶏を絞《し》めることもできず、辛抱がきかず、労働に耐えられないか、あるいは贅沢や享楽を貪《むさぼ》りたいか、または家庭の不和で逃げ出して来たか……これ以外にも、さまざまな場合がある。彼女たちの客の多くは家族を連れてこなかった商売人で、手許に多少はお金があり、まじめで落ちつきがあり、醜男《ぶおとこ》でもなく、まずまずの容姿をしている。だから日がたつにつれてだんだん情が生まれ、恋愛関係になる。

　彼女たちは女性ならではの細やかな心遣い、きれい好き、まめな点を活かして、異郷にやって来た渡り者たちを慰め、服を洗い、ご飯を作り、話し相手になったりする。彼らの気が晴れない時は、心の安らぎを与え、彼らを笑わせて楽しませ、彼らのために手だてを講ずる。彼らが妻を恋しがる時は、彼らに体を与える。家を恋しがる時には、臨時の楽しい我が家を作り出す。彼女たちはほぼ全般にわたって相手に尽くす。だがこれは、女性なら誰もが備えているはずの性質にすぎず、彼女たちにとっては本領なのである。彼女たちはそこから報酬を得るが、双方とも楽しんでいるのだ。

　もしも相性があわなくなれば、もちろんすぐに別れ、少しも惜しいとは思わない。もしも仲よくなれば、その男はやがては帰らなくてはならないから、めんどうは避けられない。何度も涙を流し、情が深いために別れられず、お互いに印となる品を残して再会を約束する。しかし実際に別れると、だんだんそれでよくなる。人は生きていかねばならないのだから、しばらくたって思いが薄れてきたら、彼女たちはまた別の男を見初《みそ》め、その男といっしょに暮らし始めるのだ。

　この道で生計を立てている女性は、多くが仲介人を通じて紹介される。話によると普通の見合いと変わりなく、数回会って、お互いに満足がいけば、女が顧客について行く。またこの術《て》の女性は、生まれつき何かが普通の人とは異なり、例えば、彼女たちは多情で、男に惚れやすい。といっても、彼女たちは昔のことを忘れないかもしれないが、けっして一途《いちず》な恋に走ったりはしない。彼女たちは何度も生まれ変わることができ、異なる男性を愛することができる……これは職業柄養成されるものではなく、生まれつきなのかもしれない。

　私たちと同じで、彼女たちも娼婦を軽蔑している。鄭《チョン》さんの女の人はこう言ったことがある。汚《けが》らわしくて、下品だわ！　それに、不衛生なのよ。彼女はくすくす笑った。それはかなり前のことで、彼女の「先夫」はまだ現れていなかった。彼女たちは娼婦と比べれば当然違うが、一般の女性と比べるとなると、何とも言えないところがある。私から見れば唯一の違いは、恋愛や結婚を通して境遇を改善する点において、彼女たちはおおっぴらに語り、一般の女性はこっそり黙って行動する。したがって彼女たちはサバサバした率直なタイプの人たちであり、尊敬に値するしないは別の話である。

　私たちの家の向かいの馮《フォン》家には老婦人がいて、私たちは馮お婆さんと呼んでいる。この人は誰よりも朗らかで人情味がある。容貌もよく、色白で、髪の毛も白く、夏に白いポプリンの服を着ればほんとうに雪だるまのようだ。この老婦人はかなりの見識があり、おそらく彼女の息子が監察局の局長をしていて、娘が人民病院で婦長をしているからだろう、天文地理を説けば、人びとを驚かせる。よく自分の家の戸口で枝豆を剥いており、道路を隔てて私の祖母に声をかけてくる。あんたの家は今日何を食べるの？　ふたりの老婦人はひと言ずつことばを投げかわし、しまいに馮お婆さんが竹籠を抱え、よたよたと道を渡ってくる。私を見ると笑って言う。お姉ちゃん、お帰り。弟を見るとこう言う。おちびちゃん、今日は先生に叱られなかったかな？　彼女は人受けがよく、彼女を知る人で彼女を尊敬しない人はない。彼女の艶話《つや》はこの辺りでは有名で、若い頃に夫が台湾に逃げたため、母と子の三人だけが残されてしまった。お腹を空かした幼子をふたり抱えて、どう生きてゆけばよいのか？　恋人を見つけければよい、というわけで、たくさんの人とつきあい、どうにかふたりの子どもを育てあげ、子どもは出世して所帯を持った。誰かが彼女に見合いの相手を紹介しても、彼女はすべて断った。その言い分は、夫は死んでいないから、帰りを待つというものだった。陰で彼女を笑う者もいた。これが待っていると言えるかね、夫がいる時よりも楽しそうじゃないか。いずれにせよ、彼女はふたりの子どもを育てたが、辛酸を嘗めず、楽しくやったのだ。

私たちにはどうもよくわからない。鄭さんの女の人と馮お婆さんにはいったいどのような違いがあるだろう。しかし私たちは馮お婆さんならば納得して許せても、鄭さんの女の人は許せなかった。母はすぐに彼らを追い出しにかかった。その晩、彼女は鄭さんを呼びつけ、ほんとうのことを明かすよう要求した。鄭さんはありのままに白状した。それは私たちが知っている状況と同じだった。しかし彼は言った。彼女はいい人だと。母は情理をわきまえて言った。わかってます、あなたもいい人ですよ、だけどこれはいい人悪い人の問題じゃありません、うちはまともな家なのよ、体面を保たなくてはならないの、他のことは相談がきくけど、このことだけは……私をあんまり困らせないで。

母はさらに言った。あなたは商売人なんだから、何事もほどあいを考えるべきでしょう、他人に家の財産まではぎとられないようにしなさいよ。鄭さんはばつが悪そうに笑い、少し間をおいて、揉み手をしながら言った。それは、俺もわかっています。

鄭さんは女の人を連れて出ていった。見なければ悩まずにすむと、母は彼の兄弟もいっしょに出て行かせた。それ以来、私たちは彼らに会ったことがなく、彼らの消息も聞かない。

瞬く間に一五年が過ぎた。鄭《チョン》さんと彼の女の人は、まだ仲よくやっているだろうか、とっくに別れただろうか、それぞれの家に帰っただろうか。彼らが屋敷を出てからの数年間は、夏がきて夕涼みの時に、あるいは冬、早ばやと布団に縮こまり温まる時に、彼らを思い出した。それはなんと安らかで純朴な時間だったことだろう。私たちが空想した莆田《プーティエン》の竹林のように、月明かりの下で穏やかな静けさを放つ明かりのように……今、それはもう遥か手の届かないものになってしまった。それとも、そもそも存在しなかったのだろうか。

ここ数年、私たちの町は一歩一歩前に進んでおり、その過程でどれだけのことが起こったかわからない。一度、父が彼らを思い出し、笑って言った。何というか、売笑でそこまで売って、ちょっとした愛情まで注ぎこんだんだから、小さな町ならではの風情と言えなくもないな、古風いまだ健在というわけだ。すると母が言った。そうとも言えないでしょう、売春は売春、しまいには心まで売ってしまったのだから、娼婦よりもたちが悪い。

ああ、こういうことは誰がうまく説明できるというのか。私たちにしても、内輪でとりとめもなくとりざたしているにすぎないのだ。

訳注

（1）本来は「票友」（京劇ファン）が役者になること。リスクを冒して転職するという含みがあることから、官僚や科学者、文化人などが実業界に入ることを指すようになった。

（2）一九三四年に延安で設立。全国にネットワークを持つ国営の書店となった。八十年代末から民営化が進められている。

（3）鄭家の二番目の子の意。長子である鄭さん（原文：大老鄭）に次ぐ兄弟であることから、「大」が「二」に置き換えられている。なお、「老」は一字の姓の前につけて尊敬や親しみを表す接頭語。

（4）鄭家の三番目の子の意。「老」は兄弟姉妹の順序を表す接頭語。後出する老二、老四の原理も同じ。

（5）炒って塩味をつけたヒマワリの種。殻を割って中の胚を食べる。西瓜《すいか》や南瓜《かぼちゃ》の種とともに、安価で暇つぶしに適した食品。

（6）八十年代、副業等が自由になったころ、年収一万元の農家の出現が話題になった。

太白山記（抄）

賈平凹
塩旗　伸一郎訳

賈平凹（か・へいわ）Jia Pingwa

一九五二年、陝西省丹鳳県生まれ、男。原名は賈平娃。のち、「娃」を同音の「凹《わ》」に変更。七五年、西北大学中文系卒業。七八年、『満月児（満ちゃんと月ちゃん）』が文革後初の全国優秀短篇小説賞を受賞。八二年より専業作家。現在、陝西省作家協会・文学芸術界連合会副主席、西安市作協・文連主席。中国人民政治協商会議全国委員、西安市人民代表大会常務委員。

中国文学中の非リアリズム的伝統を承け継ぎつつ欧米文学理論の受容に努め、『太白山記』を機に「実を以て虚を写す」独特の文体を志向。九二年、「大散文」を提唱して『美文』を創刊。代表作に、「ルーツさがし文学」として名を馳せた『商州初録』（一九八三）、『浮躁（浮き足）』（一九八六。米モービル・ペガサス賞）などの「商州系列」、腐朽の気に覆われた古都西京（西安）の「文化人」たちの破滅を描いた『廃都』（一九九三。仏フェミナ賞）、中国農村の変貌の中に文明の危機を剔出した『秦腔』（二〇〇五）、『賈平凹長篇散文精選』（二〇〇三。魯迅文学賞）等がある。なお、『廃都』は型破りな性描写と文化批判の危険性により禁書となり、『賈平凹文集』（全十八巻）にも収録されていない。

『太白山記』は、中国を地理上・文明上「北」と「南」に隔てる秦嶺山脈の主峰太白山を舞台に、日常と地続きの神秘的世界を描き、「新聊斎」の異名をとる。作者の創作歴において、神秘的・内省的側面が比重を増していく過渡期にあたり、禅や道教への接近とともに、自身の病の体験が、人生観、死生観として作品の底に流れている。

寡婦

冬が来るなりめっぽう寒い。石ころもひび割れ、つなぎを忘れた団子みたいにボロボロになる。うかうか外で用も足せない。出るそばからつららとなって地面につかえてしまう。太白山の男は、女に比べて辛抱がきかない。冬の間にバタバタ死んでいく。

よい子は寝んね、寝んねしな。寝ちゃえば死んだと同じこと、嫌なことなどみんな忘れちゃう。じゃ、父ちゃんは寝んねしたの？　父ちゃんのことはいいの。

母親はしわしわの棗《なつめ》をひとつ、三歳の子どもの口に押しこみ、自分の布団にもぐりこんだ。子どもは干し棗を噛み終わってもよだれが止まらず、ひとしきり指をしゃぶりながら、眼は暗闇の中で、母の頭の上にある炎の輪を見ていた。するとランプの芯のような小さな炎が、梁《はり》の上を動いていくのが見えた。はは、あれは子鼠だな。ふと、何やら音が聞こえた。まるで牛が田んぼを耕しているようでもあり、猫が糊を舐《な》めているようでもあった。そのうち、オンドルの上で何かモゾモゾ動いているような気がした。見ると、父が母の体の上に乗っかっていた。父ちゃんと母ちゃんが喧嘩してる！　父ちゃんは狂った牛みたいに、筋肉がごつごつと背中で盛りあがり、もうがまんできないといった様子で、母ちゃんの口許《もと》や顔のあちこちにやたら噛みついている。かわいそうに母ちゃんは眼をつぶったまま、髪をふり乱し、体じゅうわなわなと震わせている。父ちゃん少しは加減すればいいのにと子どもは思った。母ちゃんに味方しなきゃ。げんこつで父の頭をポカリとやった。とたんに父の頭は動かなくなった。父ちゃんは死んじゃったのかな。子どもはどぎまぎし、体を起こすと、呆然と父を見守った。やがてほっとした。父ちゃんの頭は死んだけど、尻はまだ活きていた。もう勝手にしたらいいやと思い、またスヤスヤと眠りに落ちた。

朝起きると、オンドルには母が寝ていた。母は布団の角を抱きかかえていた。だが父の姿がなかった。その夜、子どもはまた父を見た。相変わらず母と喧嘩していた。子どもはもう母に加勢せず、布団の縁《ふち》からはみ出した父の足と母の足が擦れたり絡んだり突っぱったりするのを飽きもせず眺めていた。何ともおもしろいものだった。朝になると、オンドルの下にはやっぱり母の靴と自分の靴しかなかった。

また夜が来た。母親が子どもと寝床に坐ると、子どもがきいた。父ちゃん今夜も来るの？　父ちゃんは来ないよ。もう二度と来ないの。母は言った。母ちゃんの嘘つき、父ちゃんが毎晩母ちゃんをやっつけに来るのを見てないと思ってるの。母親はギュッと子どもを抱きしめた。信じられない様子で、さっと血の気《け》が退き、全身震えが止まらなかった。親子は夜中までまんじりともせず過ごしたが、何の気配《けはい》もなかった。母親は、子どもが寝ぼけただけだったかと安心し、戸口と窓に横木をわたして閂《かんぬき》を二重にし、布団をかぶって寝た。父ちゃんが来ないなんて嘘だ。母がぐっすり寝入ってからも、子どもはなお眼を見開いていた。案の定、父親がまたもオンドルの上に現われた。さては父ちゃん、チビと隠れんぼするつもりだな。裸んぼで壁伝いに母ちゃんのほうへ近寄っていく。父ちゃん、それじゃ体が冷えちゃうよ。父ちゃんの頭の上には火がないんだから。だが父は口をきかない。頬っぺたはパンパンに膨《ふく》らんでいる。棺桶に担ぎ入れられる時、口に胡桃《くるみ》をふたつ詰められたのだ。父ちゃん、あの胡桃まだ食べてなかったの。父はやはり黙ったまま、なおも母のほうへ寄っていく。子どもは腹をたてた。父ちゃんのヤツ、と思ったが、そのうち、母ちゃんも母ちゃんだという気がしてきた。何で父ちゃんは二度と帰って来ないなんて嘘つくんだ。子どもは、父ちゃんに声を出させてやれと思った。母ちゃんが跳び起きて、嘘をついたバツの悪さを味わえばいいんだ。手を伸ばして枕許《もと》を探り、つかんだ物を父めがけて投げた。飛んでいったのは枕用のレンガだった。ちょうど父の体の真ん中の、硬くピンとはった物にぶつかった。母親が目を醒ました。母ちゃん、父ちゃんに命中したよ。父ちゃんはどこ？　灯りをつけると、父親はいなかった。だが子どもは父が壁に貼りついていた場所に、つるつるした木の杭があるのを見つけた。この子ったら、杭なんか打ちつけて母ちゃんをびっくりさせて。母親は布団の中で下着をとり換え、洗い物を木の杭に掛けた。杭はすっかり湿っていた。雨になるね。杭まで露で濡れちゃった。母は言った。

翌日、母親は子どもを連れて、山の上の墓へ供養に行った。見ると、土を盛った墓にぽっかり穴が開いている。驚いて恐るおそる中へ入ると、棺はとうに開けられ、父親は中でちゃんと眠っていた。しかし体の真ん中の物は根こそぎ無くなっていた。

子どもは仲間と遊んでいる時、父ちゃんが母ちゃんをやっつけに来たことをしゃべった。数年後、母親は再婚しようとした。誰もが彼女のことを若いと言い、きれいだと言った。だが誰も嫁にとろうとはしなかった。

人参売り《にんじんうり》

その家の主《あるじ》は、漢方薬材を採りに出かけると、きまって朝鮮人参を手に入れた。高値で売りさばき、数十里［一里は〇・五キロ］四方でいちばんの金持ちになった。だが性格はけちだった。金があることをひた隠しにし、ふだんは新しい衣装の上にぼろをまとい、ごちそうを食べる時は戸口も窓も閉めきって、食後は口を拭い楊枝《ようじ》を使ってからでないと家族を外に出さなかった。人に会えばやたら溜め息をつき、貧乏を嘆いてばかりいた。

この夏もどっさり朝鮮人参を掘りあてた。蒸して干した後、ぼろ籠に詰めて、麓の町へ売りに出かけた。出発前、門の上に鏡をひとつしつらえた。怪訝《けげん》な顔をする奥さんに、これは泥棒を照らす鏡だと説明した。泥棒は鏡があると近寄れない。狼が爆竹を怖れ、幽霊が火を怖れるようなものだ。奥さんは、そこまでしなくてもと、夫の疑心暗鬼を笑った。亭主は色をなして言った。他人を害する気はなくても、他人に備える心はなきゃいけない。人間とは得体の知れない生き物だ。貧乏すりゃ笑いものにするし、金持ちになれば恨むのだ。俺が出かけてしまえば、欲に目がくらむ奴がいるに決まってる。この家の中で、井戸は盗まれやしない。便所《かわや》は誰も盗まない。それ以外はいちいち気をつけろよ。まだ乾いてない人参は特にちゃんと隠すんだぞ。わかったか？　わかったと奥さんは言った。じゃあ一ぺん言ってみな。奥さんは、井戸は盗まれやしない、便所は誰も盗まない、乾いてない人参はちゃんと隠す、と言った。人参だけじゃなく、家の中の薪《たきぎ》一本にも気をつけるんだぞ。わかったら俺は行くからな。奥さんは亭主の背中を押して送り出した。亭主は、一歩一歩ふり向きながら山を下りていった。

奥さんは、言われたとおり家から一歩も出なかった。太陽はキラキラと、框《かまち》の上の鏡を照らした。円い光が門のずっと向こうまで伸び、敷地の外の池に射しこんだ。池はまた円い光を家の中まで反射してきた。奥さんは円形の光を目で追いながら、部屋にござを敷いて坐っていた。陽が沈んで暗くなると、表も裏口もしっかり戸締りをして寝た。寝てしまえば一晩じゅう何事もなかった。が、框の上の鏡が泥棒に盗まれてしまわないか心配だった。泥棒を照らす物がなかったら、ほんとに泥棒が来るんだろうか。翌日、門を開けると、いの一番に鏡を見た。鏡はちゃんとそこにあった。

ところが鏡の中に景色が映った。見れば自分の家だ。するとコソ泥が軒下の蓆《むしろ》の上に現れ、朝鮮人参を盗もうとした。夫がコソ泥と格闘になった。コソ泥は背が小さいくせに身のこなしはすばしこく、いつも夫の股の下をすり脱《ぬ》けてしまう。夫は逆上して喚き散らし、挽き臼の棒を摑《つか》むとコソ泥の頭めがけてふり下ろした。コソ泥がサッとよけると、棒はバンと洗濯石を叩いた。コソ泥は脱兎の如く門を飛び出し、逃げていった。ずっと見ていた奥さんは、恐ろしさで汗びっしょりになった。コソ泥が逃げようとする段になって「追いかけるわ」と言い、一目散に駆け出した。とたんにスッテンコロリと門の敷居に倒れこみ、見回すとどこにもコソ泥の姿はなかった。おかしいなと、顔をあげて鏡を見ると、鏡の中は何もかも消えてなくなり、表面は円く明るく光っているだけだった。

あくる日も、門を開けるなり鏡を見た。鏡の中にまたも景色が映った。誰かが黒い覆面をして塀を越えようとしていた。動作は猫のように軽やかだ。庭に転がり下りた矢先、飛びこんできた者がある。夫だった。覆面男は逃げようともせず、逆に夫を一撃で打ちのめした。夫は口じゅう血だらけにしてその場に倒れてしまった。男は部屋に入ると手当たりしだいに引っかき回し、真新しい服やズボンを根こそぎ縄で括《くく》って背負い、柱に吊してあった干し肉をほどいた。次にテーブルを蹴り倒し、下に敷かれたレンガをつるはしで掘り返すと、鉄の箱が現れた。中から次つぎと札束を鷲づかみにし、懐に押しこんだ。奥さんは鏡を見ながら思案した。夫はいつの間にお金を土間の下に埋めていたんだろう、ちっとも知らなかった。視線を戻した時には、覆面男はもう客間を後にしていた。夫はまだ地面にのびたまま起きあがれない。男がまた塀を跳び越えて去ろうとした瞬間、夫はやにわに突進し、両手を覆面男の股間に伸ばし、ぶら下がった塊をギュッと掴んだ。思いきりひねると、覆面男は地面に転げ落ち、動けなくなった。夫は服を奪い、干し肉を奪い、懐の札束を取りあげた。それから男に、今度バカなまねをしてみろ、と凄んだ。男は額を地面に打ちつけて許《ゆる》しを乞うた。夫は、ならば置いていけと言い、鋏でチョキンと覆面男の片方の耳たぶを切り落とした。それから男の足を持って外へ引きずり出し、門を閉めた。耳はなお地面でピクピク動いている。奥さんは見ていて胸が躍った。夫がこんなに勇ましかったとは。歓声をあげようとすると、鏡の中の景色は跡形もなく消えていた。

その後何日も、奥さんはしょっちゅう鏡の中に自分の家があるのを見た。べつにコソ泥が現われるでもなかったが、夫は常に家の前に坐っていた。その威厳たるや獅子のようだった。何と神秘の力を持つ鏡だろう。奥さんはふしぎでならなかった。夫が框の上にこの宝物をとりつけてくれたからには、家にもしものことなどあるはずがない。そう思うと気が楽になり、このごろはもう、じっと坐っているのをやめ、家を出て薪を割ったり、川へ米を洗いに行ったりする日が何日も続いた。家はやっぱり何も盗られはしなかった。

ある日、門を開けてまた鏡を見た。鏡の中にまたも景色が映った。誰かが門から入って来て、夫に遇《あ》うとうやうやしく挨拶した。ニコニコしながらポケットから瓢箪《ひょうたん》をとり出し、一杯やろうと夫を誘った。夫ははじめ胡散《うさん》臭そうにしていたが、じきに恵比寿顔になり、来客と中庭で酒を飲みだした。いい具合にできあがった頃、突然家の中で戸棚の閉まる音がした。ふり向くと、何者かがはちきれそうな風呂敷包みを提げ、石段を下りるところだった。風呂敷の中の人参を揺すってみせ、夫に向かってあかんべえをすると、大手を振って門を飛び出していった。夫は仰天し、よく見れば、裏の軒にぽっかりと穴が…。二人はぐるだったのだ。一人が表から来て酒で自分を引きつけ、一人は機に乗じて裏部屋の軒から入り、盗みを働いたのだ。慌てて酒飲み泥棒を捕まえようとすると、相手は奇襲に出て、持っていた酒を夫の眼にぶちまけた。さらにナイフでひと突き、夫の腹を刺し、踝《くびす》を返して逃げ去った。夫はその場に倒れた。腸がウジャウジャと流れ出てきた。とっさに手許の碗に臓物を盛り、傷口を覆うように伏せてベルトで締めつけ、門の外まで追いかけたが、再び地べたにひっくり返ってしまった。

奥さんは気絶しそうになり、顔はすっかり土気色となった。夫は死んだのか生きてるのか、もう一度眼をやると、鏡の中はまた空っぽに戻っていた。

三日後、麓から大急ぎで奥さんに訃報を知らせに来た者がいた。人参売りは、人参を売りさばくまではピンピンしていたが、懐に札束を忍ばせたまま、町の旅館のベッドで死んでいたという。

参詣者

太白山の頂上に池がある。一周三六五丈〔一・二キロ余〕、漏れも溢《あふ》れもせず、春夏秋冬つねに水位は一定だ。水はガラスのように碧《あお》く澄みわたり、落ち葉が浮かべば水鳥がツイとくわえて行ってしまう。人びとは神の仕業と思い、池の左脇に道観〔道教の廟〕を建てた。太白山の山中や周辺の到るところから、お参りに、願かけに、厄《やく》払いにと、人びとがお布施やお供え物を手に訪れ、ろうそくと線香が絶えることはなかった。

ある日、道観の宿坊に二人の男が泊まった。もともと見知らぬ同士であり、額を地に打ちつけて参拝し、線香をあげ、札束を賽銭箱に投げ入れると、夕暮れには蒲団をかぶって寝てしまい、口もきかなかった。夜も明けようとする頃、一人が夢の中で泣き声に起こされた。起きあがると、泣いているのは向かいのベッドのもう一人だった。

蒲団に入ってから何を泣いてるのだと甲がきいた。

乙は、さっき目が醒めて頭を触ろうとしたら頭がないんだと言った。

甲が驚いてカーテンを開けると、向かいのベッドで乙が蒲団にくるまって坐っていた。なるほど頭がなかった。頭がなくてなんで話ができるんだときいた。

いま俺はへそで話をしてるんだと乙は言いながら、蒲団を剥《は》いだ。たしかにへそで話している。ふたつの乳からは涙がとめどなく流れていた。

甲は、乙の乳がすでに眼になっていることを知った。そこで、泣くなよ頭は蒲団の中に落ちてないかと聞いた。

乙は掛け蒲団をバサバサ振った。頭はなかった。

ベッドの下を見てみろよベッドの下に落としたんじゃないかと甲は言った。

乙は跳び下りて、ベッドの下へ潜りこんで捜した。頭はなかった。

夜中に用足しに立っただろう便所に落っことしたんじゃないかと甲は言った。

乙は上着をはおって便所へ確かめに行った。頭はなかった。長い竿で糞尿を掻き回したが、頭はなく、泣きながら帰ってきた。

泣くなよよく考えてみな昨日夕方どこへ行ったんだいと甲はきいた。

乙は、本殿へ行って神さまを拝んだと言った。

なら本殿を捜してみろよひょっとして本殿に落ちてるかもと甲は言った。

乙が本殿へ行こうと部屋を出かけたところ、甲が言った。俺もどうかしちまった本殿に行っても仕方ないだろ本殿で額を打ちつけて拝んだんだから当然頭は肩の上にあったわけだ本殿に落とすはずはないな。

乙はベッドに戻って坐った。

ほかにどこへ行ったんだと甲は言った。

乙は、暗くなって月が出てきたので池のほとりへ水に映る月を見に行ったと言った。それでわかった池のほとりに落としたにきまってるいっしょに捜してやろうと甲は言った。

二人は池まで駆けて行き、石という石をすべてひっくり返し、草を一本残さず抜いた。頭はなかった。池に落としたということはありえなかった。余計な物が底に沈むことは水鳥が許さないからだ。もし池に落ちたなら水鳥がくわえて岸辺に放り出すはずだ。二人は来た道をまた逆に辿《たど》って捜した。やはり頭はなかった。宿坊に戻ると、乙はまた泣いた。甲は乙が泣くのを見ているうちに悲しくなり、そのうち自分も泣きだしてしまった。二人して泣いていると、乙が泣くのをやめた。逆に笑い声で、君も泣くことないよと甲を慰めた。

頭がなくなったのになんで笑っていられるんだと甲は言った。

乙は、こんなに親身《しんみ》になってくれて感謝に堪えない今までこんないい人には遇ったことない君まで泣かせてしまって申しわけない頭がなくても捜すのはやめたもう俺の頭なんて要らない！　と言った。

乙の言葉が終わると、頭が突然、肩の上に生えた。

酒豪

太白山の北側に、夜《イエ》という姓の家があった。娶《めと》った妻は見目麗しかったが、頭が少し弱く、切り盛りが不得手だった。家計は日ごと傾いてきた。夜氏は人に口利《き》きを頼んで椏樹坳《ふたまただいら》に一軒店を借り、料理屋を開いた。商売を首尾よく運ぼうと思えば、当然、地元をおろそかにはできない。郷政府《むらやくば》の人間を招いては接待するのが常となった。

中秋の夜のこと。まん円い月が出た。早ばやと店を閉め、とっときの酒と肴《さかな》を並べて、郷長と客席で酌《く》みかわした。二人とも底なしだ。妻はひっきりなしに酒を注ぎ、料理を作った。二時間ほど飲むと、郷長は首から上がまっ赤になり、「お主《ぬし》もいける口だな。女房にちょっと替わってもらおう」。そう言うなりテーブルに突っ伏し、指を酒に浸して円く輪を画《か》いた。輪の中から奥さんが出てきた。でっぷりと肥った巨体は、首がほとんど見えず、じかに頭が載っている。猪口《ちょこ》は要らない、湯呑みをくれと豪語した。言われるとおり湯呑みに注ぐと、カーッと一気に流しこんでしまった。夜氏はびっくりし、自分も湯呑みに換えた。たて続けに五杯飲むと、奥さんは酔眼朦朧となり、手を横に振りながら言った。「あんたにゃかなわないわ。でもうちの息子の敵じゃないね」。それからまた酒をつけて輪を画くと、青年が現われた。青年は英気溌剌、押し黙って飲む性質《たち》じゃないと言い、ジャン拳《ケン》をやろうともちかけた。夜氏はジャン拳の術に精通していた。普通のジャン拳に続いて、広東拳、今度は日本拳、次は老人拳とわたりあった。青年はしこたま飲めたが、拳の技で敗れた。飲みすぎて顔面蒼白となり、「女房の弟のジャン拳は凄いぞ」とまた輪を画いた。中から少年が出てきた。手足が奇妙に細く、腹はまるまる肥り、蜘蛛《くも》みたいだった。「まずはちょっと腹ごしらえさせてくれ」と言い、脇目もふらずガツガツ貪《むさぼ》った。夜氏の妻はもう一度火を起こし、料理を作った。二人はさし向かいで一杯飲むと、お互い杯の底に残っていないかを確認した。一滴残っていたら罰酒三杯と決め、さしつさされつするうち、テーブルの上の三、四本が空になってしまった。今度は甕《かめ》を開けると、少年は乾杯しようと手を伸ばしたが、盃は床に落ちてガシャンと割れ、もうまともに立っていられなかった。「畏《おそ》れいりました。妻の妹と勝負されますかな」。酒で輪を画いたと思ったら、とたんに吐いてしまった。夜氏《イエ》もとうに頭がクラクラし、世界が回って見えた。それでも少年を介抱しようとすると、しとやかな少女がいつの間にか席に着いているのが目に入った。「おつきあいくださらないの?」。少女はにっこりと微笑んだ。「水の如き五杯や六杯、お供せぬものですか。さあ飲みますぞ、お嬢さん」。少女は「ジャン拳じゃなくて、ことわざの尻とりで勝負しましょ」と言った。夜氏は受けて立った。だがいかんせん学問教養が足りなかった。「恭喜発財《キョウキハッザイ》」、少女が言った。「財源茂盛《ザイゲンモセイ》」、夜氏がつないだ。「盛情難却《セイジョウナンキャク》」。夜氏は続けることができず、罰酒を飲むはめになった。こうしてあっという間に十杯飲まされ、テーブルの下に崩れ落ちた。「失敬、失敬」と言いつつ、前後不覚となってしまった。「お酒で私に最後までつきあえた人はいないの」。少女は笑って言い、そのまま酒の輪の中に姿を消した。それから少年が青年の画いた輪の中に消え、青年が奥さんの輪の中に消え、奥さんも郷長の輪の中に消えた。郷長は目を細めて夜氏の妻に「この郷《むら》で料理屋やるなら、飲めなきゃだめだわな」と言い、誘っていっしょに飲みなおした。

夜が明けて、夜氏は酔いから醒めた。部屋じゅう酒瓶が転がっているのを見て、急に昨夜のことを思い出し、慌てて妻を呼んだ。返事はなく、誰かが窓から跳び出していったのが見えた。その人影は郷長らしかった。跳び起きて見ると、妻は寝床で泥のように酔っており、蒲団は乱れまくっていた。思わず胸騒ぎがし、掛け布団を剥ぐと、案の定そこには脱け殻状の物が残っていた。牛の角のように尖って硬かった。妻を叩き起こし、すぐに裏の陰溝《かわや》で小用を足してくるよう言った。妻はまもなく戻って来て、さも嬉しそうに「出たよ。出たよ。ほんとに郷長そっくり」と言った。夜氏が溝へ確かめに行ってみると、下の砂が一ヵ所、尿の勢いで飛ばされて穴になり、蟹が一匹、外へ這い出そうとしていた。体を横に傾け、口から泡を吹いている。まだアルコールが残っているようだった。夜氏は石を摑《つか》んで蟹を叩き潰し、砂に埋めると、妻には他人に漏らすなと言い含め、店へ戻った。全身が軽くなったようだった。

息子

山の北側の谷で四十年間後家を通してきた。一人息子が成長し大学へ上がり就職し、某県の何とか主任になったので、楽をさせてもらおうと息子のもとへ行ったはいいが、都会に半月いたら結膜炎になり、口内炎はできるわ大便は干からびるわ、やっぱり太白山に戻って住むことにした。太白山の空気は世界中に売り出せる。今日も緑の林に太陽が顔を出す。太陽は生まれ変わったように新鮮で、ポカポカと林を照らしてくれる。

親孝行の主任は溜め息をつき、ペルシャ猫を一匹、母親の憂さ晴らしにと送ってよこした。猫は数ヵ月で、大物の素質を見せ始めた。ある時は妖麗《ようれい》なること狐の如く、ある時は暴戻《ぼうれい》なること虎の如し。ただし鼠は捕らなかった。まっ昼間から盛りがついて鳴き、切々と迫る声に、谷じゅうの家から鶏や犬が呼び寄せられ、ガヤガヤと門の外に集まってくる。猫は気《け》だるそうに垣根の下に坐り、顔を洗うしぐさをし、それから後ろ足でまっすぐに立った。ヨチヨチと人間みたいに歩き、いきなり耳をつんざくような声をあげた。鶏と犬はそわそわ落ち着きがなかったのが静かになり、すっかりおとなしくなって、そのうちいつの間にか退散していた。母親は初めおもしろいと思ったが、そのうち鶏や犬がしょっちゅう来るのでうんざりしてきた。それもこれも猫に盛りがついたせいとわかっていたので、猫を去勢し、獣《あらくれ》に囲まれつつ後家を通させることにした。だが鶏も犬も相変わらず数日おきには必ず来た。それどころか、来ればきまって、犬は棒きれを口にくわえ、鶏はホカホカの卵をひとつ生み落とした。棒きれは枯れて黒ずみ、明らかにどこかの垣根からせしめてきたものだった。鶏はいつもトコトコ駆けてきて、卵を路上に生んだ。わざわざ献上に来たのだ。母親はふしぎでならなかった。棒きれは炊事の薪に使ったが、卵は食べてしまうわけにいかず、籠に入れて谷じゅうの家を訪ね、どこか鶏が卵を生まない家がないか訊ねて回った。なんとすべての家で卵の数が足りず、日数を計算してそれぞれの家に返した。母親は心根が優しく、よくモノがわかった人として評判になり、谷の人びとは用がなくてもおしゃべりにやって来た。奥さんが子どもを抱いてきて、子どもがウンチをすると、猫はすぐさま尻を舐《な》めに行った。犬が糞を舐めるならわかる。猫がなんで糞を舐めるんだ？　母親は急に胸が悪くなり、それきり猫がまな板に跳び乗って残飯を食うのをやめさせた。ある日、大人が便所へ立つと、またもや猫がついて行って舐めようとし、ひっぱたかれて便所の穴に落っこちた。何だこの猫は。猫がすべきことはしないで、猫のすることじゃないことばっかりして。バカ猫！　母親は夜中に猫を家の外に閉め出した。猫は一晩中哀しげに鳴き明かした。母親は相手にせず、徹底的に無視した。猫は三日めには気がふれ、狂おしく鳴きながら、軒下の吊り籠の縄を噛み切った。中の豆腐が全部落ちて泥だらけになった。庭の草花は散々に踏み荒らし、台所の水がめにはオシッコをした。母親はついに激怒し、ベルトで猫の首を絞めて殺してしまった。

醜い人

息子はしばしば我を忘れて、その火の玉を捜した。

母は横死だった。村人は彼女が腰かけに上り、首を縄の輪にあてがったかと思うと、腰かけが蹴り倒されるのを見た。輪は絶妙の位置にあてがわれた。舌は飛び出さず、まもなく霊魂は亡骸《なきがら》を出ていった。火の玉となり、旋回しながら林に消えた。その後ずいぶん長い間、火の玉は現われた。誰かの家の塀の上や、路地の入り口の粉挽《ひ》き場の上、あるいは木の梢の上に、鳥のように留まっていた。人びとはみな、母親は息子のことが気がかりなのだと噂しあった。

どんな子どもにも父親はいる。彼にはいなかった。美しい母親は、美しさ故にこの世のありとあらゆる物がみな彼の父親になりたがった。そして母はついに、きのこを採っている時に林の中でうたた寝し、身ごもった。息子の父は木の精か、それとも土の精か、それは一貫して謎だった。息子が生まれてきた時、母は恥じて命を断ったのだった。

息子は大きくなると、しだいに不幸な境遇を忘れ、村のわんぱくたちと夏のキラキラ輝く太陽の下、隠れんぼをした。その影はきわめて濃かった。彼はけっして年老いて精力の衰えた爺さんが外で作った子ではない。なぜなら疲労困憊《こんぱい》して残したでき損ないの種には影がないからだ。だがどこかの若者の種でもない。息子の影の墨のような濃さはちょっと人間離れしていた。そうしたことのいっさいはまだしも、ふしぎなのは、息子の影に感覚があることだった。たまたまある時、ある子どもが彼の影を踏んづけた。息子はたちまち金切り声をあげて痛がり、おまけに歩けなくなった。踏んでいた子どもが足の力を抜くと、よろめいてバタッと倒れてしまった。この秘密が発覚してからというもの、息子は不自由な身柄となった。部屋へ入って後ろ手にドアを閉めると、影が尻尾《しっぽ》みたいに戸に挟まった。林で野兎を追いかけている時は、木の叉《また》や岩が影に引っかかった。悪さをする者は、息子が何の気なしに歩いている時に、突然くさびで影を釘づけにしようとし、息子はたちまち釘づけにされてしまった。まるで杭につながれた驢馬《ロバ》のようだった。あとは言われるがままに何でもしなければならなかった。彼はこうしてたっぷりと恥辱を味わったのだった。

息子は、影から逃げ出したかった。だが逃げられなかった。着物の裾をはしょるように、影を腰の周りにたくしあげようとしたが、それもできなかった。息子は空にある太陽と月を呪うようになり、あらゆる光を怖れた。雨の降り続くうす暗い昼間と陰暦三十日の夜が、彼の最もお気にいりの時間だった。雨の中を大声で喚いたり叫んだりしながら走り回り、まっ暗な夜を一晩じゅう眠らずに過ごした。

だが太陽と月は、九〇パーセントの日は空に輝いていた。性格がすでに臆病になっていた息子は人の群れから遠ざかり、来る日も来る日もあの火の玉を捜し続けた。母親に苦しみを訴えたかったのだ。しかし火の玉は一度として彼には見つからなかった。

ある時、息子は村人が、遠い昔の文化大革命の時期、都市を逃げ出して太白山の黒松峡へ避難した人びとのことを話しあっているのを聞いた。なぜか、彼はそこへ行くべきだという気がしてならなかった。そこには父親がいるような気がした。母親の霊魂の火の玉も、いつもそこから村へやってくるような気がした。彼は一人で黒松峡へ出かけた。どこまでもどこまでも歩き、ついにある黒松林の中で、倒壊した苫屋《とまや》やかまどを発見した。大きな岩に、まばらにしか読めない字で「逃□村□」とあった。だが人はいなかった。彼はそこに住むことにし、苫屋の中の赤く錆びた斧やのこぎりを拾ってきて松の木を伐り倒した。板にして麓へ背負って下り、食糧や油や塩と換えるつもりだった。丸太から板にしてみると、木目は明らかに人間の形そのものだった。息子は驚いて十何本かにのこぎりを入れてみた。どの木もみな人の形の木目をしていた。彼には、なぜ黒松峡にとうとう人間がいなくなってしまったのか、原因がわかった。そして慄《おのの》きのあまり、斧ものこぎりもいっしょに底知れぬ峡谷へ投げこんでしまった。

村人はみな、息子が出ていったことを知って良心が痛み、この醜い人を虐待したことを懺悔《ざんげ》した。人びとは息子の住んでいた三間《みま》の家に勝手に住んだりそれを取り壊したりせず、いつか息子が帰ってくることを待ち望んだ。だが息子は帰ってこなかった。ただ、がらんとした家の中で、梁の上に大きな蝙蝠《こうもり》が一匹棲みついた。昼間は両爪で逆さにぶら下がり、黒く大きな翼で頭と体を包み、まるで首を吊った醜い亡霊のようだった。それが夜になると、黒い稲妻のように空中を跳び回った。

阿離《アーリー》

阿離《アーリー》は太白山で狩りをしていた。冬のあいだ一匹の獲物もとれず、しょっちゅう山の上でワイワイガヤガヤ騒がしい音が聞こえた。人の声のようでもあったが、周囲を見回しても人っ子ひとり見あたらなかった。ある日のこと、またもやかましいこと限りなく、幾千万の軍馬の隊列かと思うほどの賑わいである。そこへ鋭い声が飛んだ。「木を数えろ。山の木を残らず数えるんだ！」。木が数えきれるもんか。阿離は、ばかばかしくて思わず笑ってしまった。ふと、頭の後ろが妙にくすぐったくなり、スースー風が洩れていくような感じがした。手で撫でてみると、すでに魂が体の七つの穴から脱け出していた。突然、斜面の下を黒く埋め尽くした人だかりが林の中へ吸いこまれていくのが見えた。一人が一本の木に抱きつき、てんでに頭を出したり引っこめたりしながら数え漏れがないか声をかけあい、再び斜面の下へ戻った。鬚《ひげ》も眉もまっ白な男がどうやらリーダーらしく、整列させて点呼をとった。斜面の木の数がこれで確定したわけだ。こりゃうまい方法だと阿離《アーリー》は感心した。それにしても、どこから来た人たちなのかとふしぎに思い、近づいて行って訊ねると、相手は無愛想で返事もせず、罵声すら浴びせてきた。糞ったれ！　てめえはどっから来やがった！　阿離は応対に困ってしまい、それきり余計なことは言わないようにした。その後、山の上の人間は日一日と増えていった。どんな背かっこうの者も、どんな服装の者もいた。草木の数ほどという表現では足りないほどで、ほとんど空いてる場所がなくなってしまった。もともと阿離は一人ぽつんと坐っていたのが、今では常に隅っこへ押しやられてしまう。じっと坐っていて、足が痒《かゆ》いので片方の足を抱えて掻くと、他人の足だったりする。小便に立とうとすると、靴のかかとが地べたに寝ている人の歯に当たった。阿離はしきりに愛想笑いを浮かべながら、申しわけない、申しわけない、と謝った。

これだけ混みあってくると、阿離もようやく周囲の人と顔見知りになり、ついに対話が生まれた。

「あんたたち、どこから来たんだね？」

「風にきいてくれ。俺たちもそっちから来たのよ」

「これからどこへ行くんだい？」

「足が向くところへ俺たちも行くのよ」

「ここは混んじまってしかたねえな」

「まったくよ。市場じゃ何もかも高くなっちまった」

阿離はこのとき初めて、山林の向こうの窪地に巨大な市場があるのを知った。

阿離は市へ出かけていった。市場はなおのこと蟻のような人だかりで、物価は火が着いたように一直線に上がっていた。にんにくの芽がすでに一本一元もし、小皿一枚が五元になっていた。食堂の入り口で一人が饅頭《マントウ》を食べていると、何十人もがよだれを垂らして見ている。突然、乞食がさっと食事中の客の手から饅頭を奪い、食いながら逃げていく。客は追いかけた。もう少しで捕まえられるという時、乞食はペッペッと饅頭めがけて唾を吐いた。客は追うのをやめ、思いつく限りの罵詈讒謗《ばりざんぼう》を浴びせ、しまいには何を罵倒しているのかわからなくなるほどだった。阿離がやれやれと深く溜め息をついていると、体を寄せてくる者がある。「旦那、眼鏡は要らないか?」。片手で衽《おくみ》の内をさぐり、眼鏡をチラリと出してみせたと思うと、また引っこめた。阿離は「要らないね」と言った。相手は顔を耳許に近づけて言った。「こりゃいい水晶眼鏡だぜ。一八〇元するんだ。正直言うと、盗ってきたのさ。早いとこ手放したいんだ。タダでなきゃ幾らだっていい」。阿離が「幾ら欲しいんだ」と言うと、相手は阿離を隅っこへ引っぱって行き、周囲を見回してから、眼鏡をとり出して見せた。「二〇元。タダでやるようなもんだ」。阿離は「一〇元」と言った。「そりゃだめだ」。阿離はさっさと歩きだした。相手はしばらくうなだれていたが、浮かない顔で「わかったよ、旦那。持っていきな」と言った。阿離は金を払い、物を受けとると、古木の下に戻って坐り、歌を唱っていた。突然、気が遠くなり、目が醒めると落ち葉の上に横になっていた。山林がどこまでも広がり、ザアザア川の流れる音がしていた。目の前の峡谷には暗い谷川が寒ざむと流れ、鳥の声が切り裂くように響いた。見渡しても人影はなく、何だか別世界のようだった。

阿離《アーリー》はそれまでのことに思いを巡らせ、自分が幽霊の世界へ行ってきたのだと悟った。この世の人間は、生まれる者がいれば死ぬ者もいる。それでこの世はバランスがとれている。ところが魂は滅びない。道理であの世はあんなに混んでいるわけだ。慌ててポケットを押さえると、中にとても硬い物があった。取り出してみると、たしかに眼鏡だ。あの世のおかげでうまいことやったもんだと大喜びした。もう狩りなどする気にならず、山を下りて家に帰った。眼鏡を高値で売り払おうと考えたのだ。阿離は眼鏡屋へ行った。眼鏡屋はしかし、これが水晶眼鏡なもんかね、ただのプラスチック・レンズだと言った。阿離は、おのれ幽霊、よくも人間を騙したな、とじだんだ踏んで悔しがり、恥じいって何日も家にこもりきりだった。しかしこうも考えた。俺はあの世の人間に騙された。こっちもあの世の人間を騙せばいいじゃないか。そこでプラスチック眼鏡をどっさり作り、あらためて山に登った。とりあえず前と同じ場所にひとりで坐っていると、ざわめきが聞こえてきたので、天を仰ぎ高笑いした。予想どおり後頭部から風がスースー漏れる感じがしたと思うと、もう市場に身を置いていた。水晶眼鏡の大売り出しだよ、と喚きたて、初日からガッポリ金《かね》をもうけた。翌日、商売繁盛のさなかに、因縁をつけに来た二人組がいた。眼鏡は偽物だというのだ。阿離は頑として認めなかった。すると二人は阿離の襟首をつかみ、お上に突き出してやると言った。阿離は押し立てられるままに歩いた。その顔はとうに血の気が退いて土気色になっていた。ところがふと、幽霊は唾に弱いという話を思い出した。唾を吐きかけて何かに変われと言うと、何にでも変わるという。そこでペッと緑色の痰を一人の頭に吐きかけ、「胡桃《くるみ》の木になれ！」と言った。相手はたちまち姿を消し、その場に胡桃の木が生えてきた。もう一人は度胆《どぎも》を抜かれてポカンとしてしまった。阿離は「おまえさんもこれが偽物だと言うんだな。あいつは胡桃の木に化けちまった。実がなれば叩き割って食ってやる。おまえには漆の木になってもらおう。漆を掻く時は何千回何万回と切り刻んでもらえるぞ」と言った。男は這いつくばって許《ゆる》しを求めた。阿離は「よしわかった。じゃあいっしょにセールスやってくれ」と言った。男はほんとうにつきっきりで阿離を手伝い、眼鏡は飛ぶように売れた。その後、阿離の品を偽物と知る者がいても、誰も口に出せず、知らぬ者は誰もが買いに来た。阿離は麻袋いっぱいのお札《さつ》を手に入れた。

阿離はしまいに魂が体に戻り、お札を詰めた袋を背負って山を下りた。その夜、家人と勘定したところ、お札にはすべて「冥府銀行」の印が押されていることに気づいた。家人は怒って「これがあんたのした商売ってこと？　みんな閻魔さまにあげちゃえば」と言い、ひと思いに燃やしてしまった。

お札が燃えつきると、阿離はオンドルの上で死んでいた。

阿離は閻魔さまに会った。閻魔さまは阿離に言った。「ここはもう霊魂が多すぎるのだ。だが、手柄なしで禄《ろく》を受けるわけにはいかぬ。おまえにこんなにしこたま賄賂を勢《はず》まれたら、どんなに困難でもやはりおまえを引きとろうぞ」。それ以来、阿離の霊魂は二度と体の穴に戻ることはなく、すでに混みあっている霊魂たちに混じって、永遠に混みあいながら暮らしていくことになった。

観戦

阿兌《アートゥイ》は一八歳の時、太白山へきのこを採りに行った。ぽかぽか陽気に誘われ、地べたに坐って上半身をはだけ、虱潰《しらみつぶ》しを始めた。腰ひもは後ろの灌木の茂みに掛けておいた。太陽が西に傾いた。まっ赤に熟した蛋《たま》柿《ご》［陝西省名産の熟柿］のようだった。突然、灌木が動きだし、腰ひもを持っていった。見ると、美しい角の鹿だった。慌てて「待て！」と追いすがった。鹿は逃げ足が速かった。阿兌は追いつけず、せり出した斜面に沿ってカーブを一つ曲がると、平らな草地で二匹の虎が格闘していた。一匹は白い額、一匹は赤い額、二匹とも巨大な図体《ずうたい》だった。草地に咲き乱れていた花はすでに散りぢりになり、土埃《つちぼこり》が舞っていた。二匹の虎は爪と牙を剥き出しにして組みつほぐれつの死闘をくりひろげ、いつ果てるとも知れなかった。阿兌はびっくり仰天し、回れ右して逃げた。だが虎はなお格闘を続け、しかも常に行く手を遮《さえぎ》った。阿兌が逃げる先ざきで、決まって虎が格闘していた。阿兌はおろおろして涙を流した。「虎の闘いを見物しろとでもいうのか」。二匹の虎は同時にガウンと吼え、付近の木の葉がはらはらと落ちた。阿兌は逃げるのをやめ、腰を下ろして見物した。闘いはますます激烈となり、ビロードのような体毛があちこちゴソッと脱け落ち、綿のように飛びかかった。阿兌は全身虎の毛だらけになった。一匹が、猛り狂うあまり、阿兌が虎なのか人間なのか区別がつかなくなり、阿兌に襲いかかってきた。阿兌も見ていて熱くなっていたので、恐怖を忘れ、地を蹴ってこれを迎え撃った。もう一匹は、坐って見物した。虎が跳びかかってきた時、阿兌はサッと身をかわし、機に乗じてひと蹴り、虎の眼にお見舞いした。虎は狂ったように吼え、爪をふるってきた。阿兌はとうに跳び退いていたが、続いて虎の尻尾《しっぽ》がしなって飛んでくるとは予測できなかった。バシッと一発、棍棒のように阿兌の顔面を直撃した。たちまち血がドクドク流れ出し、阿兌は尻餅をついた。虎はガオオと雄叫びをあげた。得意満面の様子だった。阿兌はとっさに片手を地面につき、両足を蹴りあげると、ちょうど虎の右前足に命中した。虎はよろよろとうずくまり、しばらく立ちあがれなかった。もう一匹がダーッと突進してきて、阿兌と闘った。阿兌は思った。俺は死ぬのか。だがそうやすやすと、やられっぱなしで死んでたまるか。痛みをこらえて跳ね起き、手足を総動員してヒョイヒョイとかわし、虎を寄せつけなかった。虎はプライドを傷つけられて逆上し、阿兌を一気に山《やま》際《ぎわ》に追いつめた。もう逃げ場がなくなり、両の爪が阿兌の肩にかかった。パカッと開いたその口はまっ赤な血の色、頭をひと呑みにしようとした。阿兌は「そら呑め！」と頭を虎の口に突っこみ、喉にぐいと押し当てた。虎は口を閉じるに閉じられず、息がつかえてしまった。人間も虎も静寂の中で固まったように動かず、もう一匹の虎もあっけにとられて眺めていた。こうしていっときほど経った。虎はついに持ちこたえきれず、口をだらりと開いて地面に倒れた。阿兌は顔じゅう血糊《ちのり》にまみれ、両耳は既になくなっていた。だがすぐに気を落ちつかせ、ヘッヘッと笑いころげた。「俺が虎を怖がるもんか。こうなったら俺も虎だ！」。ところが二匹の虎が同時にまた阿兌に闘いを挑んできた。阿兌も受けて立ち、後ろの虎を防いで前の虎を攻め、左から来ればそれを抑えて右からの攻めに備えたが、しだいに精根が尽きてきた。絶望の淵にあって、そばに一本の大樹があるのが目に入り、猛スピードで這い登った。虎たちは木のてっぺんを見あげて、登れないのを悔しがり、木の下で再び格闘を始めた。阿兌は高見の見物をきめこんだ。虎の闘い方をくり返し見るうち、自分が敗れたのには原因があったとわかった。しかも今まで見たこともない数かずの技を目撃した。あとから襲ってきた恐怖も痛みもいっとき忘れ、しだいに芸術鑑賞の境地に入っていった。どれほどの時が経ったろう。腹が減ったので、木に生《な》った実を採って食べた。食べながら下を眺めた。すると虎たちはだんだん小さくなっていき、もう虎の形ではなく、相闘う二匹の犬だった。その後、犬はさらに小さくなって闘鶏のような姿となり、最後は二匹のコオロギになった。すばしこく跳びはねるが、鳴き声はかぼそかった。阿兌《アートゥイ》はつまらなくなった。「長いこと見すぎたかな？」と言って木から下り、村へ戻った。村人は誰も彼のことを知らず、家屋は残らず新しくなっていた。村の入り口の井戸だけはまだあった。井戸口の石盤には、縄で磨《す》り減った痕《あと》が指四本分もの深さになっていた。

母と息子

母は林の中で蕨《わらび》を採っていた。突然、天が裂け、また合わさったかと思うと、ドシンと雷が落ちてきた。母は柏の木の下に隠れた。雷は柏をてっぺんから切り裂いた。母は崖の穴に逃げこんだ。それは仏を彫った石窟だった。雷は中まで追いかけてきた。母は逃げるのをやめた。「龍《かみなり》さま、私を連れてけ！」。ドカーンと轟音があがり、火柱が立った。母は黒焦げの炭にはならず、靴のつま先のビロードの刺繍が赤くまぶしかった。崖肌に彫られた石仏の頭がなくなっていた。

母の肝は潰れてしまい、苦い苦い唾を吐いた。もう蕨採りはやめ、戸口で息子の帰りを首を長くして待った。息子は太白山の奥へ巻狩りに出ていた。海のように深い山奥だ。息子は最も勇敢な狩人なのだ。世界のいっさいは平穏に戻り、母は川辺へ水汲みに行った。舟の棹ほどの深さの水が静かに流れている。

早く心を鎮めなければ。ふと見れば落日の中を鳥は遠く飛び去り、ひとひらの雲が家の上空に留まっている。そこで居間に戻って坐っていた。その時、蟻の鳴き声が聞こえた。そしてミミズの鳴き声も聞こえた。その声はまるで枯れ木の上の嘴の長い鳥のように、三回速く、三回ゆっくり鳴くのだった。それから、草の渋みや、土のしょっぱさが匂ってきた。さらに、ナナホシテントウか蛍のような、だがナナホシテントウでも蛍でもないにおいがした。続いて、玄関を敲《たた》く音がした。

母は戸を開けた。外には誰もいなかった。閉めるとまた敲く音が聞こえた。もう一度開けると、やはり誰もいない。母はおかしいなと首をかしげた。とたんに恐怖に駆られ、苦い唾液が口から流れ出た。そこでしっかりと戸締りをした。

トン、トン、トン。また敲く者がある。戸の向こうで金属の音がした。

「誰？」

「開けて」

「あんた誰？」

「私です」

「私って誰？」

母は頑として開けなかった。何日もの間、昼も夜も母は家の中の竹竿を全てひと節ごとの竹筒にして、手足の指に嵌《は》めていた。もし玄関がついに敲き割られるようなことがあってはと気が気でなかったので、何者かが捕まえに来たら、手足が竹筒からすっぽりと抜けるようにしておいた。

ついに息子が帰ってきた。夜のことでもあり、やはり戸は開けなかった。母は息子とは信じなかったのだ。

「母さん、私です」

「私です?」

「私はあなたの息子です」

「私はあなたの息子です?」

息子は腰の長剣を扉の下の隙間から半分挿しいれ、母さん、息子の剣に見覚えがあるでしょうと言った。母は、これは剣じゃない三日月だよと言ったが、息子の膝頭のかさぶたのにおいを嗅ぎわけ、あんたは私の息子だね、裏の窓から入っておいでと言った。息子が入ってきた。肩には鉄砲、腰には剣を下げ、一三匹のアカギツネを手に提げていた。どうして開けようとしなかったのか母に訊ねた。母は、しょっちゅう戸を敲く者がいるのだと言った。言うそばから、母はまた誰かが敲いていると言った。息子はいないと言った。母はいると言う。息子は、いないものはいませんよと言い、扉を開けてみた。とても重たかった。外には誰もいない。しかし扉は以前の何倍も厚くなっていた。

「ほら、この扉のおかげです。奴らは入ってこられなかったんだ。影がぜんぶ扉の表に残ってる」

扉の厚さはたしかに一枚ずつ奇妙な形の影絵が重なったものだった。

息子はにわかに勇猛ぶりを発揮し、家の中で火を起こすと、刀を抜いて影絵を一枚剥《は》いだ。影絵は痩せた背の高い人だった。顔に見覚えはない。一刀両断にし、焚き火に放りこんで燃やした。母は、人間の肉の焦げつくにおいがする、牛肉のにおいもすると言った。息子は刀でもう一枚剥いだ。影絵は奇怪な姿の熊だった。熊だが人間の足が生えていた。息子は熊の体を燃やし、人間の足を切り落として、切っ先でぐるりと傷をつけ、手で下へしごいた。柳の皮を剥ぐ要領と同じだった。息子は春になると柳の皮を剥いで笛にするのが得意だった。だが足の皮はむけず、ひと思いにめった斬りにしてしまった。また一枚剥ぐと、三ツ目の怪物だった。さらに一枚もう一枚と剥いでいくと、猪あり馬あり、蛇の舌をもつ女もいれば、角《つの》の生えた男もいた。息子は「俺が怖がってると思うだろ。怖くないぞ！」と言い、一枚一枚焚き火に放りこんで燃やした。家の中には何ともいえぬ嫌なにおいがたちこめた。しかし血も肉もない。息子は、肉を鍋で煮てみれば、浮いてくる油の玉で人間か獣かがわかることを知っていた。

「人間の油は半円の玉、獣の肉じゃないと油の玉が円くないんですよ」

息子は気持ちが昂ぶってきた。狩人としての強烈な快感が得られないことが残念でならなかった。もしも一刀の下に斬り落としたなら、人間であれ獣であれ、丸まると肥えた肉が切り裂かれて、深紅の血しぶきが壁に扇のように広がり、炎に映えてキラキラ光る。或いは血がまっ赤なミミズのように皮膚を伝って下へ滑っていく。それはきっと見たこともないほど鮮やかな光景にちがいない。息子は最後の一枚を剥ぎにかかり、このまま終わってなるものかと、叫び声をあげた。「生きてるのを頼むぞ！」。影絵は突然にゅうっと立体的になり、人とも獣とも見分けがつかぬ間に、大口を開けて息子に襲いかかってきた。息子がサッと刀を振り下ろすと、ゴロンと頭が転がり落ちた。果たして人間の頭だった。拾おうとすると、頭のない体が覆いかぶさってきた。息子は下敷きになってしまった。押さえこまれて息もできず、肋骨がコキコキと今にも折れそうな音をたてた。とっさに足を曲げて蹴りあげると、頭のない体は飛んでいって柱にぶつかり、はね返って土間にのびてしまった。なんと猪の体だった。しかも雌で、一八個の乳首が赤紫に腫れあがり、熟れきった二房の葡萄《ぶどう》のようだった。と同時に、五つの爪をもつ四本の足があてどもなく駆け回った。息子は笑って言った。「焚き火の中へ駆けこめ。焚き火の中へ駆けこめよ!」。四本の足は言われたとおり火に入っていき、あっという間に炭の塊と化して轟音をたてた。

息子は刀を持ちあげ、服の前身ごろで血を拭いた。「母さん、ぼくは怖いものなしですよ。玄関はもう閉めなくていいです。どこのどいつが敲《たた》きに来るか見てみたいもんです」と言い、刀をガーンと扉に突き刺した。ふり向くと、炎が自分の影を壁に映していた。とたんに、その影に驚いて死んでしまった。

人間の草稿

太白山の、ある日当たりのよい谷の村人は、みなふくよかで器量よし。生来、酒食を好み、享楽に耽《ふけ》り、花を摘むのを習いとし、各種の鳥が奏でる言葉を聞き分けることもできた。山には天の恵みがあふれていた。熊は掌をもつがゆえに狩られ、猿は脳みそのために命を落とした。凡そ毛の生えた物なら、羽毛のはたきこそ食わないが他は何でも食らい、足の生えた物なら、腰かけを見て涎《よだれ》を垂らさない以外は、何にでも舌なめずりをした。その結果、一匹の野兎を追い回して疲れて死ぬ者、虎に顔を半分持っていかれた者がいたかと思えば、野生の羊に照準を定めていて銃が暴発し、片方の眼が潰れてしまう人も後を絶たなかった。飲み食いに飽きたら、最大の快楽は何か? 一発やることだ。次なる快楽は? ひと休みしてまたやることだ。終わったら？　終わらないことだ。わが家の豚に食わせた後、よそへも餌を売りに行くのと同じだ。一人の男がそうなら、ほかの男もそうする。こうして事態は混乱した。ある年ある月、ある家の子どもが突然いなくなり、別の家の者が肉まんじゅうを食べている時に、餡《あん》の中に半分に割れた手の爪が入っているのが見つかった。犯人は捕まった。そして言うことには、人肉は実際うまいもんじゃない、酸っぱい味がするのだとか。六二歳の舅が無理やり息子の嫁の乳首を吸い、息子になじられた。父親は逆ギレし、血相を変えて怒鳴った。この父《てて》無し野郎、俺の女房の乳首を三年も吸いやがって、俺が一遍でも文句言ったか。てめえの女房の乳を一回吸ったくらいでガタガタ騒ぐな！　ついに全村民の会議を開き、邪悪を処罰することになった。凡そ近親相姦、息子の嫁との姦通、情夫または情婦の経験のある者は、議場を出て庭の隅に集まるよう宣告したところ、室内には一人も残っていなかった。全員が泣きだした。これは一個人の道徳の問題ではない、きっとこの村に何か起きたのだ。食い意地から淫蕩に至るまでふり返ってみて、最後に水がいけないのだと思い当たった。

村には泉がひとつ噴き出していた。泉をとりまいて家屋が輻射状に並び、ひとつの円を成していた。「これは車輪じゃよ！」。年寄りが山の頂上に腰を下ろしてそう言えば、若者は妄想をたくましくする。こんな山奥に車が来るわけないだろうが。でも車輪であるからには、きっと天子さまが忘れていったのだ。もうひとつの車輪は、独りぼっちの太陽にちがいない。ひょっとすると平面の水輪が旋回して泉の水を噴き出させているのかもしれない。今や泉の水は諸悪の根源となり、飲用はやめて村の外にあらためて井戸を掘った。井戸の深さは七三丈［約二四三メートル］、轆轤《ろくろ》は巨大で、十二人が力を合わせて巻きあげなければならなかった。村では決められた時間に水を汲むことになった。水を汲む時間に間にあわないと、まる一日炒《い》り豆を食うはめになった。

半年後、村は安寧無事となった。人びとは既に欲はなく、目は五色を識別できず、耳は七音を聞き分けられず、口と鼻は九味がわからなくなっていた。しだいに、畑には香菜、葱《ねぎ》、蒜《にんにく》、山椒、唐辛子を植えなくなり、のちに野菜の栽培もやめ、五穀だけになった。食事は目に見えて簡単になり、一日三食、紐皮《ひもかわ》うどんにスープをかけるかたれをかけるかの違いだけ。小麦粉ではほかにも猫耳麵［貝殻パスタに似た中国西北地方の主食］、餃子、餛飩《ワンタン》とかいう物が作れることなど思い出せなくなっていた。狐が村へ入りこんで鶏をさらっていき、麝香鹿《じゃこうじか》が村の入り口にしゃがんでへそをいじくり回し、使われなくなった泉には蝦《えび》が繁殖し、赤ん坊の泣き声のように鳴く山椒魚も現われた。人びとはみなものぐさになり、生活も貧しくなった。うどんですら、作るのも食べるのもめんどうになってきた。まず子どもたちが食べなくなり、大人は、食べろよ、食べなきゃ死んでしまうぞと言った。子どもは、食べるのは生きるため？　生きなくていいから、骨をおってまで食べたくないと言った。大人はそれでも何とか理性に従って食べようとし、材料を洗って煮炊きし、一口ずつ口に押しこみ、モグモグと噛んだ。冬は寒さが体にこたえ、夏は飯一杯食べ終えるのに汗びっしょりになった。以前はどうして食べたがったのかがわからなかった。飯を食うとはなんと繁雑な重労働なのだろう。そこでやはり、ろくに食べなくなった。村人はみなふくよかさを失い、日の当たる斜面に寝そべって日向ぼっこし、一日が長いねぇとぼやいた。

夜は、なおのことめんどうで性交をせず、妊娠する者はほとんどいなかった。年寄りは若者を責めた。

「早いとこ子どもを産まないか。血統を残す気があるのか！」。子どもらは言った。「どうやって血統を残すの？」。そんなこと教えてもらうものじゃないだろう。だが夜な夜な子どもの部屋に耳をそばだてても、物音ひとつしない。困ったもんだ、教えなきゃだめだということになり、男の陽具は鳥、女の陰器は巣という話をこしらえた。鳥を巣に入らせる。入ったら今度は出たり入ったりを何十回何百回とくり返させ、巣の中でオシッコしたかと聞くんだ。子どもたちは怒りだした。指で足を数百回押したのでも痛いのに、そんな広い面積で摩擦させたらたまらないというのだ。子どもたちはそんな労働をしたがらなかった。そこで年寄りは自分たちでやった。だが何とも言いようのないしんどいものだった。昔はなぜあれほど大きな興味があったのかふしぎでならなかった。

その後、人びとは話をしたり笑ったり飯を食ったり仕事をしたりする時、口と鼻がひっきりなしに呼吸していることに気づいた。毎日毎晩吸っては吐き吸っては吐き、せわしいったらない。苦しいったらない。この歳になるまでどうして全然気がつかなかったんだろう。今わかった。もうこんなまぬけな仕事に従事する必要はない！　そう考えて、呼吸をやめた。そこでこの村の人びとは次から次へと死んでいった。

太白山の、ある日当たりのよい谷の村はこうして消え去った。天上の太陽は本当に孤独な車輪となった。太白山の麓の人がたまたまここを訪れ、かつて人が住んでいた村らしいことを発見した。あちこちに人間の形をした石ころや木材が転がっている。石には一面苔が生え、冬夏春秋の季節ごとに緑、黄、赤、黒と色を変えた。木には木耳《きくらげ》が生えていた。その人は山から戻って数十万字の本を著わし、人の初めを発見したと書いた。女媧《じょか》が人を造ったというのは神話ではなく、確かにあった事実だということを論証したという。それらの石ころや木材が、当時女媧が造った人間の草稿とのことだった。そこからさらに、人間は石や木が姿を変えたもので、ある人は石、ある人は木であり、石についてはまだ根拠がないが、木が化けたというのはまちがいないと論述していた。彼によれば、木材には木耳が生えていたのではなく、蝶がとまっていたのをその眼で見たのだそうだ。歴史上、荘子は蝶と化したことがあるではないか。梁山泊と祝英台［中国版ロミオとジュリエットと称される古典的悲恋物語の主人公］も蝶と化したではないかというのだ。その人はやがて人類学者になった。

子ども

「×俊《チュン》！」

×俊は顔をあげた。深く皺が刻まれたその顔は、涙でグショグショだった。返事もせず、また盛られたばかりの墓土に突っ伏して泣いた。だがどうも変だぞと思い、疑わしそうに目の前のその子どもを横目で睨《にら》んだ。憤懣やるかたない表情さえ浮かべた。

「×俊、耳がないのか？」

×俊はまたギロッと睨み、土くれを掴んで投げつけようとした。だがやめた。土くれは団扇《うちわ》のような手の中で粉ごなになった。もし×俊の心中がいま、巨大な悲しみと痛みでいっぱいでなかったなら、こんな乳臭いしつけのなってないガキは絶対に容赦しないところだ。

×俊は泣きじゃくりながら言った。

「×貴《クイ》、こんな風に生きてる顔も屍も見せずに逝っちまうのか。よく言うじゃねえか。体のどこかを意識した時は、その場所が病気、他人のよいところがわかった時、その人間は死んじまうってよ。×貴、ほんとに死んじまったのか。いったい今どこにいるんだ。俺たちの友情をもっとだいじにするんだったって後悔してるさ。つい昨日のことだよな。とんぼ返りをして見せろって言ったろ。七十、八十の爺《じじい》だ。手も足もコチコチで、とんぼなんかきったら笑われると言って、やらなかったよな。今、俺はこの墓を作って、おまえさんの霊魂が来るのを待っている。ひとつとんぼをきって見せてやろう」

×俊は言葉どおり地面の石や砂利を手で払い、頭を地に着けてとんぼ返りをした。体はポキポキ鳴り、ばらけてしまいそうだった。

五歳の子どもはケラケラと笑いだし、まるく柔らかい手をパチパチたたいて言った。「うまい！　うまいぞ！　もう一丁どうだ。やれ！」

×俊はとうとう堪忍袋の緒が切れ、子どもを一発はりとばした。

「×俊、気でも狂ったか。俺を殴るとは何ごとだ」

×俊は怒鳴った。「おまえは誰だ。どっちが年上だ。このぼけナス！」

「ああ、×俊のやつ、ほんとに俺がわからなくなっちまったのか」

×俊は手を止め、口をつぐんだ。おかしいなと思った。だが彼はほんとうにこの子どもを知らなかった。村でも今まで会ったことがなかった。

「俺は×貴だよ。糞ったれ！」

×俊《チュン》はひっくり返りそうになった。この子どもが×貴《クイ》だとは。×貴は生きていた頃、「糞ったれ」が口癖だった。声もそっくりだった。でもこの五歳の子どもがまさか×貴だなんて。

「俺はほんとに×貴あにきだよ！」

×俊はやはり首を横に振った。

子どもは言った。昼飯を食った後、ひと寝入りしてから×俊のところへお茶飲みに行くつもりで、着替えずそのまま寝た。眠ってから今度は新しい服に着替えなければと思い、着ている古い服を脱ぎ始めた。一枚脱ぐと、なぜかもう一枚あった。それも脱ぐと、やっぱりもう一枚あった。脱げば脱ぐほど服はどんどん下から現われ、最後まで脱いでみると、自分が子どもになっていることに気づいた。あのでかい図体《ずうたい》は、ただ着ぶくれしていただけだったのだ。その時、彼は突然、それまでの七十数年が悠久なる夢だったと悟ったのだった。

「ばか言え！」。×俊は言った。「この×俊、ここまで髭《ひげ》の伸びる歳だ。騙そうにも貴様みたいなガキとはわけがちがうぞ」

子どもの話からまた死んだ×貴のことを思いだし、×俊は墓に突っ伏してわんわんと泣きだした。子どもは×俊が慟哭するに任せていたが、過去の自分の長い夢を語りだした。それによると、彼は小さい頃から×俊と仲がよかった。二人は村の入り口に住む婆さんが桑の木の枝に糞尿を塗っておくのがけしからんと毒づき、婆さんの畑の南瓜《かぼちゃ》に切り口を入れ、中に大便をして、またふさいでおいた。すると南瓜は狂ったように成長して篩《ふるい》ほどの大きさになり、臭くて鼻がもげそうだった。それからこんな話もした。

×俊、お前が四十歳の時、方《ファン》×の嫁と浮気しているところを方×に見つかって、頭から冷たい水を桶一杯かけられただろ。俺が「走れ！　汗びっしょりになるまで走れ」って言ったからいいようなものの、さもなきゃ凍えて病気になってたぞ。子どもはさらに「×貴あにきはよ、×俊の左の腿《もも》の付け根に豆粒くらいのほくろがあるのも知ってるぜ」

×俊は泣くのを止めた。子どもの言うことはいちいちそのとおりだと思った。「ほんとに×貴あにきなのか？」

「×俊！」。子どもは手をさし伸べ、親密そうに×俊の頭を撫でまわした。

×俊はしかしまた訝《いぶか》った。そんなことありえないじゃないか。七十過ぎの爺さんが五歳の子どもだなんて。突然、顔色を変え、「おまえは幽霊だな！」と言った。

子どもは言った。「唾を吐いてみろ」

ペッと唾を吐きかけたが、子どもはやっぱり子どもだった。

「おまえはまだ夢の中なんだよ」。子どもは×俊に憐れみの目を向けた。「信じるもよし、信じないもよし、どっちにしてもおまえはまだ夢の中なんだ」

「俺が夢を見ている？　七八年の夢をか」

「夢では何世代にもわたることもよくあるさ」

×俊は爪で自分の顔をつねってみた。えらく痛い。

「夢だったらなんで痛い？　いくら痛くても目が醒めないのか」

子どもはどうにも説得しようがないという顔をした。

「夢の中にいたいならいろよ。でもいいか、俺はおまえにそのうち尻尾《しっぽ》が生《は》えてくることだって知ってる。尻尾が生えてきたら、俺が脅しで言ってるんじゃないってことは信じるよな」

×俊《チュン》は家に帰った。それ以来、二度と×貴《クイ》老人に会うことはなかった。あの子どもがまさしく×貴だという気がしたり、またすぐにそんなわけないと思ったり、ああでもないこうでもないと決めかねているふうだった。毎日大小便の時、思わず手で尻を触ってみて、尻尾が生えてきているか確かめるのだった。五日経った。尻尾はない。十日が過ぎた。尻の上が膨らんで気持ち悪い。何か硬いものだった。さらに十日、硬いものはもっと大きくなったようだった。ついに一ヵ月後、ごく小さな毛のない尻尾が生えてきた。

記憶のミステリー

霧の月

遅子建

下出　宣子訳

遅子建（ち・しけん）Chi Zijian

一九六四年、黒龍江省漠河生まれ、女。八四年、大興安嶺師範専門学校卒業。八三年より創作をはじめ、中篇小説『北極村童話』（一九八六）で注目される。教師を経て、中国作家協会魯迅文学院で学び、修了後は黒龍江省作家協会に所属。主な作品に長篇小説『偽満州国』（二〇〇〇）、小説集『白雪的墓園』（一九九五）、『霧月牛欄（霧の月）』（二〇〇二）、散文随筆集『聴時光飛舞（時の舞をきけ）』（一九九七）などのほか、『遅子建文集』全四巻（一九九七）がある。

東北の風土とその地に根ざした人びとの生活、運命を深く見つめ、現実味あふれる筆致で描き、定評がある。『霧の月』でも、酷寒の地の村の、「霧の月」の由来や、不幸な出来事によって記憶をなくし、牛を家族として暮らす少年の描写がリアルである。牛が草を反芻する音が作品の底流となっているが、それが呼び覚ます、もうひとつの音の記憶が不幸な出来事につながっていたという構成も味わい深い。

宝隧《パオチュイ》は夜の闇の中で牛の反芻《はんすう》する音をじっと聞いていた。干草と唾液が混ざりあっていく音は彼をいつも同じ記憶の中に誘いこんだ。宝隧はいつも、なにかだいじなことがその音の中に含まれているように感じるのだが、記憶のトンネルはどこまでも深く、なかなか奥までつき進むことができずに、結局手ぶらで戻ってくるのだった。

継父《ちち》は自分がまもなく死ぬとわかっていたからだろう。ここのところ毎日のように牛小屋へ宝隧と話をしにやって来ていた。ときにはひと言も言わずに宝隧の頭を撫でていることもあり、その目にやがてじんわりと涙があふれてくる。「おじさん、腹が減ったのかい？」と宝隧は聞いた。自分がひどく腹が減ったとき泣きたくなるからだった。

継父は首を振った。青白い頬を引きつらせ、宝隧の手をつかまえて震えながら言い聞かせた。「おじさんが死んだら、母屋《おもや》へ戻って寝るんだぞ」

「おいら牛といっしょにいるほうがいいんだ」、宝隧はにこにこ笑った。「花児《ホアアル》はもうじき子牛を産むんだよ」

花児《ホアアル》は茶と白の斑《まだら》の牝牛《めうし》で、左の頬に蘭の花の形をした白い斑《まだら》があり、それが花児を扁臉《ピエンリエン》や地児《ティーアル》よりも際だって美しく見せていた。地児は三歳の黒い雄牛で、野良ではこの家いちばんの働き手だった。扁臉はこげ茶色の、身体の小さな老いた雄牛で、尻尾《しっぽ》が太くて、いつも糞で尻尾を汚す。宝墜《パオチュイ》はそれに腹をたて、夜、飼葉桶に飼葉を足すとき扁臉の腹をピシャリと叩いて「いつまでも意地汚く食ってるんじゃないぞ。食うのにも時ってもんがあるだろ」と言った。

それは母親がいつも宝墜にいう小言だったが、宝墜はそれをこのときとばかり扁臉にむかって言ってやったのだ。扁臉はそんな小言はどこ吹く風、その食欲の旺盛さにはおどろくばかり、いつも腹いっぱい食べるから、おしりの衛生状態も当然ながら、ひどくなるいっぽうだった。宝墜は尻尾を縄でくくり牛を繋ぐのにわたした梁に高だかと吊るしてしまおうとしたこともある。だが縄を尻尾に結《ゆ》わえたとたんに扁臉が糞を一つやらかし、尻尾でそれを巻きあげ、宝墜の顔にべちゃっとはねあげた。腹をたてた宝墜は、いっそのこと尻尾を切り落としてやろうかとまで考えた。

「おまえの尻尾を切り落として狼に喰わせちまうぞ！」。宝墜はそう嚇かしながらも、扁臉の尻尾に結わえた縄をほどいてやった。

継父はもう何日も牛小屋へ来ていなかった。雪児《シュエアル》がご飯を運んでくるたびに、宝墜は「おじさんは死んだのかい」と聞いた。

雪児は白い歯をカチカチ鳴らして、いまいましそうに言った。「あんたこそ死んじゃえば！」

雪児は宝墜とは父親の違う妹だった。見るからに痩せているが、それは肉や魚を食べないからだ。黒く大きな目は、彼女がいくぶん強情っぱりであることを物語っている。母親は、雪児は腹の中に回虫をいっぱい飼っているのだと、いつも言っていた。

牛の反芻する音がしだいに小さくなっていき、宝墜も口をむにゃむにゃいわせながら目を閉じた。ようやく眠りに落ちたかと思うまもなく、一筋の強い光が宝墜の目を刺し、強烈な汗の臭いがつんと鼻をついた。母親がしわがれ声で必死に自分を呼んでいるのが聞こえた。「宝墜、起きて。起きておじさんのところへ来てやって。あの人、いよいよいけないんだよ。それで、ひと目おまえに会いたがってるんだよ」

「おいらの目を照らすのをやめろよ」。宝墜はわめいて、自分に向けられている懐中電灯の光を指さした。母親はあわてて光を別の方向に向けた。その光が小屋のまん中の梁を照らし、牛を繋いでおく三つの梅花《メイホア》扣《コウ》［牛の首縄を梁にかけて固定するための、梅の花の形をした留め具］が、ひっそりと美しく浮かびあがったが、もちろん香りまでは滲《し》みだしてはいなかった。宝墜は起きあがった。

「急いでおくれ。おじさんはもう長くはもたないだろうから」。母親は涙声になっていた。「二度目の父親だって言ったって、おまえにずいぶんよくしてくれた。おまえが牛小屋に住みこんでからは、ここに手をいれてあたしたちが住む母屋よりも暖かくしてくれて、飯《めし》まで自分で毎日運んでくれたじゃないか、ねえ、宝墜や……」

「おいら、母ちゃんたちが住む母屋へは戻らないぞ」。宝墜はまた横になってしまった。「牛といっしょに寝たいんだ」

「今度だけでいいんだよ」。母親は拝むように身を伏せて息子の額を撫でた。「明日葱《ねぎ》入りの油餅《ヨウピン》［小麦粉を練って薄くのばし油で焼いた中国式パン］をつくってやるからさ」

「ジャガイモの千切りを巻いたやつ？」。宝墜《パオチュイ》の胃袋は興奮して飛び跳ねた。母親は頷《うなず》いた。

そこで宝墜はあらためて起きあがった。母親の顔は凍った白菜のように醜く、頭髪も扁臉《ピエンリエン》の尻尾のように汚らしかった。宝墜は靴を履くと、夜が明けてからのご馳走のために、牛小屋を出た。表はすこし涼しかった。星の光が蟋蟀《コオロギ》のように庭を飛び跳ねていた。母屋の明かりが見えた。戸を開ける瞬間なんだか怖くなり、ぶるぶると震えて後ずさりした。屋内の空気を感じて泣きだしそうになった。「おいら牛小屋へ帰る……」。宝墜は悲しそうに言った。

「宝墜……」。母親は言った。「母さんが跪《ひざまず》いて頼んでもだめなのかい？」

「宝……墜……」。継父《ちち》の声が、海の波間で揺られる小船のように、たよりなく漂ってきた。

母親はぐいっと息子を部屋の中に押しこむと、背後の扉をピシャリと閉めてしまった。

宝墜はまだ震えていた。雪児《シュエアル》がホーローびきの黄色い湯呑み茶碗で父親に湯を飲ませている。継父はオンドルの頭の方に寄りかかっていた。目は大きく見開かれ、オンドルの縁《ふち》から垂れた腕は乾いた薪《たきぎ》みたいに硬直していた。

宝墜は母親に押されてオンドルの前に立った。雪児はじろっと宝墜を見ると、残った茶碗の湯を地面に撒いて、窓際に寄った。

継父は唇をぶるぶる震わせ、荒い息をつきながら言った。「おじさんはじきに死ぬから、おまえ、承知してておくれ。これからは母屋へ戻って暮らすんだよ。おまえは一人で一部屋を使い、母さんと雪児がもう一部屋に住めばいい」

「母ちゃんはおじさんといっしょだ」。宝墜が言った。

「おじさんは死んじゃうから、もう母さんはおじさんとはいっしょに暮らせない」。継父は言った。

「別の生きてるおじさんが来て母ちゃんと住むさ」

母親が声をはりあげ力いっぱい宝墜をぶった。「この……ろくでなしが！」

宝墜はちょっとよろめいたが、立ち直ると途方にくれたように継父を見ていた。

「おいらは牛といっしょにいなくちゃならないんだ」。宝墜は言った。「花児《ホアアル》がもうじき子牛を産むんだ」

継父は愛《いとお》しげに宝墜を見つめた。大粒の涙がぽろぽろと痩せこけた両頬を伝った。

「おじさん……」。宝墜はふいに言った。「死んだらもう帰ってこないのかい？」

継父は「ごほっ」と咽《む》せたが、依然として涙は止まらなかった。

「じゃあさ、一つ聞きたいんだけど」、宝墜は言った。「牛はどうして何度も噛み直しをするの？」

継父は獣医をしていたことがあるので、家畜についてのことなら何から何までよく知っていた。

「牛には胃袋が四つあるんだ」、継父は言った。「牛が食べた草はまず瘤胃《りゅう》に入り、そこからさらに蜂《ほう》巣《そう》胃に送られる。ここに入った草を牛はふたたび口の中に戻して細かく噛み砕くんだ。つぎに、つぎに……」

「つぎにまた呑みこむのかい？」。宝墜はじっと目を凝《こ》らして継父を見つめながら聞いた。

継父は疲れ果てたようすで頷いた。「呑みこんだ草は重弁《じゅうべん》胃に入り、それからさらに皺《しゅう》胃へ進むんだよ」

宝墜《パオチュイ》は「皺胃」を「臭《しゅう》胃」だと思いこんで、思わずにやにやと笑った。「牛ってやつは、ほんとにバカだなぁ。戻したりいれたり戻したりいれたりしたあげく、あんな香ばしい草を臭胃にいれちまうんだから。臭胃まで行くと糞になるんだろ?」

継父は涙をいっそうぼろぼろと流した。その間じゅうずっと宝墜の手をとりたかったのだが、その願いも空しく、もがくたびに自分と継子《むすこ》との距離は増していくいっぽうだった。

宝墜は三頭の牛に夜用の干草をつぎ足してやらなければならないことを思い出して、外へ出て行こうとした。

母親は嗚咽《おえつ》しながら宝墜の行く手を阻んだ。「おじさんがこの年月おまえを育ててくれた恩に報いようとは思わないのかい?」

「おじさんはもうじき死んじゃうんだ」。宝墜は言った。「お礼を言ったって、そう長いこと覚えちゃいられないさ。それに脳みそをよけいくたびれさせちゃうよ」

「このバカ……」。母親は声をあげて泣いた。

宝墜は母親をよけて母屋の外へ出た。雪児《シュエアル》が敷居に腰かけてしゃくりあげて泣いていた。宝墜は妹を跨ぎ越しざま、「おまえが死ぬわけじゃないのに、何を泣いてやがる」と言った。

「明日から何も食べさせてやらないから！　屁だって食べさせてやらないから！」。雪児は口惜しそうに歯軋《はぎし》りしながら宝墜の背中に向かって指を突きつけた。

「葱入り油餅、しかもジャガイモの千切り巻きのだぜ」、宝墜は得意げに言った。

「夢でも見てな！」。雪児は宝墜に向かってぺっと唾を吐きかけた。

宝墜が牛小屋へ戻ると、花児《ホアアル》が低い声で鳴いた。小さな主人が夜に出かけたことはこれまでなかったので、主人のことを心配していたのだろう。地児《ティーアル》もそれに唱和し、いたわるようにひと声「ムー」と鳴いた。すると気性の荒い扁臉《ピエンリエン》までが短く応えて鳴き、主人を思いやる仲間に加わった。宝墜は心がじいんとして、いそいで牛たちに草をつぎ足してやった。草をとりに行く途中で、秣《まぐさ》切りにつまずいて転んだ。起きあがると秣切りにむかって文句を並べたてた。「おまえは昼間仕事をしなけりゃならないのに、夜になってもちゃんと寝ないで、手を伸ばしておいらを引っかけてどうするんだ」

干草は飼葉桶の中で柔らかくうねっていた。宝墜は自分の三頭の仲間に言った。「おまえたち寂しかったかい？　おいらのおじさんがじき死にそうで、ひと目おいらに会いたがったんだよ」。宝墜は花児のまん丸にはりきった腹を撫でてやりながら言った。「おいら今じゃもう知ってるんだぞ。おまえたちは四つも胃があって、おしまいの一つは臭胃なんだってな」

花児と地児と扁臉は草を平らげた後ゆっくりと反芻していた。宝墜はもう起きていられなくなり、オンドルに戻ると眠りにおちた。

霧のせいで牛小屋の朝は、まるで朝ではないかのようだった。霧の出た日には、宝墜は格別に泣きたくなるのだった。宝墜《パオチュイ》はオンドルの上に坐り、ますます薄暗くなったように感じられる牛小屋の中を見回した。どうして霧が毎年毎年やって来るのかわからなかった。

飼葉桶の上にはり渡された梁《はり》は東側と西側に立てられた二本の柱に、永遠にしっかりと支えられている。その梁は白樺で作られ、木肌の黒い斑点がまるで一群の人の大小さまざまな目をはめこんだようである。あるものはきらきらと生気があり、あるものはひどくぼんやりしている。牛を繋いである梅花扣《メイホアコウ》は、霧の中で揺れ動きだしそうで、ほんものの花が満開になっているようだ。宝墜は毎日二度、飼葉桶によじ登り、梁に触れる。早朝は三つの梅花扣をはずして牛が外へ行けるよう自由にしてやる。夕方にはまたあらためて三つの梅花扣をとりつける。梅花扣をはずしたりつけたりするたびに胸がどきんとした。昔そのときに何か重大なことが起きたような気がするのだが、どうしても思い出せない。まるで、夜中に牛の反芻する音を聞きながら、どうにかして何かを思い出そうとしてもだめなときとそっくり同じだった。

宝墜は霧の中でその梁を眺めていた。そのとき牛小屋の戸が開き、泉が湧き出すように光がどっと入ってきて、霧がもくもくと立ちこめてきた。雪児《シュエアル》のはっきりとよく通る声が聞こえた。

「宝墜、飯《めし》だよ」

継父が危篤の状態になってからは、ずっと雪児が宝墜にご飯を運んでいた。

宝墜は返事をしなかった。

雪児はさっさと南側の壁の食卓のところへ行き、碗と皿を一つずつ並べた。雪児は明るい青緑の単《ひとえ》の短い上着を着ていた。三頭の牛は薄暗い光の中に艶《あで》やかな緑色を見て、しきりに鳴き出した。

「葱入り油餅、ジャガイモの千切りつきよ！」。雪児は言った。「一度に全部食べるんじゃないわよ。二枚は残して昼に食べるのよ」

宝墜はやはり答えなかった。

「母さんが、今日は霧が出て、道が滑るから、花児《ホアアル》を表へ連れて行くなって。もし転んだら、おなかの子牛があぶないからって」。雪児はてきぱきと伝えた。

宝墜は「うん」と答えてから、「おじさんは死んだのかい」と聞いた。

「あんたこそ死んじゃえば！」。雪児は宝墜の前へ数歩詰め寄った。「父さんが死にかけてるのに、よくも葱入り油餅なんか食べるわね、屁でも食らいな！」

「おまえの腹には回虫がいっぱいだ。だからよけいこんな気が強いんだ」、宝墜は言った。

「回虫がいるのはあんたの腹のほうよ！」、雪児は跳びかからんばかりに怒った。その姿はまるで緑色のオウムのようだった。

「おじさんはなんでまだ死なないんだ」。宝墜はひどくがっかりしたように言った。

雪児はぷりぷり怒りながら牛小屋を離れた。戸口のところで、もう一度大声でくり返した。「花児を表へ連れてっちゃだめだよ。外は霧で、道がすごく滑るから！」

宝墜はオンドルから跳び下りて葱入り油餅を食べようとした。油餅を食卓に平らに並べ、それから千切りのジャガイモを巻いた。おかしなことに、母屋へ戻っておじさんに会う代価として手に入れたご馳走は、すこしも宝墜に喜びをもたらさなかった。まるで胃の中に綿でも詰まっているようで、そのうえ何を食べてもたれるばかりだったので、たった一枚呑みこんだだけで食卓を離れた。

低いところにある東側の窓から、外の霧が依然として深いのが見えた。

宝墜《パオチュイ》は飼葉桶に跳びのった。その上に立つと、頭が梁の上に出た。三つの梅花扣《メイホアコウ》がきらきらしていまにも揺れ動きそうに彼を見ていた。宝墜がまず二つをはずすと、地児《ティーアル》と扁臉《ピエンリエン》が戸口のほうへ進んだ。花児《ホアアル》の番になって、宝墜はちょっとためらったが、やはり梅花扣をはずしてやった。飼葉桶から跳び下り、花児の鼻を撫でながら言った。「今日は気をつけて行くんだぞ。表は霧が出たからな。おまえがもし転んだら、おなかの子牛も痛いだろうからな」

花児はふた声「ムー、ムー」と鳴いて、従順に頷いた。

宝墜は二枚の油餅にジャガイモを巻いて弁当袋に詰めこみ、水筒を肩にかけると、三頭を追って牛小屋を出た。


霧は勢いよく大地の上を流れていた。太陽はハリネズミのように濃霧の背後で見え隠れし落ちつきなく動いていた。宝墜の視界はぼんやりとかすみ、足許《もと》の道は豚の油でも塗ってあるかのように、踏みしめるそばから身体がぐらぐら揺れた。扁臉が年長の風格を示し、先に立って突き進み、地児がぴったりその後について行った。花児だけは言うことを聞いて宝墜のそばについていた。宝墜たち四人は深い霧の中を進んでいき、家いえを通り過ぎた。家の周りの黒い柵が白い霧の中では水中を泳ぎまわるアオウオ［コイ科の淡水魚］のように見えた。寂しげな犬の吠え声が聞こえ、続いて甲《かん》高い鶏の声がした。宝墜と花児は同時に足を止め、鶏の声が止むまで聞いていた。彼らはその鳴き声がすきだった。たまたま通りかかった人たちが、宝墜の肩先を掠《かす》めて通り過ぎる。彼らの顔ははっきり見えなかったが、声はよく知ったものだった。

「牛を――連れだした――のか――」。声を長くのばすのは張《チャン》老人だ。酒好きが祟って、舌がうまく回らないのだ。

「花児はまだ産んでないのかい？」。これは豆腐屋の邢《シン》おばさんだ。早口で、その口からはいつも葱の臭いをぷんぷんさせている。

「おじさんはまだもっているのかい？」と聞いたのはきっと片足の不自由な李二拐《リー・アルクワイ》だ。彼は紅木《ホンムー》という三歳の息子の手をひいている。おかみさんが死んでしまってから、いつも惨めな様子で、毎日子どもを連れて村の小道をぶらぶらしていて、飯を食っていかないかと声をかけてくれた家へ入っていく。おかみさんが死んで一年もすると、彼は子どもといっしょに村中の家をことごとく食べ歩いた。このごろは宝墜に出会うたびに、おじさんの病気の様子を訊ねた。

宝墜は三人の言葉にごく無愛想に答えた。

「うん」

「まだだよ」

「じきに死ぬよ」

宝墜と三頭の牛は村から二里ほど離れた草場へ向った。草場の霧はいっそう深く、草は露が滴《したた》るほど濡れていた。すぐに牛たちが草を食《は》む音が宝墜《パオチュイ》の耳に聞こえてきた。その「ショッ、ショッ」という音を聞けば、草のしなやかな柔らかさと純度の高さがわかる。宝墜は草むらの中に立ち、手をのばして霧をひと握りつかまえてみたが、何の手ごたえもない。もう一度試してみたが、やはりだめで、手の中には何も入ってはいなかった。目にも見え、すぐ手が届くほど近くに見えるものを、なぜ摑《つか》むことができないのか、宝墜にはふしぎだった。

宝墜の継父は、自分が夜のうちにこの世から離れるものと思っていたが、明け方にはなんと、ゆっくり楽に呼吸ができるようになっていた。自分がまだ生きていることを確かめるために、ごほんと咳をした。するとそばに寝ていた妻が身体をこちらに向けて、「だいじょうぶ?」と元気のない声で聞いた。夫は「うん」と答え、ためしにオンドルから下りてそろりそろりと歩いてみると、思いがけず東側の窓のところまで行けた。空はどんよりと薄暗く、表は白く霧がたちこめ、伝説に聞く天国のような雰囲気が一面に漂っていた。それがふたたび彼の心の奥に潜む痛みの発作を起こさせ、涙があふれ静かに頬を伝った。妻は夫が無事なのを見ると、身支度をして火を起こし食事の仕度にかかった。かまどの火をかきたてながら、夫に言った。「ゆうべ宝墜に約束したから、今日はあの子に葱入り油餅を作ってやらなきゃ。それに巻くジャガイモの千切りもほしいんだって。あんたはあの子がバカだって言うけど、あの子は食うことにかけちゃ、まったく抜け目がないや、ねえ」

やがて雪児《シュエアル》も起きて、自分の小さな部屋から出て、炊事場の母親に向って叫んだ。「ひどい霧ねえ。表は何もはっきり見えない。すっかり霞んじゃってるよ」

「霧の月になったんだよ」。母親は淡々とそう言ってから、心底《しんそこ》悲しそうにほうとため息をついた。

「こんな霧、いったい何からできるんだろう？」。雪児は気が滅入《めい》ったように、ひとりでつぶやいた。

母親が声をかけた。「あとでお兄ちゃんに飯を持っていくとき、今日は花児《ホアアル》を外へ連れて行くなって言ってね。霧がこんなに深くちゃ、花児が滑って転んだりしたら、おなかの子牛がだめになっちまうかもしれないからってさ」

雪児は、母親が小麦粉をこねているのを目にすると、びっくりして大きな声を出した。「ほんとに宝墜に葱入り油餅を作ってやるの？」

「雪児……」。宝墜の継父が東側の窓辺でこちらをふり向いた。「これからは宝墜宝墜と呼んじゃだめだぞ。お兄ちゃんって呼ぶんだ……」

「あんなバカ、お兄ちゃんっていえる？」。雪児は鼻もひっかけなかった。「毎日毎日牛とばかりいっしょにいて。よその人はみんな、うちでは牛を四頭飼ってるって言ってるよ」

「三頭だよ」、母親はことばを強めた。「もう一頭はまだ生まれちゃいないんだからね」

「宝墜がもう一頭なのよ！」。そう言ってから、雪児はひよこに餌をやりに庭へ走っていった。

霧は、十時頃になるとようやく薄くなってきた。太陽はまだぼんやりとして、窓紙の向こうの灯りのようだった。宝墜の継父は湯をすこし飲んでから、中庭をはさんだ向こう側の牛小屋へ向かった。母親は心配そうにその後を追った。継父《ちち》は牛小屋の戸を押し開くと、自分の手でレンガを積んで作ったオンドルや火牆《フォチアン》［オンドルの熱を通す壁］を見た。壁に掛かっている使いなじんだ品じな――ノロ鹿の皮、馬のたてがみ、束ねたシュロ縄、ネズミ捕り器、流し網などを見ていると、初めて会ったとき、宝墜《パオチュイ》がどんなに聡明で利発な子だったかが思い出され、涙がふたたびこぼれ落ちた。

「どうして花児《ホアアル》がいないの……」。背後で突然、妻の慌てた声がした。「あのバカが。霧の出た日は花児を外へ連れて行っちゃいけないって言ったのに。もうじきお産なんだから、もし転んで子牛がだめになったらどうするつもりなの！」

妻はきびすを返して早足で母屋へ戻って行き、雪児《シュエアル》を呼んだ。「どうして母さんの言ったことを宝墜に伝えなかったの？　花児が小屋にいないんだよ！」

「言ったよ」。雪児は大きな声で言い返した。「言ったよ、二回も！」

「いったい、こんな日にどこの草場へ連れて行けるっていうの？」

「あたしが知るわけないじゃない」。雪児は言った。「夕方帰ってきたらわかるでしょ」

「あの子は夕方帰ってこられるだろうが、花児が帰ってこられるかどうかわかったもんじゃないよ」。母親は、すでに到来した霧の月を呪わずにはいられなかった。口の感覚がなくなり、ぜいぜい息ぎれがするほど罵ってから、ようやく気を静めて宝墜を捜しに行くことにした。ゴム靴に履き替えたとき、急に、夫が半月も寝ついて病がもはや救いようのないところまで至ったのに、突然奇跡のように歩けるようになったことを思い出し、ひどく胸さわぎがした。自分が出かけている間に何か起こるかもしれないと思うと心

郵　便　は　が　き

恐れ入ります が切手をお貼 り下さい

101-0051

東京都千代田区
神田神保町1—3

株式会社　東　方　書　店　行

フリガナ		性　別		年令
ご氏名		男	女	歳
〒・☎	(〒　　－　　)(☎　　－　　－　　)			
フリガナ				
ご住所				
E-mail				
ご職業	1．会社員　2．公務員　3．自営業　4．自由業（　　） 5．教員（大学・高校・その他）　6．学生（学校名　　） 7．書家・篆刻家　8．無職　9．その他（　　）			

購入申込書

この欄は記入不要→ 0 1 2 3 4 5 6 7 8 9

(書名)	定価 ¥	部
(書名)	定価 ¥	部
(書名)	定価 ¥	部

※ 小社刊行図書をご入手いただくために、このハガキをご利用ください。
ご指定書店に送本いたします。書店のご利用が不便の時、お急ぎの時は代金引換え払いでお送りいたします。送料は冊数に関係なく、税込380円(2005年12月現在)です。

お問い合わせ先
東方書店業務センター☎03(3937)0300

ご指定書店名

愛読者カード

このたびは小社の出版物をご購入いただきましてありがとうございます。

今後の出版活動に役立てたいと存じますのでお手数ですが諸項目ご記入の上ご投函いただければ幸いです。お送りいただいたお客様の個人情報につきましては小社の扱い商品の販売促進以外の目的に使用することはございません。

●本書のタイトル（必ずご記入ください）

●お買い求めの書店（所在地・サイト名）

●本書をお求めになった動機に○印をお願いいたします

1：書店の店頭でみて　2：広告・書評をみて（新聞・雑誌名　　　　　　　　　）
3：小社の（月刊東方　ホームページ）をみて　4：人にすすめられて
5：インターネットの情報をみて　　6：その他（　　　　　　　　　　　　　）

●ご希望があれば小社発行の下記雑誌の見本誌をお送りいたします

1：人民中国〔中国発行の月刊日本語総合誌〕
2：東方〔中国出版文化の月刊総合情報誌〕
上記のうち（　1　・　2　）の見本誌を希望

●E-mailでの各種情報の送信を　　希望する　・　不要
●小社図書目録（無料）を　　希望する　・　不要

●本書についてのご意見　いずれかに○をお願いします。

1：価格（　安い　普通　高い　）2：装幀（　良い　可　不可　）

●本書を読まれてのご感想、ご希望、編集者への通信、小社の出版活動についてのご意見などご自由にお書きください

配でならない。将来のことを言えば、牛のほうが夫よりも重要だったが、彼女はやはり夫を選んだ。

宝墜の継父は視線をあの白樺の梁に向けた。目の前に八年前の宝墜の姿が浮かんできた。継父は初めて見たときからこの子がすっかりすきになった。生まれつき丈夫なたくましい子どもで、よく笑った。実の父親は草刈のときに毒蛇に噛まれて命を落とした。そのころ宝墜の母親はまだ今のように身なりをだらしなく不潔にしてはいなかったし、オンドルの布団もきれいに洗われて石鹸の香りがした。鍋や茶碗、杓子《しゃくし》や皿もすこしの汚れも残っていなかった。継父は彼女より二歳若かったが、心から満足して彼女と結婚した。そのとき二人にはまだ一部屋しかなかったので、宝墜はオンドルの端っこで寝た。新婚だったから彼はほとんど毎晩妻といっしょに寝たがった。月の光が明るければ、ぐっすり眠っている宝墜の顔がはっきり見えた。宝墜が寝返りを打つたびに、あるいは寝言を言うたびに、継父はびくっとした。亡くなった前夫の亡霊がまだ部屋の片隅で自分を監視しているように思えたのだ。継父はできるだけ早く家を建てて、もう七歳になる宝墜を一人で寝かせようと心に決めた。だがその家ができあがらないうちに、霧の月がやってきた。

彼らの住む村は三方を山に囲まれ、一方は水に面していた。毎年六月になるたびに、霧が絶え間なく次から次へと流れてくる。朝から晩まで、昼時分に一時的に霧が晴れるときを除いては。日照不足のために、六月には作物の成長が遅い。ふつうはみな、霧が三、四日続くことさえめったにないと言うが、このあたりの霧はひと月だって続く。何人かの気象学者がこの地を訪れ研究したが、なにがしかの合理的な説明はとうとうなされなかった。庶民の民間伝説のほうがまだましなくらいだ。伝説によれば、三百年前、四方を放浪していた仙人がこの地を通りかかった。畑には作物がすくすく育ち、牛や羊が群れをなし、家いえの穀物倉には穀物が豊かにあり、勢いよくますます発展する様子がうかがえた。だが多くの家では男たちが妻を罵っており、しかもその罵りことばがまたどれも同じ「糞ばばぁ」だった。仙人はどうにも解《げ》せず、何軒かで罵られ泣いている妻たちに訊ねてみた。妻たちはみな、六月になり、お天道様《てんとさま》がよく照って野良仕事が閑になると、男たちは妻が醜いと嫌がり不平ばかり言うのだという。仙人は一笑すると、この土地の六月を霧の月にし、照りつける陽光をバッサリとやっつけてしまった。ゆらゆら立ちのぼる霧の中で妻たちは仙女のごとく、男たちはほとんど癇癪《かんしゃく》を起こさなくなり、仙人になって天に登ったような心地になり、消えていた優しい心がしっとりと甦《よみがえ》った。

宝墜《パオチュイ》の継父は、その霧の月になるといちだんと自分の妻が恋しくなった。ある晩のこと、二人が深い霧に包まれてほしいままに喜びを分かちあっていると、いつのまにか宝墜が目を醒まして起きあがり、はげしく抱きあうふたりの姿を見ていたが、やがてアハハハハと笑い声をあげた。宝墜の笑い声は継父の激情をすっかり萎《な》えさせてしまった。彼は妻の身体からおずおずと震えながら身を離したが、ひどく辱められたように感じた。

翌日の朝はやく、宝墜が牛小屋へ行くと、継父もその後を追った。牛小屋の中には霧が漂っていた。彼はおそるおそる宝墜に問いかけた。

「昨夜何を見たんだい?」

「おじさんと母ちゃんが一つに重なりあっているところ」。宝墜は真顔で言った。

宝墜は飼葉桶の上に跳びあがり、梁につないである牛の縄を解いた。そのとき宝墜は出し抜けに聞いた。

「ねえ、おじさんと母ちゃんがたてる音は、なんで牛が反芻する音と同じなの？」

おじさんはつぎの瞬間、飼葉桶に跳びのり、拳でガツンと宝墜を殴っていた。宝墜は梁の上に倒れ、頭を梁に強く打ちつけ、「うっ」と声をあげると、そのまま液体のように力なくだらりと飼葉桶の中に落ちた。おじさんは宝墜を気絶させただけだと思い、母屋へ抱いてかえり、炊事場で忙しく働いている妻に言った。「宝墜が梁に頭をぶつけた」

「すばしっこい子なのに、なんだって頭をぶつけたりしたんだろう」。母親はそう言いながら鼻息を確かめてみた。子どもが呼吸しているのがわかると、ほっと安心して言った。「気を失ったんだね。ひと眠りすればきっとよくなるわ」

宝墜は霧の中でそのまま一日目を醒まさなかった。目を醒ますと、また霧の朝だった。周りのものすべてが見たことがないもののように思え、目をとろんとさせていた。母親が彼を宝墜と呼んだときにも答えられなかった。

「頭が痛いのか？」。継父が聞いた。

宝墜は外の霧を見ながら「痛くない」と言った。

その日の夜、宝墜は牛小屋へ行って寝ると言ってきかなかった。人とはいっしょに寝られないというのだった。継父は子どもが一日か二日もすれば機嫌を直すだろうと考え、たいして気にもとめず、牛小屋へ行って間に合わせの寝床をこしらえてやった。宝墜《パオチュイ》はこのときから牛といっしょに暮らし始めたのだった。子どもは頑として家族の住む母屋に戻ろうとはしなかった。やがて彼らは、宝墜がしょっちゅう訳のわからないことばをぶつぶつ言っていることに気づいた。それにがつがつ食べるか寝てばかりいるが、霧の出た日にはとめどなく涙を流している。彼らは宝墜が意識の一部を喪失して、頭の弱い子どもになってしまったことを知った。母親はどれだけ泣きじゃくったかしれない。彼女はそのときもう妊娠しており、つわりが始まっていたが、そのために雪児《シュエアル》は月足らずで生まれた。継父はひどく悔やんだが、あの拳の一撃が継子《むすこ》の将来を葬ってしまうことになろうとは、どう考えても納得《なっとく》できなかった。白樺の梁が屠殺用の包丁のように憎むべきものに思えた。ことの真相を妻に言いだせず、ただ黙々と牛小屋を改修し、宝墜のためにオンドルを作ってやった。毎日宝墜にご飯を運んでやり、話しかけ、子どもの記憶の堰《せき》を開いてやりたいと願った。冬至の後の三九、二十七日間、北風がヒューヒュー鳴っているとき、毎晩真夜中に暖かい寝床から起きて牛小屋へ行き、宝墜のためにオンドルの薪《たきぎ》を足してやり、ついでに牛にも餌をやった。宝墜はほかの子どものように学校へ行くこともできず、毎日牛を追って過ごすしかなかったが、宝墜は牛がすきだったし、三頭の名前もみな宝墜がつけたのだった。毎年大晦日には、継父は朝早くから牛小屋へ行き、宝墜を真新しい服に着替えさせ、窓に「福」の字を貼り、自分の手で作った提灯《ちょうちん》を宝墜に持たせてやる。宝墜は金色の南瓜《かぼちゃ》提灯を好んだので、継父は毎年それを届けてやった。夜半に餃子を食べ、爆竹を鳴らすときも、宝墜を中庭に連れ出し、爆竹の火花を見せ、弾ける音を聞かせた。宝墜は有頂天になって喜び、大皿に二皿もの餃子を平らげた。

雪児の誕生は実の親である彼に何の喜びももたらしはしなかった。雪児の誕生と宝墜の病気には何らかの微妙な関係があるように感じていたからだ。雪児が二歳のとき、彼は妻と肉体の交わりをもつ能力を失った。かつては倦《う》むことを知らなかったその楽しみをもはやしようとは思わなかった。疚《やま》しさが彼を寡黙にし、健康をますます損なわせた。宝墜の母親は夫の病気を治すために数限りない民間療法を試したが、とうとう彼はすっかり元気を失ってしまった。すると彼女の機嫌も日々悪くなっていった。一日中むくんだ顔をして、おしゃれをしようともしない。夫が痩せてすっかり見る影もなくやつれてしまってから、彼女は借金してなんとか金を工面し、大きな町に連れて行って診てもらおうとした。だが夫は決して同意しなかった。これから金はすべて宝墜の頭を治すために貯めておくのだと言う。妻は涙をこぼしながら、あんたはなんて慈悲深い人なんだ、前の亭主の子どもにこんなによくしてくれるなんて、宝墜が前世に積んだ徳かねえ、と言った。

霧のせいで白樺の梁がいっそう太く見えた。その罪深い梁をじっと見ながら、それを軟骨のようにバリバリ噛み砕いて腹の中に呑みこみ、地獄へ持っていけないのをいまいましく思った。四年前すべてを傾けて家を改築した。一間しかなかったものを二間にして、雪児に自分の小さいオンドルを持たせてやった。彼には自分がそう長くないことがわかっていたので、宝墜が家族の住む母屋に戻ってくることを願った。そうなれば彼の病気もしだいに快方に向かったかもしれない。だが、昨夜の宝墜のことばは彼に最期のひと息さえ安らかにつかせてくれなかった。継父が死んでも、また別の生きたおじさんが来て、母親の住む家にはやはり宝墜の居場所はないにちがいないと、宝墜は言ったのだ。こんな簡単な道理を、どうして考えつかなかったのだろう。しかし彼にはもはやあらたに家を建て直す力は残っていなかった。

「宝墜《パオチュイ》……」と青白い梁に向かって低い声で呼びかけた。

梁は牛小屋全体の中でもっとも威厳のある位置を占めていた。飼葉桶の真上がちょうど牛小屋の中心だった。その白い樹皮は牛をつなぐ縄で擦れてつやつや光っていたが、大小の黒い樹皮の斑点はなおくっきりと見えた。梁だけが独特な風格を備えて水平に空間を横ぎっている以外、そのほかのものはみな垂直に立っていた。垂直な柱、垂直な壁、垂直な扉、そのために空中に支えられている白い梁がとりわけ人目をひく。伝説で獰猛《どうもう》な鬼の長く鋭い牙のことを聞いたことがあるが、この梁こそが自分の家に突き立てられた牙だと、宝墜の継父は思った。

「おれはこの牙を抜かなければならない」。継父はひそかに決心した。

継父は牛小屋をぐるりと見まわし、西北の隅にある道具箱の中から松明《たいまつ》用の松材を切るための小さな斧を取り出し、飼葉桶の前にとって返した。よじ登ろうとしたが、力のほうがとうに身体から脱けだしてしまっていて、いくらふんばってみても、飼葉桶に登ることはできなかった。斧を振りあげたまま悔しそうに高だかと頭上にある梁を睨んだまま、二分足らずの間ふんばっていた。だが、急にいっそう濃い霧が湧きあがってきて、白い梁は狡猾にその中に身を隠してしまい、垂れこめた雲のうしろの稲妻のように、どこに潜んでいるのかをこちらに悟らせまいとしているようだった。目の前がしだいにかすんできた。まず白い色が無限に広がり、それはやがて強大な黒、さらにそのつぎには強烈な紫に変わり、彼はぐらりと揺れ、梁に向かって「宝墜……」と叫ぶと、そのまま地面にばったりと倒れた。死んだとき手にはまだ斧を握ったままだった。長い間使っていなかったその斧には、点々と錆が出ていた。

宝墜が三頭の牛を追って村に戻ってきたときは、すでに夕餉《ゆうげ》の仕度の時分になっていた。扁臉《ピエンリエン》と地児《ティーアル》が先を歩き、宝墜と花児《ホアアル》がおくれてうしろを歩いていた。夕方の霧はいっそう深く、宝墜は、花児にかあってはならないと、慎重にゆっくりと歩を進めた。もしおじさんがまだ死んでいなかったら、もう一度あることを聞いてみようと決めていた。

家に入る前からもう宝墜の耳にのこぎりと鉋《かんな》の音が聞こえてきた。立ち止まって、ぱんと花児を叩いて言った。「ふん、聞きな、うちの様子がなんだか変だぞ」

花児はしばらく黙っていたが、やがて頭を仰向けて短くひと声鳴いた。花児は小さな主人のことばに頷くとき、いつもこのような動作をした。

宝墜は庭でたくさんの人影が動き回っているのを感じた。鉋がシュシュシュと麦を刈るような音をたてた。宝墜は不用意に誰かとぶつかった。相手は「宝墜か？　帰ってきたのか？」と言った。

宝墜は「うん」と答え、それから「みんな何をしているの？」と訊ねた。

「棺を作ってるんだ」。相手は何でもないように言った。「おまえのおじさんが死んだんだ」

「おじさんが死んだのか」、宝墜はぽつりとそう呟くと、花児の方を向いて、「一つ聞きたいことがあったのになあ」と言った。

宝墜はとつぜんやりきれない気持ちになって、声をあげて泣きだした。泣き声は霧の中を通って流れていき、ほとんどすべての人がその声を聞きつけた。人びとは期せずしていっしょに「誰が泣いているんだ」と聞いた。

「宝墜《パオチュイ》だ」

「宝墜がおじさんの死を悲しんでいるんだ」

「あの子はおじさんと別れるのが辛いんだな」

みなは口ぐちに同じようなことを言いあった。それから宝墜の泣き声を評して言った。

「実の息子以上に心底悲しんで泣いているな」

「おじさんをこんなにも慕っていなけりゃ、こんなに泣けるもんかね」

宝墜の泣き声に、家の中でもう疲れて泣きやんでいた母親がふたたび大声をあげて泣きだした。雪児《シュエアル》の澄んだよく響く泣き声もそれに加わった。人びとがあたふたと家を出たり入ったりしては、年寄りを励ましたり、子どもたちを慰めたりした。しまいに宝墜は誰かに牛小屋へ連れ戻された。花児《ホアアル》が声もたてず小さな主人の後についていた。地児《ティーアル》と扁臉《ピエンリエン》はすでに小屋の中に入ってずっと待っていた。その人が牛小屋の電灯を点《つ》けると、薄暗い光が白い梁や反りかえった秣切りや継父がみずから宝墜のために作ったオンドルを照らし出した。宝墜はぶるっと震えた。心の奥でとても大きな寂しさを感じた。彼をここに連れてきた人は彼がもう泣いていないのを見ると、小屋の扉を閉めて、棺を作りに行ってしまった。

宝墜は飼葉桶に跳びあがり、三頭の牛を梁につないだ。梅花扣《メイホアコウ》を一つ留めるたびに、目の前におじさんの面影が浮かんだ。なぜなら、おじさんに聞きたかったことは、自分はどうして梅花扣の留め方を知っているのか、ということだったたからだ。それは宝墜が昼間ひとりで草場にいるときに考えたただ一つのことだった。おじさんからその答えを聞くことはもうできなくなってしまった。

宝墜は飼葉桶から跳び下りると、牛たちのために大豆かすを入れてやった。それからオンドルの縁に腰かけて梁につけてある三つの梅花扣を見つめた。花児は飼葉桶を離れて遠くの干草の山のところまで歩いて行った。首に繋いだ縄がきゅっと引っぱられ、梁の梅花扣の一つがぶるんと揺れた。「誰もおいらが留めた梅花扣をはずすことなんてできないぞ！」ということばが、ふいに宝墜の口をついて出た。

継父の赤い棺は深い霧に包まれて、その色が幾分か和《やわ》らいでみえた。しきたりどおり遺体は五日間安置してから棺に納められ、継父はまもなく埋葬されることになった。明け方、表に、棺を載せる馬車が来た。宝墜は服喪の白い帽子をかぶせられ、腰には長く白い布を巻かれて、ぶすっとしていた。霧の立ちこめた庭に人影がゆらゆら揺らめき、弔いの幟《のぼり》が大きな葦のように門口に斜めに挿されてあった。母親は牛小屋へ来ると、宝墜に、「あとでおじさんを送るときは大声で泣くんだよ、それから十字路まで来たら東西南北に向かって一度ずつ叩頭《こうとう》〔額を地につけて礼拝すること〕のお辞儀をして、『おじさん安らかに逝ってください』って唱えなくちゃいけないよ」と言い聞かせた。

「わかったかい？」。母親はとがめるように念をおした。唇が腫《は》れあがり、涙や鼻水を擦《こす》ったのだろう、袷《あわせ》の上着の袖は糊《のり》を塗りつけたように、乾いて白く固まっていた。

宝墜は答えなかった。

母親は語気を強めて言った。「おじさんはおまえにあんなによくしてくれたんだから、ちゃんと見送ってあげなくちゃ。そうすりゃ土の下からだっておまえがよくなるように守ってくれるよ」

宝墜《パオチュイ》はちっとも理解できなかった。母親のことばは、宝墜がどこか具合がよくないと言っているようだったが、自分ではすべて正常だと思っていたからだ。

母親が牛小屋から出てしまうと、宝墜は白い帽子を干草の上に脱ぎ捨てた。腰の白い布も剥ぎとってしまった。するとようやく身体の血がふたたび自在に流れだしたように感じた。慣れた様子で飼葉桶に跳びあがり梅花扣を三つともはずすと、地児《ティーアル》、扁臉《ピエンリエン》、花児《ホアアル》を牛小屋から連れ出した。彼らが中庭を通りすぎるとき、みんなが牛を指して宝墜に聞いた。

「おじさんを送らないのかい？」

「うん」と宝墜は答えた。「牛を放ちに行くんだ」

「おじさんを見送らないと、母さんが怒るんじゃないかい？」

「怒るなら、怒らせとけばいいさ」。宝墜は言った。「おじさんは死んじゃったんだから、送ったって、おじさんにはわからないよ」

人びとは宝墜が牛を追ってじくじくぬかるんだ路へ出ていくのを見送った。誰も進み出て宝墜を止めようとはしなかったし、誰も家の中にいる母親に知らせようともしなかった。宝墜はもうじゅうぶん悲しんだ、これ以上無理に葬式に出させなくてもいいじゃないか、とみんなは考えたのだった。

霧のために昼間は黄昏《たそがれ》のように薄暗かったし、黄昏はいつもの黄昏よりもっと暗かった。宝墜が牛を追って家に帰るとき、路上に散ったたくさんの円い紙銭がぼんやりと見えた。牛の蹄《ひづめ》がそれを細かく踏みしだいた。

宝墜が庭に入ると母親が出迎えた。何も言わずに花児の頭を撫で、それから長いため息をついた。

「おじさんは行ったの？」。宝墜は聞いた。

「行ったよ」。母親は静かに言った。「今日も牛小屋へ行って寝るのかい？」

「うん。おいら、牛といっしょがいいんだ」

「おじさんが言わなかったかい？」。母親はもっともらしい顔で言った。「おじさんが行ってしまったら、母屋に戻って来いって」

「だめだ」。宝墜は断固として言った。「花児はじきに子牛を産むんだから」

「じゃあ、花児が産んでしまったら戻ってくる？」

「花児が産んだら、牛が前より増える。牛にはおいらが必要なんだ」。宝墜は牛を追って牛小屋へ帰って行った。飼葉桶に跳びあがり、三つの梅花扣を梁にしっかりととりつけてから、牛に水を飲ませた。

牛小屋の中は灯りが暗くぼんやりと灯っていた。ひっそりと静かだったので、牛の水を飲む音がとりわけよく響いた。そのとき牛小屋の戸が開いて、青い服を着た雪児《シュエアル》が入ってきた。両手で碗を持ち、おさげ髪の先に白い縄［女性の服喪を表わす］を結んでいる。黙ったまま碗を食卓に置くと、ふり返って宝墜をじっと見据えた。

「おまえ、今日おじさんを送ったのかい？」。宝墜は聞いた。

雪児《シュエアル》は「うん」と答えた。

「人はたくさん来たかい？」。宝隧《パオチュイ》がさらに聞いた。

雪児はまた「うん」とだけ答えた。

牛はぴちゃぴちゃと水を飲み続けていた。

「お兄……ちゃん……」。雪児は突然涙声になって言った。「あたし、ずっと宝隧って呼んでたから、怒ってる？」

宝隧は首を振った。「おいらは宝隧だ。おまえ、おいらのことをお兄ちゃんなんて、いったいどういう気だ？」

「お兄ちゃんっていうのは家族だってことだよ。つまりあたしより年上ってことだよ」

「扁臉《ピエンリエン》だっておまえより年上だぞ。扁臉のこともお兄ちゃんって呼ぶのか？」

「牛にはそんなふうに言わないの」。雪児は根気強く説明した。「人じゃなきゃ兄弟姉妹って呼ばないんだよ」

「あーあ」と宝隧はがっかりしたように言った。「おいら、お兄ちゃんか」

三頭の牛は水をじゅうぶん飲んでしまうと、干草の上に腹ばいになった。

「じゃあどうして前はお兄ちゃんじゃなかったんだ？」。宝隧はふしぎそうに聞いた。

雪児は言いわけするように言った。「そのときはあんたを恨んでたからよ。だからお兄ちゃんなんて呼ぶわけないよ。父さんが生きてたとき一度だってあたしを抱いてくれたことなかった。父さんはあんたにばかり気をつかってて、毎日あんたの牛小屋のことを心配してた。死に際になって息ができなくなったとき、あたしが水を飲ませてあげたのに、父さんはずっとあんたの名前ばっかり呼んでた。あたしだって娘なのに！」

「それでおいらを恨んだのか」。宝墜は聞いた。

雪児は頷いた。「父さんが死んじゃったから、もう恨んでないわ」

「もう恨んでない？」

「父さんほどあんたを可愛がった人はいないんだから」。雪児は言った。「これ以上あんたを恨んでなんになるの？」

「じゃあ、おじさんを恨むのか？」。宝墜はさらに聞いた。

雪児は目に涙を溜めたまま首を振った。「父さんが可哀想。毎日夜中になると母さんに罵《ののし》られて。母さんが罵ると、父さん泣いて。泣きながら、やっぱり『宝墜、宝墜』って呼んでた」

「どうして知ってるんだ？」。宝墜は聞いた。

「聞こえるのよ。母さんの罵る声が大きかったから、あたしの部屋まで聞こえてきたの。そのうちに夜中になると目が醒めるようになって、目が醒めると母さんが父さんを罵ってるのが聞こえるの。霧の月になると、母さんはいっそうひどく罵ってた」

「母ちゃんはなんて罵ってたんだ」

「窩囊廃《ウォナンフェイ》」、雪児は答えた。「いつもそう言うの」

宝墜《パオチュイ》は訳がわからないという顔つきをした。

『窩嚢廃《ウォナンフェイ》』って、役立たずってことよ」。雪児《シュエアル》は説明してやった。

「母ちゃんは夜中に、おじさんに何をさせようとしていたの？」。宝墜が聞いた。

「あたしにもわかんない」

「おじさんは罵られて、おいらの名前を呼んだのはどうしてなのかな？」

「それもわかんない」。雪児は言った。「あんたが父さんを窩嚢廃にしちゃったからじゃないの？」

宝墜はまじめな顔になった。「おいらは牛を飼うことができるから、窩嚢廃じゃないよ。だったらどうしておいらがおじさんを窩嚢廃にすることができるっていうんだ。母ちゃんはでたらめばかり言うんだ。おじさんは何だってできたよ。牛に胃袋が四つあるってことも知ってた。たいしたもんだよ。梅花扣《メイホアコウ》を留めることだけはできなかったけどね」。宝墜は言った。「ねえ、おじさんも母ちゃんも梅花扣を留められないんだったら、おいらは誰に教わったんだろう？」

「あんたの実の父さんでしょ」

「実の父さんてどこにいるの？」。宝墜は興奮して聞いた。

「土の下」。雪児は口を尖らせて言った。「とっくに死んだんだって」

宝墜はとてもがっかりして「へぇ」と言った。

「今日やっと父さんを埋めたばかりだっていうのに、李二拐《リー・アルクワイ》がもう紅木《ホンムー》を連れてうちへ来たんだよ」。

雪児が言った。

「母ちゃんはあいつらに飯を食わせてやったのかい？」

「うん。それにね、あんたが小さい時に着た服も紅木にやったんだよ」

「あいつらが来るの、嫌かい？」。宝墜は聞いた。

雪児はしかめっ面をして言った。「父さんが死んだばかりなのに、もうあいつらに飯を食わせてやるなんて。母さんと口をきくのも嫌だな」

「じゃあ、口をきかなきゃいい」

「だって、家の中にはあたしと母さん二人だけなんだよ」。雪児は心細そうだった。「口をきかなかったら、母さん、怒るんじゃないかな。これから夜中に罵る相手がいなくなっちゃたから、あたしを罵ったりしないかな？」

「どういうわけでおまえを罵るんだ？」。宝墜はまじめくさって言った。「おまえ、また腹ん中の虫を母ちゃんの腹ん中にうつしたんじゃないのか？」

雪児はそれを聞くと思わずくすっと笑った。それから涙をためた目で宝墜を見つめた。

宝墜は言った。「怖がることなんかないよ。母ちゃんが夜中におまえを罵ったら、牛小屋へ呼びに来いよ……兄……兄ちゃんを……」

「兄ちゃん」というところで宝墜は口ごもった。

雪児は「うん」と頷くと、碗を指して言った。「はやく食べて。じきにすっかり冷《さ》めちゃうよ。葬式の供養のご飯だから」

宝墜《パオチュイ》は、葬式の供養のご飯に視線を移した。

花児《ホアアル》が出産した。黒と白が交互に混ざった斑の牛だった。宝墜は子牛に巻耳《チュアンアル》と名づけた。生まれたとき片方の耳が花の蕾《つぼみ》のように巻いて縮こまっていたからだ。巻耳はこの家族に霧の月の間にはめったになかったなごやかさと喜びを運んできた。雪児《シュエアル》は毎日やって来て巻耳と遊んだ。ピンク色のスカーフを巻耳の足に巻きつけるのでなければ、コーリャンで作った箒《ほうき》で黒い鼻をつついたりした。母親も毎晩巻耳に豆乳を飲ませてやりに来た。花児は巻耳を愛しくてたまらないというように、いつも舌で子牛の顔を舐《な》めてやっていた。地児《ティーアル》も子牛をたいそう可愛がった。尻尾の汚い扁臉《ピエンリエン》だけはしばしば不意に巻耳に向かって鋭い声をあげ、脅そうとした。だが、巻耳は少しも意に介さなかったので、扁臉のいたずらもやがて鳴りをひそめていった。一週間もすると、巻耳はよちよちした足どりで、そこらじゅうを歩き回るようになった。なかなかわんぱくで、口を使って土の中の若い苗を掘り起こしたり、蹄で薪の山を蹴散らしたりした。巻耳が唯一おとなしくなるのは、霧を眺めるときだった。真っ白な霧が見知ったばかりの人たちや風景をぼうっとしたものに変えていくとき、子牛は何かを考えているような表情を見せた。

宝墜がふたたび草場に放牧に出かけるときには、その隊列は大きくなった。宝墜は自分の隊列がこれからどんどん大きくなって、やがて自分は牛の群れに囲まれるようになるだろうと考えた。自分はどの牛の性格も把握できるし、彼らのするどんなしぐさでも、それがどんな意味なのかわかる。牛が増えれば牛小屋の白樺の梁には梅花扣《メイホアコウ》もどんどん増え、ぎっしり並んだ梅の花が咲き競うだろう。自分が群れなす牛を追って村の道を行くところは、どんなに見栄えがするだろうか。

霧の月が終わろうとしているある日の黄昏に、宝墜が牛を追って牛小屋に帰って来ると、雪児が嬉しそうに駆けこんできて、息を弾ませながら言った。「お兄ちゃん、今日母さんが李二拐《リー・アルクワイ》を怒って追い出したんだよ。あいつ、もう二度と来ないよ」

宝墜はきょとんとして言った。「来ないってことは来ないんだな」

「母さんがなんであいつを怒ったか、わかる？」。雪児は声を押し殺して言った。「李二拐がね、言ったのよ。母さんと暮らすようになったら、お兄ちゃんを金鉱にやって誰かにめんどう見させるって。お兄ちゃんはバカだから金を盗むってことを知らない。だから相手が雇いたがるだろうって。それにね、お兄ちゃんが金鉱へ行けば家のためにちょっとは稼ぐだろうし、家の食い扶持《ぶち》も助かるからって、あいつお兄ちゃんのために仕事を決めてきてやったって、言ったんだよ」

宝墜はあっけにとられて雪児を見つめた。

「その話を聞くと、母さんね、李二拐を罵って……」。雪児はちょっと胸をはって、声を太くし、母親そっくりにまねて言った。「出て失《う》せろ！　あたしたちの宝墜によくもそんなひどいこと言いやがって。あの人が生きてたときにゃ、あの子に実の子以上によくしてくれた。あたしの宝墜を人間扱いしないような奴には、金輪際《こんりんざい》うちの敷居を跨いでもらいたくないね！」

「それで李二拐は追い出されたのか？」

「うん」

「すげぇ」。宝墜《パオチュイ》は感心して言った。

雪児《シュエアル》は続けて、すこし恥ずかしそうに言った。「お兄ちゃん、これからはあたしが夜中に母さんに罵られるかもしれないって、心配しなくていいよ。母さん、この頃毎日あたしのこと抱いて寝てくれるし、髪の虱《しらみ》もとってくれるんだよ」

宝墜は安心したように笑った。飼葉桶に跳びあがると、梁に牛をつないだ。梅花扣《メイホアコウ》を留めるその手際はたいへん慣れたものだった。そのとき雪児が言った。

「お兄ちゃん、あたし昨日父さんとお兄ちゃんの夢を見たよ」

宝墜は飼葉桶から跳び下りて、探るように雪児を見つめた。

「父さんがお兄ちゃんといっしょに年越しをしてるの」。雪児は声を震わせた。「空が暗くて、雪も降っててね、父さん、お兄ちゃんを連れて庭で爆竹を鳴らしてるの。爆竹の音がすごく大きくて、お兄ちゃんが怖がるといけないって、父さんがお兄ちゃんの耳をふさいであげてるんだ」

宝墜はたまらなく泣きたくなった。夢は霧のように自分の手に摑《つか》まえることができないからだ。宝墜には夢がどんな味わいのするものかわからなかった。

「それとね、父さんが牛小屋へ来て巻耳《チュアンアル》に会う夢も見たんだよ。父さん、手を伸ばして巻耳の鼻を撫でてやるんだけど、巻耳は誰だか知らないから、蹄で父さんを蹴っちゃうの」

「巻耳がそんなことをするもんか」。宝墜は悲しくなった。「だって、おじさんじゃないか」

その夜、宝墜は牛の反芻する音を聞きながら、その音の中にどんなだいじなことが隠されているのか、もう一度、一所懸命思い出そうとした。脳みそが痺《しび》れるほど考えたが、記憶の周囲には依然としていかめしく高い壁が立ちはだかり、なかなか越えられなかった。宝墜はもう一度電灯を点けて、あの白樺の梁を見た。木肌の黒い斑点が決して閉じることのない目で自身の上に留められた梅花扣を見ていた。宝墜の記憶は屋外の霧のようにぼうっとして、日の光もない暗闇でなにもわからなかった。宝墜はしばらくぼんやりとしていたが、やがて可愛らしい寝顔の巻耳を見て、「牛とちゃんと暮らしてればいいんだ。思い出せないことを考えたってしかたない」とつぶやいた。

宝墜は電灯を消して眠った。夢のない眠りだった。だから、その眠りは清らかで、きらきらと透き通っていた。早朝、ギイッという音と一筋の明るい光に目を醒まされた。オンドルの上に起きあがると、巻耳が牛小屋の戸を押し開けていた。花児《ホアアル》も地児《ティーアル》も扁臉《ピエンリエン》もしみじみとした様子で屋外の久びさの陽光を眺めていた。

霧の月が去ったのだ。

宝墜はオンドルを下りて、戸口のほうへ歩いていった。

巻耳は首を傾《かし》げて、表で飛び跳ねている陽光をひどく驚いたように見ていた。宝墜はぱんと巻耳の尻を叩いて言った。「太陽が出たぞ。表へ行って遊びな」

巻耳は蹄を動かし歩みだそうとしたが、急にまた首を引っこめてしまった。宝墜はこのときようやく、巻耳が霧の月に生まれたので、まだ太陽を見たことがなかったのだと気がついた。太陽の刺すような明るい光を巻耳《チュアンアル》は怖がっているのだ。宝墜《パオチュイ》はさっと敷居を跨いで外へ出て、庭を落ちついて歩いて見せ、巻耳に手招きした。巻耳は優しくひと声鳴いて応え、やがて恥ずかしそうに庭に出てきた。

巻耳は身を縮めたまま、ちょっと歩いてはすぐまた下を向く。まるで自分の蹄が陽光を踏んづけたら暗くなりはしないか、確かめているかのようだった。

こころ

劉恒

徳間佳信訳

劉恒（りゅう・こう）Liu Heng

一九五四年、北京生まれ、男。北京外語学院付属中学に学ぶが、文化大革命の混乱により学業は中断された。海軍の無線係、自動車組立工、『北京文学』の編集者を経た後、八九年に北京市作家協会所属、二〇〇三年より同協会主席となる。代表作に『狗日的粮食（食糧のヤツめ）』（一九八六）、『伏羲伏羲』（一九八八）がある。八八年からはシナリオも多く手がけ、『伏羲伏羲』を映画化した『菊豆』は世界各国で公開された。小説『貧嘴張大民的幸福生活（おしゃべり張大民の幸せな暮らし）』（一九九七）はテレビドラマ化され、さらに『没事偸着楽（邦題「しあわせの場所」）』というタイトルで映画にもなり、大衆的な人気を博した。

『こころ』は、文革が終わり、ようやく平穏な生活をとりもどして発展の途についた八十年代はじめの北京が舞台である。そんな北京の底辺に置き去りにされ、未来に希望をもてなくなった青年が、少年時代の記憶をまさぐりながら、探しあてようとしたものは何だったのか。

1

雪が舞っている。風はなく、白い路が暁の光の中で静かに眠っている。自転車の轍《わだち》が数本、灰色のくねった縄のように積もった雪の上をどこまでも伸びていき、とびとびの足跡を数珠《じゅず》つなぎにしていた。

林立冬《リン・リートン》は電柱にもたれ、黙りこくってタバコを吸っていた。視線は胡同《フートン》「元代からできた北京独特の横町、路地」の向こう、小さな平屋の家いえのキラキラと銀色に耀く屋根に注がれていた。ひどく寒かった。だが、彼の心は落ち着かず、なにかまっとうではないことをしているような気がしていた。

そのごく狭い敷地の中からはまったく物音がせず、ペンキのはげた観音開きの扉はぴったりと閉まっている。立冬は目がとてもいいので、その小さな赤い鉄の札の番号をまちがえるはずがない。何度見ても六九号だった。

中には汪暁葉《ワン・シアオイエ》と彼女の子どものころのお手伝いさんが住んでいる。彼女は立冬の昔の同級生だった。

彼女の父親はすでに他界し、母親も新しい夫についてよその町へ行ってしまっていた。それでお手伝いさん——身寄りのない善良なお婆さんが、彼女をそばに置いてくれたのだった。そのうえ彼女は足が悪かった。歩くのに杖をつき、一歩ごとにガクガクと揺れて、蹴鞠《けまり》遊び（1）でもしているかのようだった。

白い雪の反射で眼がちくちくする。電線から雪がはらりと落ちてきて、石灰を撒いたように立冬《リートン》の髪や肩をまっ白にした。こごえた頬をこすると、手はタバコのいやなにおいがした。

小学校のころ、彼は先生に教壇に呼ばれて問題に答えさせられるのが何よりいやだった。答えをまちがえ、しかもどこをまちがえたのかわからない時など、いつも級友たちのひそかな嘲りの声が聞こえた。

「デカッ歯！　デカッ歯！」

彼にはそういうことが気にならなかった。もう慣れっこになっていた。反抗しようなどと思ったことはない。しかし、はじめてそのあだ名を聞いたとき、彼はつらくて家に駆けもどり、妹が髪をとかすのに使う手鏡を探しだした。そして、その後こっそりそれを叩きつけて割ったのだった。彼が永遠にがまんできず、逃れるわけにもいかなかったのは、同じクラスの女の子たちのひそひそとしたさげすみの笑い声だった。彼からみると、彼女たちはみなひとしなみに自信たっぷりで、非の打ちどころがなかった。彼は面と向かうのが恥しくていつも彼女たちを避け、自分からは見ようともしなかった。大人になって、農村に挿隊《チャートウイ》「文化大革命期に、都市部の青少年を農村に移住させ農村の生産隊に組みこんだ」し、その後また街に戻っても、誰ひとり彼に関心をもつ女の子はいなかったし、誰ひとり彼を愛した女性もいなかった。母と妹を除いては。彼のほうも家族以外の女性を愛したことはなく、愛というものがいったいどんなものなのか知らなかった。

いま、彼はこれまで経験したことのない昂《たか》ぶった気持ちを抱いて、藍塑胡同六九号《ランスー》の中にいる、その足の悪い娘に会えることを渇望していた。ほとんど彼女の顔かたちは忘れてしまっていたのだけれど。これはいったいどういうわけだろう？　彼は理解に苦しんだ。自分でもひどく変だと思った。電信柱の下までやってきて寒い思いをするのは、もう四回目だった。

四回の日曜日の中で、その日がもっとも寒く静まりかえった朝だった。立冬はとっくに決めていた。もし通りかかる人が百人を超え、それでも彼女に会えなかったら帰ろう、もう二度と来まいと。彼は慎重に数えた。そして、せつない願いを抱きながら数えるうち、そのリミットを超えてしまった。そんなに朝早くから、その人が起きているかどうかなど、考えてもみなかったようだった。

彼は逃れるように胡同の塀にそって西のほうへ歩いて行った。頭をきゅっとコートの中に縮め、ビロードの襟で両方の耳を覆《おお》った。彼はふり返りたくなかった。胡同を出て、大通りを抜けると公園だ、そこでお金を三分［分は通貨の最小単位、元の百分の一、角の十分の一］払って中に飛びこめばすべては解決するのだ。

赤い壁と松の古木の間はすっかり雪に覆われていた。彼は足で雪をかきのけ、あらわれた木の根に坐ったまま動かなくなった。湖の氷は、眼の前の鉄柵で一本ずつ青緑色の長い格子に区ぎられ、しなやかで軽い身のこなしの人影が氷の上をスイスイと行きかっていた。この寂しくひっそりとした片隅に坐るたびに、立冬は周囲がぱっと開けたように感じ、どんよりとした果てしのない空は、彼にほのかな甘さと、同じようにほのかな苦さを呼びおこして、うっとりと心を酔わせるのだった。誰にもじゃまされず、ゆっくりと脳裏をよぎる一つひとつの思いをじっくり噛みしめ、静かに自分の過去と未来の日々のことを考えることができた。

スケートをしているのはみな若者だった。きれいな服を着て、赤ちゃん風の色とりどりの小さなニット帽をかぶっていた。彼らは氷の上でスイスイと自在に輪を描き、立冬《リートン》は心の底から感心した。そこには、自分で必死に抑えつけている嫉妬の気持ちも隠れてはいたが、彼は断固として自分を説き伏せた。たとえ自分の翼は毛が脱け羽毛がなかったとしても、他人が自由自在に飛ぶのを見るのは、それなりに楽しみでもあり、慰めでもあるのだと。

鉄柵の下あたりで、だしぬけに耳慣れない奇矯な声があがった。

「あなたって、ほんとにうまいわ！」。声に潤いのある女だった。

「ここリンクの整備がわるくって、もの足りないよ！」

「あなたのこと好きよ……」

「……今日、君すごくきれいだよ」

男の話す声は震えていて、おかしかった。立冬は思わず身をのり出すと、ダウンジャケットを着たカップルが岸辺でぴったり寄りそっているのが見えた。色白の若者がちょうど唇を女性の胸の前の黒髪に埋め、女性の赤いマフラーがふたりの肩の上で風に打ち震えていた。立冬は焼け火箸にでも触ったように首をすくめ、鉄柵の根元をじっと見つめた。

彼は少年時代のある雪の日のことを思い出した。学校の帰り道、彼は暁葉《シアオイエ》を背負って家へ向かっていた。ひとしきり歩くと彼は暁葉を歩道に下ろし、自分は凍った路面へ滑りに行った。暗くなってもまだ遊び足りなかったが、そのうちいやというほど尻餅をついて、はじめて暁葉の「帰ろうよ」というか細い哀願するような声が耳に入った。

彼はうんと顔を寄せて彼女の目を見た。「どうしたの？」

暁葉は涙を流し、話そうにもことばが出せなかった。彼女の不自由なほうの足は、哀れにも縮こまっていて、内側に曲がった奇形の小さな足を見られるのを恐れているかのようだった。立冬はたまらなくなって言った。「きみも滑りたいの？」。暁葉はうなずいた。立冬はまっ赤になり、声をひそめた。「きみはまだ小さいよ、大きくなったら足もよくなって、ぼくなんかよりもっと速くすべれるかもしれないよ！」。彼女のゆるんだ腰のベルトを締めてやると、自分も泣きたくなってしまった。かわいそうな暁葉！　彼女を助けてやれる何かいい方法を考えなきゃ。

彼は彼女と同い年で、ふたりとも一年生だった。ふたりの家は同じ胡同にあった。そのころは、将来のことを考えるたびに、暁葉はきっとよくなるだろうと彼は思ったものだった。

遠くの緑色の氷の上では、さっき見かけた少女が優美に旋回している。赤いマフラーがひと筋の炎のようにヒュッ、ヒュッと跳ねている。立冬は何のためらいもなく断定した。あれはきれいな女の子だ。

彼は黙って彼女を見ていた。彼の頭にはすでに雪がつもり、わざとのっけた帽子みたいだった。その潤んだ小さな両の眼は、憂いを含んだ赤い筋でいっぱいだった。

2

青春の血の騒ぎがちな若者にとって、穴があったら入りたいとはどういう意味だろうか。それは夢、幻などではけっしてない。四角い顔、小さな目、繭《まゆ》のように短くて太い眉、上唇を押しあげているふくらんだ歯茎、半球型に突き出た頬骨……それが彼自身にほかならない。たしかにすこしぶざま、いやまったくもってぶざますぎた！

妹は母に似てきれいだった。が、彼の顔立ちは父にそっくりだった。父がどんなわけがあっていつも彼を「ろくでなしめ！」とひややかに叱りつけたのか、彼にはわからない。父自身はどうなのか？　解放前に田舎から街にやってきて四十年近く働き、それでもまだ街から遠い山岳部の線路のトンネル保守の仕事をしていて、週に一度しか家に帰れない。父は酒を飲んで、ピーピーガーガー鳴るおんぼろラジオで旧劇を聞くほかは、家のことは何もしなかった。おかげで、立冬《リートン》は小学校に入ったときから、飯を炊き料理を作るのを覚えたし、病気の母と幼い妹のめんどうを見てきた。

彼は二四年生きてきたが、父は一度も彼をほめたことがなかった。彼が街でほかの子に頭をかち割られた時、買い物に行って購入通帳(2)を失くした時、朝、顔を洗って耳の垢をしっかりとらなかった時、不注意でコップを落として割った時……そんな時はいつも父の厳しい叱責に遭った。隣の家の子どもが大学に合格した時、父の冷酷な怒鳴り声は彼をひどく傷つけたものだった。父はまるでどこかに満腔《まんこう》の怒りをためていて、ついにそれを吐き出す相手を見つけたかのように、実の息子のおののく心を一度また一度と打ちすえたのだった。

その父親が、息子が農村から帰り、何の抗《あらが》いもなしに清掃局に送りこまれてからは、なんといやみひとつも言わなかった。立冬が仕事からくたくたに疲れた体を引きずって帰ると、父はただ見ているだけで、鉄のような目には同情とどうしようもないわいといった表情が浮かんでいた。

立冬はそれらがすべてなぜなのかわかったらしく、ますますこの世に生きているのを恥じる罪人が、一日中、鞭打たれるのを恐れるかのように首をすくめ、ぼうっと単調な生活を黙々とせわしなく過ごしていた。彼は高望みなんかしないので、一度も理想に苛《さいな》まれることがなかった。今の仕事にしたところで恥ずかしいなどと思ったことはなかった。毎晩、家いえが眠りにつくころ、彼は清掃車の後について、クモの巣のような路地を駆けめぐり、ストーブの燃えカス、紙くず、腐った野菜など、うち捨てられた汚物を載せて郊外へ運ぶ。こんな仕事は自分のような人間にぴったりなんだ、これ以外、自分に何がちゃんとできるというのか、と彼は思った。彼には何ひとつ自慢できるものはなく、人に会えばいつもへり下ったおどおどした笑みを浮かべた。他人をうらやましいとは思っても、嫉妬というものはまったく知らなかった。ただ、立てつづけに起きた偶然の出来事によって、彼の久しく抑えこまれていた人生や青春への様ざまな渇望が再び呼び醒まされたのだった。

半年前、昔の同級生が大学院に合格し、友だちをたくさん家に招いてお祝いのパーティーをした。立冬も行ったが、ずっと明るいホールの片隅で小さくなっていた。彼は自分が別の世界の人間であるかのように感じた。昔の同級生たちの境遇はガラッと変わっていた。何人もが大学へ行き、副艇長に昇進したばかりの水兵もいれば、歌舞団の合唱隊で唱っている者もいた……誰もかれもがみな一城の主のようにリラックスして鷹揚に構え、大事や小事、様ざまなことを意気盛んにまくしたてていた。立冬《リートン》は口もはさめなかった。

さらに彼にとってふしぎだったのは、誰もが申しあわせたように、それぞれ恋人を連れて来ていたことだった。ダンスのとき、ホールは彼女たちのひそやかで甘い笑い声で満ちみちた。彼にタバコを勧めたり、キャンディの包み紙をむいてくれたり、みな心をこめて接してくれたが、最後まで誰ひとり彼にこう訊ねる者はいなかった。どこで仕事しているの？　恋人は？　なにかおもしろい経験を話してくれない？　それは聞く必要もないことのようだった。聞けばかえって双方がいたたまれなくなり、故意に彼をからかったことになるだろう。なんと思いやりに満ちた同級生たちではないか。

立冬はその仲間たちとはいっしょに食事をしないで、先に帰った。彼はタバコを買う金でビールを二リットル買い、食べこぼしでべたつくテーブルに肘《ひじ》をついて、ブンブン飛び回っているハエをぼうっと見ながら、手酌で厚い唇でぐいぐい飲んだ。その夜、清掃車がまっ暗な胡同で急カーブをきった時、手がすべり、彼の体はふわっとステップから宙に舞ってしまった。すねの骨が折れても、うめき声ひとつたてなかった。まるでその足が自分のものではないかのように。

秋から冬にかけ、彼は自分の家の狭い台所においたベッドに横になり、自分の人生の一ページ一ページを真剣に読んでいった。生活は、そのクズレンガで建てた狭い台所のように低くて暗く、うっとうしい湿気と煙のにおいを発散し、日の光はまったく射しこむことがなかった。壁に窓を作らなかったのは、父に言わせると、いたずらっ子たちが石をぶつけるのを心配したからだ。立冬は幾度となく布団を頭からかぶった。彼は煤《すす》で黒くいぶされた低い天井を見たくもなかったのだ。布団にもぐってこっそりと涙を流したことも何度かあった。ある誇りたかいものが彼を愚弄していた。それは、超然とした孤独、青春のもっとも陰険で凶悪な敵だった！

彼はもがいた。そのうちいまだかつてなかった大胆な渇望が心のなかに芽生えた。妹が薄暗い枕許《もと》にやって来て薬をぬりかえたり、足を洗ったりしてくれるたびに、彼の心は思わずおののいた。彼はやさしい女の子に自分の枕許に坐っていてほしいとせつに願った。彼女は彼にぐあいを訊ね、彼のことを気にかけ、どのような生活を送るべきか教えてくれ、彼が滔々たる人の流れの中で胸をはり頭をあげて立つよう励ましてくれる。彼女は彼のすべてになるはずだ。忠誠に対する贈り物として、彼は彼女のためなら喜んで命をさし出すことだろう。

立冬は霞のような記憶の中から汪暁葉《ワン・シアオイエ》を思い出した。それは海辺の砂の中からきれいな小さな貝を探りあてたようなものだった。彼の頭に最初に浮かんだことは、彼女は足が悪いこと、しかもあまり器量がよくないことだった。

「文化大革命」が始まった翌年、彼女は引っ越してしまい、それきり立冬はずっと彼女に会っていなかった。この前、昔の同級生のパーティーでようやく彼女の住所を聞いたばかりだったが、それは彼の清掃車がちょうどいつも循環しているあたりだった。

ケガが治ってから、たて続けに何度も、彼はその門の前をただうろうろしてみたが、一度も思いきって入る勇気はなかった。彼は彼女に会いたいと思えば思うほど、すぐに会うのはいやだった。心を慰める暖かい夢を失うのが怖かったのかもしれない。

暁葉《シアオイエ》はまさか彼を拒んだりはしないだろう。しかし、彼はいったい暁葉に何を求めようというのか。立冬《リートン》は深い未練心のために自分を見失っていた。

3

夕暮れ、彼はタテヨコ四、五歩にすぎない前庭のエントランスに立っていた。電灯の光が軒のあたりを薄ぼんやりと照らし出し、キメ細かい雪がしんしんと降りしきっていた。

「何かご用?」。髪がまっ白になった年老いたお手伝いさんは、もう彼がわからなくなっていた。

「汪暁葉《ワン・シアオイエ》はここに住んでいますか?」

彼が家に入ると、一目で彼女が目に入った。背が高くなり、色が白く、パーマもかけていて、身ぎれいにしている。想像とはまったくちがっていた。彼はかけよって彼女の手をとり、しっかりと握りしめたりなどはしなかった。彼女の目には驚き以外に何もなく、遠く部屋の隅に立っている。そこには本がどっさり積まれた机があり、電気スタンドの白い光がまぶしく輝いていた。

「忘れたの?」。立冬は屈託のない笑みを浮かべたが、自分では鷹揚に構えたつもりだった。

「えーと……アラッ!」

彼女は赤くなった。彼だとわかると、さっと机のそばの杖をとった。ふたりの手は軽く触れあっただけだったが、今度は間近に立ったので、立冬には彼女の黒いまつげと赤くつややかな頬がよく見えた。「ひげなんか生えちゃって」。彼女はクックッと笑い、机のそばに坐るよう勧めた。彼女は机の上の本を閉じたが、立冬は中身はわからないながら小さなアリのような外国の文字をはっきり見てとると、わけもなしに緊張した。彼は力を入れてコートの前身ごろを引っぱった。その上には「清掃局」という字が刷りこまれているのだ。

「私、あなたを見たことがあるようだわ」。彼女は手にした万年筆をいじっていた。

「どこで?」

「胡同の入り口で。あなたいつもここを通るでしょう、夜」

「そう……農村から帰って清掃隊に配属されたんだ。君がここに住んでいるとは知らなかったんだ」

立冬は心底《しんそこ》逃げ出したかった。昔のあのひ弱な、醜い少女はどこへ行ってしまったのだろう。本の山の向こうには小さな写真立てがあり、たぶん最近撮ったものだろう、誇らしげに笑っている。しかも色がついていた。立冬は、暁葉がそんなにあでやかで美しい唇をしていようとは、思いもよらなかった。それは実にいやらしいじゃないか。

立冬はへどもどしながら聞いた。「君は……どこで仕事してるの?」

「町内の作業場(3)よ。区の工場でさえ私を採ろうとしないから。前は父のせいだったし、今は私の足のせい……」

立冬《リートン》は彼女を見、彼女の心地よい声を聞いているうちに、奇妙な考えが突然浮かんできた。彼が凍てつくような空の下でまる一日ためらっていたのは、こんな何の関係もない話を聞くためだったのだろうか。窓の側に高い本棚があり、なにやら秘密めいた灰色のカーテンがかかっていた。立冬は決心した。

「本を一冊貸してくれないかな?」

「いいわ、どんな本が読みたいの?」

彼女は声を落としてそっと訊ね、目をパチクリさせた。立冬は顔を赤らめて彼女を見つめた。そうだ、どんな本を読みたいのだろう? 挿隊《チャートゥイ》してから、まともな本なんか一冊も読んだことがない。学校に行っている頃だって、本など好きではなかった。この歳になるまで、そこそこの厚さの本といえばせいぜい三、四冊読んだだけだ。読書は彼にとって何の役にたつというのか? 暇つぶしのためなら、彼は家のボロ自転車を分解しては組み立て、組み立てては分解して、ベアリングの玉一つひとつに至るまで研究しつくしておればいいのだ。退屈だったら、お隣りが家具を作るのを手伝い、板きれを合わせて見栄えのするティーテーブルをこしらえることだってできた。しかし、本は頭が痛くなるのが関の山だった。

暁葉《シアオイエ》は本棚の前で本を探し、すらりとした後姿だけを立冬に見せていた。杖が床に落ちた。彼女は腰を曲げることができず、不自由な足は棒のように硬直していた。立冬は杖を拾ってやろうとして、その奇形の足が革靴に包まれているのが目に入った。だが、外からは何の問題もないように見えた。杖も新しいもので、以前の白ペンキを塗った小さな杖と比べ、ほぼ倍の長さになっていた。

あれはいつのことだったろう? 暁葉の父さんが死んだのだが、睡眠薬を飲んだということだった。立冬は暁葉を背負って学校に通っていて、前はよく先生にほめられたが、いまではかえって裏目になってしまった。男の子たちが彼の後にぴったりついてきて、小石を投げつけ、暁葉の体に唾を吐きかけた。立冬はまったくどうしていいかわからなかった。いったいどういうことだ。同級生たちは声をはりあげて叫んだ。「チビノロがデカッ歯に抱きついてらぁ、デカッ歯がろくでなしを背負ってるぞ……」

やりきれなかった。家に着かないうちに、立冬は暁葉を地面におろしていた。口をへの字にまげ、悲しそうに泣きながら、「もう知らない、ぼくやめた！」と言った。暁葉は地面に坐り、泣きもせずただ悲しげに彼を見ていた。遠ざかってから、立冬はその白ペンキを塗った杖が、誰かに投げられ空中で回るのを見た。それきり暁葉を二度と見かけることはなかったのだ。お手伝いさんがどこかへ連れて行ったということだった。

……暁葉は彼を門の外まで送りながら、何も言わず彼の言いわけを聞いていた。雪はまだ降っていた。立冬はふともの悲しい気分になり、この借りはもうけっして返しきれないような気がした。

「すまなかった……」。立冬はのどの奥からしぼり出すような声で言った。

暁葉は寒さで身震いしながら、驚きいぶかるような視線を彼に投げた。「何でそんなこと言うの……場所がわかったんだから、これからはちょくちょく来てね！」。彼女はさっと門を閉めた。カッカッと煉瓦に杖をつくせわしい音がひとしきり聞こえた。

立冬はわき目もふらず家に帰った。彼はすこし後悔した。どうして小さいころのことなんかもち出したのだろう？　暗い空には雪が舞っていた。本は彼の懐に抱えこまれている。その古い表紙は、先のとがった帽子をかぶったひとりの騎兵がきらきら光る軍刀を振り回し、力いっぱい斬りつけようとしていた。立《リー》冬《トン》はどこかでその人のことを聞いたことがあるように思った。

4

本に書かれている文字はわかりにくくはなかった。立冬は目に一丁字《いってていじ》ないところまで退化してはいなかった。しかし、生活という本、その一ページ一ページが動乱、衝突、反逆、零落、悲哀、孤独に満ちみちている本は、彼だけがわからないのではない。人に慰めを与えてくれるあの愛というものは、その本の人知れぬ片隅に隠されていて、彼には探し出せもしないしはっきりと見てとれもしなかった。

立冬は茫然自失していた。ちょうど波に流されていた小船がやっと帆を揚げたと思ったら、突然船室はもう水がいっぱいになっているのに気づいたようなものだった。こうなると、帆は何の役にもたたない。どこへ流されようとしかたがない。さもなければ、いっそ沈むのを待つしかないのだ。

彼は他の若者たちがどのように生活や女性について話しているかよく知っていた。

彼の作業班は運転手は年配者だが、その他のスコップを揮う者はすべて血気盛んな若者で、根っからの深夜族だった。彼らは自分たちの仕事にすてきな名前をつけていた。真夜中の遊撃隊というのである。

ストーブの灰をいっぱい積んだトラックが出てしまうと、のらくら者の「遊撃隊員」たちはがらんとした大通りを横一列になって歩き、スコップでアスファルトの路面を叩いて、荒あらしい、すべてを見下したバカ笑いをあげた。もう夜明け近くになっていたが、彼らは胡同の風のあたらない角に肩寄せあってタバコを吸い、だべっていた。卑俗なことをしゃべったり、自嘲気味の汚いことばで自分や他人の恋愛失敗談に及んだりした。彼らは自分を軽蔑し、他人が自分たちを軽蔑していることも知っていて、そのためになおさら他人、とくに女を軽蔑した。彼らにかかっては、「あまっ子たち」はみな財布や肩書きを見て人を分け隔てし、ずるくて陰険で、生活をますます味気ないものにする罪人だった。

「おい、うまくひっかけたか？　昨日……」

「さあな、明日の夜待っていてくれってさ」

「モノにしたら、おれっちのことも忘れんな。乗り合いバスはひとりで乗るもんじゃねえぞ」

「ハッハッ……」

立冬は彼らを避けて遠くで聞きながら、ほんとうに耳をふさぎたかった。班のなかでもっとも怠け者のこのふたりは出勤しなくなっていた。ひとりは一五日間拘留され、もうひとりは二年の強制労働に処されていた。彼らはドライバーでよその家のカギをこじ開けたうえ、他人様《ひと》に顔向けできないような恥ずべきことをしでかしたのだった。

「ゴミども！」。立冬は吐き捨てるように毒づいた。このことばはもう長いこと心のなかにしまってあったが、ふたりのごろつきに面と向かって言う勇気はなかった。彼は以前のあの班長が懐かしかった。その人は体じゅうゴミの臭いがしたが、教養があり、穏やかでまじめで、仕事にいつも英語のカードを持ってきて、暇ができると街灯の下で読んでいた。そんないい人が、去年の大学入試を受けて、なんと合格しなかったのだ。もう三一歳だったが、恋人もいなかった。恋愛は何回もしたことがあったのだが。その彼も職場に姿を見せなくなってしまった。父親がコネを使って転職させたのだ。彼は一席設けたときに、年配の運転手と立冬《リートン》だけを招き、ひどく酒を飲み、最後にはとうとう泣きだしてしまった。

「親父《おやっ》さん、申しわけない、一生あんたたちのことは忘れないよ。立冬、おれみたいになっちゃだめだぞ……」

悲痛な面もちが立冬の心にぐさりとつき刺さり、二度と忘れられなかった。それらのすべては何が原因なのだろう？　立冬の心は少しずつ空っぽになっていき、生活はどんよりとしたものにすっぽりと覆われてしまった。

彼はしょっちゅう夢を見た。目が覚めた後に、ことのほかつらくなるような夢だった。夢見るのはいつも、あのもの問いたげにまばたきする大きな瞳、あのあでやかで優しそうな唇だった。雪の中でよろめきながら杖をついていた姿が、いつまでも彼の目の前で揺れ動いた。彼は夢の中で彼女を求めた。「ぼくを愛して！　空の果てまで行きたいの？　ぼくが背負ってやるよ。死んだって、きみを下ろしゃしない！」。目が覚めてしまえば、胸の奥のほんとうの思いは表わしようがない。暁葉《シアオイエ》は不幸な障害者だが、では彼は何なのか？　精神上の白痴ではないか。彼は、暁葉が送っているのがどんな生活なのか理解しようともしなかった。

その町内作業場はまったくひどかった。夏は雨が漏り、冬は吹きさらしの、今にも崩れ落ちそうな二間《ふたま》しかない古い建物だった。立冬は中に入ったことがある。暁葉が奥にひっこんで紙箱の糊づけを忙しそうにしているのが見えた。人に軽蔑される清掃労働者の彼でさえも、彼女に深い憐れみと同情を禁じえなかった。

しかし、いったい誰が想像しただろう。生活にいくばくの望みもないかに見えるこの足の不自由な娘が、なんと三ヵ国語をものにしたのだ。彼女は図書館から特別に臨時雇いの外国語資料翻訳スタッフに招かれ、すでに二年になろうとしていた。ほとんどすべての娯楽を捨てて、毎日深夜まで机に向かっていたが、いつも自信と喜びでいっぱいだった。彼女は好きではないのか機会がないのか、人前に顔を出すことはせず、美しいものを愛し、美しい服、美しい音楽、そして美しいカード絵を愛した。彼女は障害者だったが、健康な人間以上の勇気をもって生活の土壌に立っていた。いったいどんなふしぎな力が、同じような生活を、彼女の中では、彼の目の前のものよりも、より愛すべき、追求に値するものにしているのだろうか。

暁葉の机のそばに坐ると、彼はいつも自分が精神的に脱け出す必要のある弱者だと痛切に感じた。

「時どきね、ほんとにつまらないと思うんだ」と彼は言った。

「何のことを言ってるの？」。暁葉は尋ねた。

「仕事とか……生活とか……いろんなごちゃごちゃしたこと」

彼は息を凝《こ》らして、わなわなと緊張して震える大きな手をひざの間にはさんだ。暁葉が何を言っているのかも耳に入らなかった。やがて、彼女の目の中に久しく出会わなかった優しさと悲しみを湛えた光を見つけた。その以心伝心の深い理解と同情は、彼の心のすべてを震えさせずにはおかなかった。

暁葉は彼のために完璧な学習計画を立ててくれた。彼に贈られた大学ノートには、「生活を愛する第一歩を踏み出そう」と書いてあった。小さな台所のあの三ワットの蛍光灯は、一五ワットのものに換えた。仕事から帰ると、彼は長い時間をかけて体を洗い、見た目よく身なりを整えた。それには妹も驚いたほどだった。彼は禁煙をした。お金を貯めて、そのうち暁葉《シアオイエ》に車椅子を買ってやるのだと決心した。その考えはあまりにも唐突でおかしかったが、彼を異常に夢中にさせたのだ。

正常で力強い生活のリズムは、ほどなく、乱されてしまうことになった。

立冬《リートン》が本を返しに行くと、暁葉は家にいなかった。彼女の籐椅子にはきりっとした顔立ちの若者が坐っていた。左胸には白いバッジがつけられていた。大学生だった。立冬は彼に会ったことがなかったし、暁葉が口にするのを聞いたこともなかった。

「今日は残業だけど。なにか彼女に用?」

この家の者のような話し方だった。立冬は本を置いてすぐにも出て行きたかった。こめかみがピクピクして気持ち悪かった。彼はムリして留まり、できるかぎりおおらかに、しかしかえって不自然な調子で相手にあいさつした。

彼は何だか侮辱されたような気がした。

「この本をぜんぶ読んだの?」。大学生はページをパラパラと音たててめくり、いくぶんかひけらかすような口ぶりで言った。「この中の主人公は男も女も個性的だけど、君は好き?」

「とんでもない!　ふたりとも自分のことしか考えないケチな人間……」

立冬はゼイゼイと荒い息をついた。すべての知識をみんな集めて、目の前のこの落ち着きはらった人間と一論《ひと》争してやりたかった。しかし、大学生はただ穏やかに微笑み、首を振るだけだった。「そんな風に読んだのか。審美眼がすごく古くさいね」

彼はいかにも無造作に暁葉の引出しの中をまさぐった。立冬はその把手《とって》にさえ触れたことがなかった。彼は小さなハンカチで暁葉の写真立てを拭いている。暁葉のことを話すとき、その口ぶりにはいつも何がしかの優しい賞賛の気持ちがこもっていた。それらのいっさいは、みな悪意をもって醜い清掃労働者を嘲笑っているかのようだった。

立冬は自分が家にたどりつけるかどうか心配だった。体中の力が抜けていた。彼は胡同の入り口近くの小さな貸し本屋に逃げこんだ。長時間ベンチに坐りこむ口実に、金を一角払って連環画［上三分の二に絵、その下に文を配した小型本の絵物語］を十冊借りたが、はなから読む気はなく、片手でそれを押さえ、もう片方の手で目を覆った。

彼は自分を説得しようとした。さっき起こったことは彼とは何の関係もないことだ。他の若者と比べたら、彼はほとんどどんなことも得意じゃないし、誰も彼なんぞ必要としない。彼はうだつのあがらない能なしで、幸福にあふれたすばらしい生活を追い求める仲間に入れるような柄ではないのだ。

苦痛はあまりにも強烈だった。立冬ははじめて自尊心の存在を具体的にしみじみと感じた。人を堂々とした人間にも下卑《げび》た人間にも変えることができる人生の価値を感じた。

カウンターの前で、花模様の綿入れ服を着た小さな女の子が人差し指をくわえて、彼とベンチに並べられた連環画をうらやましそうに見ていた。立冬は手招きした。「読みたいの？」

「わたしたった二冊しか読んでないの、ママはお金を二分しかくれないんだ」

「読みなよ。ぜんぶ持ってきな！」

女の子はベンチにはいあがると本をそっと胸の下におさえこんだ。

「お兄ちゃん、わたし、お兄ちゃんの代わりに読んでるからね、読みたくなったら渡すからね」

「鼻水が川になってるよ。みっともないぞ」

立冬《リートン》はハンカチを出したが、彼女はてこでも顔をあげようとしなかった。いっちょまえに恥ずかしいのだ。立冬は笑った。女の子はページをめくって、ぼそぼそ声に出して読んでいた。それらのすべては立冬の心に新鮮な感覚を呼びおこした。

5

生活には、人の行為を支配する様ざまな原則が存在している。人は誰でも自分の原則に従ってことを行うものである。

トラックの上のゴミを覆う帆布《カンバス》が裂けたので、立冬は管理係に言いに行った。「新しいのに換えてくれよ、車が走り出したとたん街じゅうにゴミをまき散らすんだ」

「なんとかしろよ、上に乗って尻で押さえればいいじゃないか！」

「何いってんだ、冗談じゃねえぞ！」

彼は以前は、何でも黙ってがまんしてきたが、今では口のきき方が荒っぽくなった。彼は自分の存在と自分の力をしっかりと感じたかった。彼は帆布をたたむと、自転車の荷台に載せて家に帰り、昔母親が彼らに布靴の底を縫ってくれる時に使った太い針と糸で、破れた箇所を縫いあわせた。妹に、兄ちゃんはバカなことばっかりするんだからと言われ、もう少しでひっぱたきそうになった。

もう一ヵ月も、暁葉《シアオイエ》のところへ行ってなかった。彼は人が変わったように怒りっぽくなった。ある晩、清掃車が藍塑《ランスー》胡同の十字路に停まり、「遊撃隊員」たちはだるそうに小山のようなゴミをとり囲んだ。向かい風の中、スコップを一回すくうと顔一面土埃をかぶるので、みな避けてしまう。立冬はベルトをギュッと締めると、風あたりの強いところに立って懸命にスコップを揮い、たちまち泥人形のようになってしまった。汗が背筋をツーと流れ、口中が土クズだらけだった。彼は数歩跳びのいて、何回か唾を吐くと、また立ち向かっていった。すると、埃をとおして、あの見なれた姿が、ぎくしゃくとこちらに向かってくるのが、意識もしていなかったのに目に入ってきた。心がナイフでえぐられたようにひどく痛み、痛さのあまり、彼は叫ばずにはいられなかった。「糞ったれども！　恐くて土も食えねえんでどうするんだ、えぇ！」

彼の吐きつづける悪態は聞くにたえないものだった。仲間たちはみなあっけにとられてしまった。

「どうした、癇癪《かんしゃく》玉でも呑みこんだのか」。しばらくして、ようやく誰かが肩で彼を押しのけた。

「相棒、一休みしなよ、おいらが代わるよ」

スコップが路面をこすって鋭い音をたて、五、六本のスコップが乱舞して、かび臭いにおいを発散するゴミは、砲弾で爆破されたかのように風の中でひとかたまりに混じりあった。車は動いた。立冬《リートン》はずっと顔をあげず、土埃にまみれたボロ手袋をじっと見つめていた。

杖をついていた人影はまるでその場にはりついたように、暗い胡同に置きざりにされた。トラックはヘッドライトを煌々と照らし、ブーンとうなり声をあげて広くまっ直ぐな大通りへと走っていった。

立冬は体をまるめてぴったりとゴミの回収車の後部にとりついた。彼は目を隠し、汚れた袖でこっそりと顔をぬぐった。

「冬《トン》ちゃん、どうした？」

「なんでもない、土が目に入ったんだ」

日曜日、立冬はひとりだけで郊外の山に行った。彼はパンをふたつ買い、風のあたらない岩の後ろに、傾斜のゆるい草地を見つけ気持ちよさそうに横になった。まばらな林は少しの生気もなく、山はまるで服を着ていない骨と皮ばかりの老人みたいで、死んでしまったかのように霧でかすんだ空の下に眠っている。

いったいどんな生活を送っていこうか。立冬は曖昧模糊とした幻想を追い求めたくはなかった。自分の力で、足下の堅い地盤に、しっかり根をおろした道を見つけ出さなければならない。人間は、枯草の下でこごえている甲虫の幼虫みたいに、うじうじと一生を送るわけにはいかない。彼は人間なのだ。押しも押されもしない大の男なのだ。

立冬は空の果てから何かが顔をのぞかせてくれるのを期待した。鷹か、それとも一筋の煙か？　彼は今かいまかと見つめ、待ちこがれていた。

しかし、何も現れなかった。見えたのは、ただ涙を流したふたりの子どもだけだった。冷たい風が頬のわきの草を吹き鳴らし、まるであのせつなく痛ましい泣き声のようだった。

……入学初日から彼らは遅刻してしまった。

彼は暁葉《シアオイエ》の手を引きながら学校へ向かった。小さな通学カバンがパタパタと腹を打った。彼は走りたかった。暁葉は不自由な足がガクガクしてどうしても速く走れず、その顔は痛いたしかった。やはり遅刻してしまった。まったく初めての、すばらしい世界に入ることを許されたばかりなのに、もう遅れてしまったのだった。

「道草したの？」

先生はやさしく彼らを見つめていた。なんで泣き出したのだったろう。そうだ、恥ずかしさのあまり彼が暁葉の目を見たのだ。彼らはあまりにも早く自分を責めることを覚えてしまった。しかも、それがどんなに悲しいものかということもよくわかった。

負けず嫌いの暁葉は暗いうちに起きだし、彼の家の前でしゃがんで待っていた。立冬はかわいそうに思って彼女の青白い額を見た。「急ごうよ、ぼくが負ぶってやる」。少女がおそるおそる男の子のやせた小さな背に覆いかぶさり、力いっぱい細い首に抱きついたので、もう少しで彼は息もできなくなりそうだった。彼はよろよろと前に向かって歩いた。暁葉の明るい笑い声は樹上の小鳥のようだった……

立冬は草地にひっくり返って、何かを追い求める両の目を見開いて、思いっきりガッと苦い草の茎を噛んだ。彼はナイフでかたわらの小さな松の木に印をつけ、この視野の広びろと開けた場所にしょっちゅう来ることにしようと決めた。

しばらくして、立冬《リートン》は思いがけず暁葉《シアオイエ》から手紙を受けとった。彼は仕事から帰るとすぐに、食事もしないでそそくさとまっ暗な台所にもぐりこんだ。手紙を握りしめ、枕の下に差しいれて頭でしっかりと押さえつけた。職場は人が足りず、彼は一四時間ぶっつづけに作業しどおしたので、全身の骨がばらばらになりそうだった。

汚れを落としていない指先はどうしても言うことを聞かず、便箋は生きているかのようにブルブルと震えた。

冬《トン》‥

お久しぶりね。ほんとに来たくなくなっちゃったの？　職工業余大学［本業の余暇を利用して技術技能を学ばせる成人学校。夜間学校も多い］を受けるって大口たたいたじゃない。私は教科書ひと揃いを何とか手にいれたわ、とりに来なさいよ。あなたのことよくわからなくなったわ。ひとつ聞きたいのだけど、いつ悪態をつくのを覚えたの、恥ずかしくないの？　あなたがこの間会ったのは、私の兄さん。義父《とう》さんの息子で、冬休みだから来ていたのよ。彼はあなたが潔癖で、ちょっと傲慢だって言ってたわ……おもしろいわね！

来なさいよ！　バレエのキップが二枚あるの。私ひとりでどうやって行くの。心配しなくていいわ、私を背負わなくていいから。バスに乗るとき、ちょっと支えてくれるだけでいいの。もし、やっぱり前みたいにがっくりとうなだれてしかめっ面で来るなら、もう来なくていいわよ。あの「おセンチ」な様子ってほんとに伝染病のウィルスみたいだわ。男らしくもないし、私はきらい。早く来て！　私の方からあなたのところへ行くのを待ってるの？　それとも私に毎晩門口に立って、あなたがそっぽを向いてビューンと通りすぎるを見ていろって言うの？　……

立冬は転がるようにベッドからおり、膝をしたたかにかまどに打ちつけた。ウッとひと声低くうめくと、涙が知らないうちにあふれ出ていた。

「人生の意義は、すばらしいものに対する不断の追求にあり、自分の心を絶え間なく豊かに、完全無欠にし、毎時毎分、我を忘れた進取の中に送ることにある」

暁葉はかつて彼にそのようなことを話したことがあった。そのとき、彼はぼんやり聞いていてまったくわからなかった。立冬は咽喉《のど》をつかんだ。自分が叫び声をあげるのをおそれたからだった。遅かった！　二四年を白紙のようにムダにしてしまったのだ。死にもの狂いでやろう！　あの美しい純潔な心のために、あの貴重な、限りない生きる望みに満ちた輝かしい未来のために、ひとりの卑賤な者として人生に、生活に宣戦するのだ！

訳注

（1）米や豆、砂などをハンカチのような布で包んでおとなのこぶし大のボールを作り、それを何人かで羽根蹴りのようにする子どもの遊び。ときには手を使ってもよい。

（2）原文「購貨本」。副食品購入通帳のこと。副食品が配給になった五十年代末から使われ始めた。毎年一回、各戸に配布され、家族数に応じて決められた量の魚・砂糖・卵・豆腐などが買えた。現在は廃止されている。

（3）原文は「街道生産組」。「街道」は「市」、「区」に次ぐ都市部の最末端行政単位。一九五八年の「大躍進」の時期に、主婦の労働力を組織して「街道」に数人から数百人規模の小工場が多数作られた。「生産組」はその工場で働く人たちのグループ作業場。

ある時計職人の記憶

ほか四篇

西　渡

佐藤　普美子訳

西渡（せい・と）　Xi Du

一九六七年、浙江省浦江生まれ、男。本名、陳国平。八五年、北京大学中文系入学。大学時代に詩を書き始め、近年は詩の創作とアンソロジーの編集のほか、詩歌評論を精力的に執筆している。現在、雑誌編集者。一九九七年度「劉麗安詩歌賞」受賞。詩集に『雪景中的柏拉図《プラトン》』（一九九八）や『草之家』（二〇〇二）、詩論集に『守望与傾聴（見守ることと耳を傾けること）』（二〇〇〇）、また『北大詩選（北京大学詩選）』（一九九八）、『戈麦詩全編』（一九九九）を編集している。

訳出した詩五篇は、二〇〇〇年前後の作で、西渡の、人間への信念に基づく「理性主義」の立場が出ている。表題作『ある時計職人の記憶』には、たえまなく流れ続ける時間に抗い、記憶を通して、人間性に寄与する「時間意識」を回復しようとする試みがみえる。九十年代詩歌の特色である「叙事性」と「時間意識」への関心が現れた一篇として注目された。

ある時計職人の記憶

詩歌はある種の遅さである――臧棣《ツァンティ》

一

ぼくたちが学校帰りの道を、石蹴りに興じながら
一陣の風のように駆けぬけると、曲がり角で
世界が突然止まってぼくにぶつかった
そして、加速し続ける。啞然とするぼくを
その場に残して。ここからぼくと赤色の夏は
すれちがった。髪を結《ゆ》わえた幼年時代は

ばらばらに。その年の冬ぼくが見たのは
あの娘《こ》が小学教師の自転車の荷台に横乗りし
戻って来たとき大きな赤い腕章をつけ、勇ましい
旋律の中、大型トラックに這いあがり、無邪気さに別れを告げた姿

二

世界の速さとぼくの遅さの間には
観察のためのひとつの位置が残された。ぼくは
ベランダや窓の前にたたずみ、その間幾度か窓がとり替えられた
修理工が幾度かやってきて、ベランダはふさがれ
観察のための、とある幾つかの異なる視角がもたらされた。
銅鑼と太鼓が賑やかに騒がしくぼくの遊び仲間をふり分けて
農村へと送り出し、町なかには寂しい陽光だけが残された
あたかも謀殺の現場では、血生臭いにおいが
長年たってもなお消し去れないように。あたかも神が
廃業し、ぼくと世界にしばしの一致をもたらしたかのように

三

数年のうちあの娘は何度か戻ってきた、黄昏時に
こっそりと裏口から家に入り、早朝ぼくが目覚めた時には
あわただしく去っていった。その後ろ姿が路地の入口に消えた時
ぼくは不意にぼくとある幾つかの偉大な事物
との間には、終始喩《たと》えようのない敵意があると気づいた
長年もうあの娘に会うことはなかった。そしてぼくは
速さと遅さの間に理解という一本の楔《くさび》を打ちこむために
時計の知識に夢中になった。町角で
町いちばんの腕を売りに出した。ぼくが
ぼくの遅さに出会う前、そこはぼくの幼年時代の庭だった

四

ぼくの顧客の中に不意に見知った顔たちが

加わり、そしてあの娘は最後に現れた。憔悴と、衰えは
ぼくにふたたび速さと遅さの距離を思い出させた
長年の願いをかなえるべく、ぼくは職業的習慣に反し、
上海製ダイヤモンド時計〔二〕の針の動きを遅らせた
なぜ世界はもう少し減速できないのか？　ぼくは毎晩夢を見た
分針と秒針が芳しいリズムを刻むのを、
小学生の女の子の呼吸と鼓動にあわせながら。だがあの娘に聞こえただろうか？
職業上の誇りを汚し、いちばん忘れ難く懐しい
お得意様を失って。ぼくはどれほど猛スピードの夜を抱くことを願っただろう！

五

その後ぼくはただ記者のレンズだけからあの娘が
投資家としてある商業ビルのテープカットをし、
表彰式に出席するのを見た。まるでぼくの秘策が功を奏したかのように
あの娘は人群れの中で楚々として美しく、あたかも逆さまに置かれたレンズでは
遠ざかれば遠ざかるほど近く見えるかのように、すぐその後でぼくは肝を潰した

突然新聞であの娘が旅館のベッドで
愛の破綻とヘロインのやりすぎで死んだと知った。
　　　　　　　　これはかなり表面的な解釈
事実上負債超過で死んだこと、失速の果てに死んだことをぼくは知っていた
だが人はなぜいつもぼくに彼らのために
時間を加速するよう求めるのか？　なぜ少し遅らすことを求める人はいないのか？

六

これはぼくの職業人生の失敗の始まり
痛ましいヘロインは、ぼくに時計のカチカチという音の中に
石灰の臭いをかがせた。失敗した職人の
ぼくは人びとに気前よくあげた贈り物に感謝させるすべなどなく
夏には建築現場の足場の天辺《てっぺん》によじ登り、秋には
そこから遠くを見渡した。赤色の幼年時代はどこに？　蒼白の終《つい》の住処《すみか》は
いったいどこに？　午後五時、幼稚園では
子どもたちが猛スピードで彼らの父母の懐に駆けこむ、

無邪気な喜びとすべての憧れを抱いて。起点から終点まで
今、ぼくはスピードを無限大に増すこと[二]に賛成しよう

一九九八・六・一四—一七

原注

[一] 前世紀七十年代には、上海製ダイヤモンド時計は財力、身分を示すステータスシンボルで、同時に恋人たちにとって愛のしるしとみなされていた。

[二] 無限のスピードとは物理学では時間の停止を意味し、時計職人にとっての死を意味している。

雨水

雨はますます少なくなる。
ぼくたちが昼間失った汗を
補いきれないほど。なんと不思議な
あの豪雨の災難の日々
ぼくは故郷の朽ちた窓格子から
遠方の濡れそぼつ山々を眺めていた。
雨はますます少なくなる、ついにある日、
ぼくたちはいちばん長いつるべ縄を使ったが、それでも
井戸の底から水をくみ出すすべはない。ぼくは思う、もし世界の
あらゆる水源がすべて涸れてしまったら
鍬やスコップを担いでぼくたちは
山へ、平原へと
新たな水源を探しに行かなければならなくなるだろう。アイスキュロスは言っている。
「清らかな水を汚してはならない。さもなくば

飲み水を探し出せなくなるだろう」〔一〕
そんな日が今まさに到来している。それはぼくに
フロストの疑問に答えさせてくれる、世界は
火に滅ぶことも、氷に滅ぶこともなく、〔二〕
神の飢渇に滅ぶだろう、と。ぼくは認めよう
人間の犯した過ちに対し、それは
よりふさわしい懲罰のかたちだと、同時に
「破壊の程度について言うなら」、渇くことは
少しも火や氷に劣りはしない、
「なおかつ十分残酷なのだ」

二〇〇〇・七・二六

原注

〔一〕アイスキュロスの悲劇『オレスティア』から引く。〔訳注　『オレスティア』は「アガメムノン」「供養する女たち」「慈しみの女神たち」の三部作から成るギリシャ悲劇。紀元前四五八年に上演された〕

〔二〕フロストの詩「火と氷」は世界が滅ぶかたちを議論している。〔訳注　フロスト（一八七四～一九六三）の「火と氷」（一九二〇年『ハーパーズ・マガジン』誌に初出）は詩集『ニューハンプシャー』（一九二三）に収める〕

雲

天空にひとひらの雲が現れたとき
それは何に似てるだろう？　神様が傘をさし
ぼくたちの頭上を通り過ぎる。ひとときの
ぼんやりする時間をぼくたちに与えて、不意に
はしごをかけたい気持ちにさせる、いっそ身体の中に
翼をとりつけ、雲の周りを
しばらく飛行してみようか。天使の食べ物のように
それらのふわふわした身体はますます膨れあがり、ますます
大地のサイズにあわなくなる。ぼくたちの頭上に
とどまる時間もそれにつれて短くなる。天上の神が離れていった後
大地はますます荒廃した飛行場のようになり
ぼくたちの肌がひんやりしたと感じた時、きっとそれらは
天空を移動している、いたずらに
ぼくたちに手をさし伸べ、大地に垂れる

怪しいのはこういうこと、雲は結局
天からくるのか、それとも大地から天に昇っていくのか？
つまり、それは結局大地の翼か
それとも天上の神の呼吸か？　もしもそれが天から来るのでなければ
まだほかに天からぼくたちを訪れた事物があるのだろうか？
あるいはもしそれが大地から昇るものでないならば、まだほかに
大地から天に昇れる事物があるのだろうか？　ぼくが天空を仰ぎ見るとき
いつも感じることはぼくたちの身体の中には
ぼくたちと雲をピンと一つに結ぶ何かがある。それはつまりなぜ
ひとひらの雲が天空を通り過ぎるとき、ぼくの身体のある部分が
かすかに痛むかの理由。まるで一つの秘密の器官が
こっそりもぎとられたかのように。ぼくは天からの召喚を聞きつけて
またひとしきり永遠の渇きを感じたような気がした。

二〇〇〇・八・三

馬

あたかも巨大な煩悩のように、
あたかも天が病んでいる陰影のように、
あたかも私たちの体外で成長する腫瘍のように。
聾者の耳をつんざき、高らかに叫ぶ
聞こえたのは別のこだま。
馬の蹄の音が遠ざかり、私たちは突然
見知らぬ大陸に進入する。

そしてあなたはかつて大地の鷹、
遠方から飛ぶように駆けてきた、
たてがみをなびかせ、四肢を空中に馳せ、
あたかも神が授けた贈り物のように、
あたかも大地はもはや彼らを留めることはできないように。
あなたは永遠に前方にあって私たちを導いている、

人を乗せているものは何？　いったい誰が騎手なのか？
しかしあなたは速度を落としてきた、
私たちの間では、
速度についての定義が入れ替わった。
「いっさいがばらばらになる、もはや中心は持ちこたえられない……」〔一〕

ああ、野生の花よ、万物の中で、
私たちはあなたの力を借りて自分自身を識別する。
あなたが私たちの懐を離れ、
大地から飛ぶように駆けぬけた時、
私には鏡が地に落ちる音が聞こえた、
歴史はそっと削りとられる。
私たちが向きを変えると、空虚と暗黒は
星空と大地を遮り隠している。

二〇〇〇・八・二〇

原注

［一］イェーツ「キリスト再臨」より引く。［訳注　「再臨」（一九一九）はイェーツ（一八六五〜一九三九）の詩集『マイケル・ロバーツと踊り子』（一九二一）に収める］

普陀山(1)にて祈る

どうか私たちの間の海を飛び越えて

茫々たる海水の中央に
千万の観光客の頭上に
私は私の秘密の中に隠れている
ちょうど空を覆う霧の中に隠れるように

どうか私たちの間の海を飛び越えて

海風は私を千年吹き
海水は私を千年濡らす
それでも私は待ち続ける
大海に背を向けて
たとえ大陸からの呼びかけが

ずっと私に届かなかったとしても
私は永遠に離れていくことはない

どうか私たちの間の海を飛び越えて

たとえ燕が私の掌に巣を作っても
たとえ涙が涸れ
水瓶《すいびょう》の中の水が涸れてしまっても
たとえ鏡の前にもはや目がなくても

どうか私たちの間の海を飛び越えて

仏の面《おもて》は荘厳
飛天は軽やか
私の裾も翻り
ぽっと赤らむ顔を隠すだろう
あなたはもう私を愛したかもしれない

もう一つの伝説の中
私たちはともに彼の岸に登っている

どうか私たちの間の海を飛び越えて

訳注

（1）普陀山は浙江省杭州湾入り口、寧波沖に浮かぶ島、中国四大菩薩（文殊・普賢・地蔵・観音）の一つ、観音菩薩が住むと信じられている。ここが観音菩薩の聖地となったのは、唐代、日本人僧が観音像を日本に将来しようとしたところ、その像がここから動かなくなったため、観音像の庵を作ったことによる。島内には普済寺、法雨寺、慧済寺を中心に、観音菩薩にまつわる多くの遺跡がある。一九九七年には南海観音の巨大な像が建てられた。

老いらくのミステリー

暗香

韓少功

加藤　三由紀訳

韓少功（かん・しょうこう） Han Shaogong

一九五三年、湖南省長沙生まれ、男。文革中は農村に送られたが、七八年に湖南師範大学中文系入学、『西望茅草地（西の方茅草地を望む）』（一九八〇）などの小説や理知的な文学論を発表し、八二年『主人翁（主人公）』編集部配属、八五年に専業作家となる。同年、小説『爸爸《パーパー》』やエッセイ『文学的「根《ルーツ》」』でルーツさがし文学の火つけ役となる。八八年に海南島へ移り、時事問題に敏感な月刊誌『海南紀実』（一九八八〜一九八九）を刊行、九六年から文芸誌『天涯（Frontier）』編集に携わる。二〇〇〇年以降、春と夏は湖南の農村、秋と冬は海南島の海口に住む。多数のエッセイや、新しい小説の叙述方法をさぐる長篇小説『馬橋詞典』（一九九六）、『暗示』（二〇〇二）のほか、翻訳にクンデラ『生命中不能承受之軽（存在の耐えられない軽さ）』（一九八七）、ペソア『煌然集（不穏の書）』（一九九九、抄訳）がある。

暗香は、梅花の香りをさすことが多いが、この作品では、原義の、あるかなきかの香りの意。記憶の残り香と解釈してもよいだろう。小説の冒頭に、ドアをたたく音に驚愕する男が描かれている。これは、文革期の恐怖を想起させる表現だが、人生の黄昏時を迎えた男の文革期の記憶は、加害被害という枠を超えて、男を悔恨へと誘い、ついには男に生きがいを与える。老いた男の現実とも幻覚ともつかぬ世界を描いた異色の作。

もうずいぶん長いこと聞かなかった音がする。耳慣れなくて何の音なのか見当がつかなかったが、しばらくしてようやくドアをたたく音だとわかった。はじめは、戸棚でネズミが木箱をかじっているのか、はたまた上の階の陳《チェン》さんが何かたたいているのかと思ったが、今やっと、この音が玄関のドアの方からすること、しかも自分と関わりがあるのだと彼は気がついた。つれあいは鍵を持っているから、帰れば錠を回すカチャンという音がするだけ、そして野菜とその日一日が響き出す。息子はこのドアから遙かかなた、地平線のむこうの陽光輝く南方にいて、手紙さえ間遠《まどお》になり、雑になり、時にはあっさり、ビーフン屋［上新粉で作っためん類を供する店］の呼び出し電話ですませる。彼はビーフン屋へ行って、かなたの「もしもし」を受け、受話器に南方のほのかな洋酒の香りを受ける。このふたりがドアをたたくことはない。

誰がこのドアをたたきに来るだろう。

もしかしたら、たたく先をまちがえたのかもしれない。お向かいか、上の階の陳さんを訪ねてきたのだろう。彼はそう考えた。

一時やんだが、ドンドンドンとまた始まった。さっきよりしつこく激しく、彼は恐れおののき、どうすればよいのかわからなかった。逃げ場もないし、無言の抵抗もできない。こんな時に限ってつれあいは気功の練習に出かけている。気功の練習がなければ、もちろんこんな重大な事態には至らなかっただろう。

彼はベッドをはい出し、何とかスリッパをみつけると、ふるえる足でドアまで来たが、ふと、こんな格好で客人に会うのはあまりにみっともないと思い、戻って自分の綿入れを探し、肌着のパンツを覆って、たるみと継ぎあての重みで膝まで垂れ下がっているパンツの股上のまちを隠した。

「そちら様は、……どちらにご用ですか」。ドアの外は、明るくまぶしい外界にはりついた黒いシルエットで、はっきり見えない。

「魏《ウエイ》さん！」

「すみませんが、そちら様は……」

「私をお忘れですか？」

「眼鏡もないし、耳も役たたずで……」

「竹青《チューチン》ですよ、私まで忘れてしまいましたか？」

相手が名のったからには、主人たる者、ああ、そうでしたワッハッハと応じて、即座に親しみを表明すべきである。魏はそうしたくはなかったが、すでにそうしてしまっていた。彼には来客がはっきり見えなかった。この廊下には窓がなく、おまけに台所側の窓は何ヵ所かガラスが割れていて、とりあえず風よけにボール紙をあてているから、廊下全体が永遠の闇夜同然なのである。彼はどうにかお辞儀してほほえみながら、闇夜の見知らぬ声に応対していた。

相手は彼の荒い呼吸を聞きつけたらしい。「病気ですか」

「なあに、持病ですよ、心筋炎《しんきんえん》で、それにリューマチの気《け》がありまして」

「あれあれ、ここはずいぶん冷たい風が吹き抜けますね、早くベッドへどうぞ」

来客は魏をベッドへ戻すと、ぬくもりの残る布団をしっかり掛けた。ここで、魏は電灯をつけ、ひげ面にややこわばった笑み、そして頭にへばりついているくたびれた藍色のラシャ帽を、ようやくはっきりと目にしたのである。それが竹青という訪問者であり、この竹青という人物を彼は知っているはずであり、知らないという道理はまったくなかった。

「久しぶりですね」。彼は嘘ともほんとうともつかぬ話題で探りをいれたが、心の中では、来客用の湯呑みはどこだったか思い出そうとしていた。それから、灰皿にマッチ、長い間使わなかったので、つれあいがどこへ片づけたのかわからない。

「じっとしていてください」。相手の尻が、いすに落ちつく間もなく飛びあがり、「お茶などいれてはいけません、風邪をひきますよ」

「せっかくお越しいただいたのだから、お茶くらいは飲んでいただかないと」

「寒い日は、喉もかわきません」

「すみません、たばこの用意もなくて」

「たばこは吸いません、あなたは横になっていてください」

「今日はどうしておいでになったのですか」

「あっという間に十年です、お会いしたくて」

「いま、……お住まいはどちらですか」

「田舎へ帰りました。広西の平果県〔広西チワン族自治区にある亜熱帯の町〕ですが、ご存じですか。知識人の職場復帰政策が実行されるころ〔文革被害者の名誉回復や職場復帰を促す政策をとった一九八〇年前後〕には、体がいうことをきかなくなっていて、何年も働かないうちに退職して故郷へ帰りました。田舎暮らしは金もかからず、空気もいい。鶏も何羽か飼えて、卵も生んでくれますよ」

「広西から来たのですか。ずいぶん遠いですね」。魏《ウェイ》は曖昧なまま、「いまどきは道中も危ないですね、きのうの新聞には列車で白昼堂々強盗をやる者がいるとありましたよ」

「あなたの近況がわからないので、どうしてもお会いしないと落ちつかなくて、それで来る決心をしたのです。あ、横になってください、肩を冷やさないように」

「どうも畏《おそ》れいります。今日はここにお泊まりください。うちの秦《チン》さんは気功の練習に行っていますが、すぐ戻ります。あれの料理はなかなかのもので、ちょうどスペアリブがありますし、酒もあります。お相伴《しょうばん》できないのが残念ですが。今ではおかゆしか受けつけないのです」

「おかまいなく、食事はいりません、まもなくおいとましますから」

「もう？　それはないでしょう」

「あと何分かでおいとまします」

「ほかに急ぎのご用でも？」

「べつに用はありません、お会いしに来ただけですから。お顔を見て、安心しましたから、それで充分です。食事はどこでもとれますよ。私はなんとも礼儀にうとくて、ほら、手ぶらでおじゃましてしまって、あなたに何もおみやげがありませんし、玉《ユイ》ねえさんにも、小波《シアオポー》ちゃんにも持ってきませんでした」

彼が挙げたのは魏の妻と息子の名だ。魏一家をよく知っているらしい。魏はますます申しわけなく心苦しくなった。相手の家族の様子を訊ねることもできない。もっともらしく枕許《もと》の薬びんをテーブルに置いたり戻したりしてみても、いまだに目の前のこの人物が誰なのか思い出せないでいる。彼は意味もなく咳をしたが、自分でも空咳だなと感じていた。

もうこんな時間なのに、秦さんの気功はまだ終わらないのか。彼はいささかじりじりし始めた。きっと川をわたって豆板醬《トウパンチアン》を買いに行ったにちがいない。彼女は川むこうの豆板醬、川むこうのソーセージ、川むこうの石けんやほうき、そしてうわさ話一式をありがたがっている。だが、どこのでも同じではないか。いつまでたっても戻らないから、来客のおもてなしもできないし、魏が記憶をたどって昔のことからこの竹青《チューチン》という人物を探しだす手助けもできない。もっとストーブの火を強くしておいてくれればよかったのに、せめて、いすに積み重なっている詰め綿や酸素ボンベをどけて、おまるをトイレに片づけ、来客がまともに坐れるようにしておくべきだった。

来客はこの家の主婦が戻るまではいなかった。ことば数が少し増えると魏がぜいぜいいうことに気がついたのだ。彼は魏を支えておまるに坐らせ、お小水を捨て、また魏を支えて薬を飲ませると、暇乞《いとまご》いした。魏《ウエイ》が目をむこうが、放すまいと袖をつかもうが、あわてて逃げようとする押し入り強盗に対峙《たいじ》するが如くわめき叫ぼうが、ただほほえむばかり、会えたのですからいいのです、会えたのですからそれでいいのですと。

一家の主婦が戻ったときには、床に靴の泥跡がいくつかうっすら残るばかりだった。

「女の人かい?」。気功を終えたばかりのつれあいは鼻をひくひくさせた。部屋にまだ香りが残っているような気がして、かいでみたのだが、消えていた。

「女のわけがないだろう。ひげ面で、張飛《チャン・フェイ》〔三国志の古典劇で黒い隈取りをして登場する武将〕みたいだった」

「なんで香りがするのかねえ」。つれあいはいぶかしげにあたりを見まわし、「竹青《チューチン》なんて名前は聞いたことがない」

「さっき思い出してみたが、出版社にそんな人はいなかった」

「下放されたとき〔幹部を強制的に農村へやり肉体労働させた文革期を指す〕に知りあったんじゃないのかい」

「それも違う。その人たちならおまえも会ったことがあるだろう」

「そうとは限らないね、スパイみたいに一日中あんたについていたわけじゃなし」

「さっきこう言っていたんだ、『文革』のときに連れになって世話をしてもらったことを、ずっと心に留めていたと。変だと思わないか。あのころおれが誰の世話をした? 誰かの世話などできたか」

「あんたが忘れることがあるものかね。神代《かみよ》の昔の古くさいカビの生えたようなこともしっかり覚えているし、湘劇［湖南省の伝統劇］の名女優の名前まで覚えているくせに」

魏はつれあいの口調にとげがあるのを感じ、笑いながら、「おれがおまえをごまかそうとしているとでも？　何かうしろめたいことを隠そうとしているとでも？」

「あほくさ。自分でそう言ってるんでしょうが」

「この足跡を見てみなさい、女の人がこんな大きな足をしているか」

主婦はそれでようやく床の泥に気がつき、モップを持って来てその長靴の跡を拭きとり、フンとひと声、

「ほんとうに小さな足跡なら納得したさ。あんたのその首つり幽霊みたいな様を見てみなさい」

主婦は彼が芝居の文句をうなり始めたので、重ねて言った。「何を得意がっているのやら。あんたを覚えていてくれる人が今日やっとひとりやそこら現れたってことだね。お天道様《てんとさま》が西から昇ったんだ」

魏は妻のことばに恨みがこめられていること、彼の旧友が薄情なのを恨んでいること、とりわけ羅家《ルオ・チア》孝《シアオ》のあの大きな顔を恨んでいることを知っていた。羅《ルオ》さん一家と魏一家は長年隣どうしで、両家は料理の香りをともに味わい、子どもたちがしょっちゅう靴や靴下をとり違えるような、家族ぐるみのごく親しい間柄だった。あの年、羅は網に漏れた右派［一九五七年の反右派闘争のときに摘発を免れた右派分子。文革期によく使われた言い方］ということにされて、本籍地の田舎へ強制送還されたが、肥料にする池の泥を担いでいてぎっくり腰で腰を痛め、暮らしに困っているというので、魏は毎月三十何元かの給料から八元節約して送金し、食料キップも送っていたが、それがかれこれ四年あまり続いた。羅さん一家はもちろんとても感謝していた。羅さんからの手紙や詩作がその証《あかし》、羅さんが彼の家で号泣した涙がその証だ。そのころ、

羅《ルオ》さんは母親を町へ病気の治療に連れて来て、魏《ウエイ》の家に一ヵ月以上も泊まったのである。何年もたって、羅さんは名誉回復して復職し、主任だか局長だとかになったという。おまけに先妻より若くてきれいな奥さんをもらったという……やめておこう、その後の話になると秦《チン》さんは血圧が上がって、癇癪《かんしゃく》を起こす、いやなことは言わない方がいい。

台所から石炭を砕くパンパンパンという音がしてきて、魏の考えもいくらか砕かれてしまった。彼はまた何人か他の人を思い出した。昔、助けてやった人、よしみを結んだ人たちである。彼の記憶ちがいでなければ、その人たちは彼の厚意を忘れてはいないはずであり、彼のことを忘れてはいないはずだった。彼は去年入院して、危篤通知まで出された。同室の病人仲間にはたくさんの人が見舞いに来て、どっと入って来ては、どっと出て行き、部屋中やかましかった。ベッドの棚にはリンゴにバナナに粉末麦芽飲料と、まるで食料品店を開いたようで、当人はいささか困ってしまい、家族に次つぎと家へ運ばせるか、店へ返品させていた。彼の枕許だけが異様にひっそりとしていた。とうとう、息子の昔の級友がこの病院で電気工をしており、彼に気がついて、リンゴを何個か持ってきてくれ、枕許で病院の規則に違反してたばこを一本吸い、聞くに堪えないがさつな話をし、あわせて三分いただけだった。だがそれでもう充分、そんながさつな話にも彼は熱い涙をためて、感激してまる一日血圧が上がりぎみだった。人と話がしたくてたまらなかったのである。

彼は思いきりの悪い人間ではない。少なくとも、旧友たちが彼の入院を知っていたとは限らないのだから、責めることはできない。ただ、彼は今、少しばかり残念だった。その人たちの顔の中に、さきほど突然やって来たひげの男がどうにも見つからないのである。年齢を手がかりに、名前を手がかりに、来客が広西を本籍にしていることや、口をぽかんと開けて人の話を聞く表情を手がかりに、一歩ずつ自分のおぼろげな記憶を掘り進んだが、ついには、やはり思いあたるところはなかった。実にまあふしぎなことである。

自分の頭の中はパンパンパンパンと石炭かすばかりではないかと、彼はいぶかった。

それからまた十数年が過ぎ去った。つれあいは病気で亡くなり、魏さんもますます老い衰え、米を買うのも石炭を買うのもままならず、誘われるまま甥の家へ引っ越した。ある日、彼は街角に出て夕刊を買い、息を整えると、ゆっくりとゴミ捨て場のむこうにある大きなエンジュの木の方へ歩いていった。大きなエンジュの木の下は近所の老人が集う場所だった。いつもカードに興じる人びとがいて、負けると耳に洗濯ばさみをつるしたり、頭に布靴を載せたり、いろいろと新しい罰を受けるのである。鳥かごもいつも梢《こずえ》にいくつか掛かっていて、チュンチュンと老人たちの朝をついばんでいた。魏はカードもやらず鳥も飼わず、その木の下のセメントの丸い腰かけに行って坐るだけだった。彼はある老婦人と知りあった。昔の湘劇の名優で、魏は若いとき遠くから彼女の舞台を見たことがあり、往事の傾城《けいせい》の貌《ぼう》はよく覚えていた。今では樽のように太り、体中が病の巣で、腹部の手術をしたばかりだという。魏に会うといつもこう言うのだ。「今日はまあまあだね、屁がふたつ出たわ」とか、「どういうわけだか、一日中屁が出なかったの」とか、「今日は屁を出したくても出ない」。彼女は毎日おしろいを塗りつけると、この重大事に一喜一憂、周りの人にこういう状態が術後の回復にどんな意味があるのか、どこかおかしくないか訊ねていた。魏《ウェイ》はここで中学校の同窓生と知りあった。やはりつれあいに死なれて、おしゃべりも大好きである。しかし、あるとき魏がその人のメス猫をひと蹴りしてからは、腹をたてたのか、にこりともしなくなり、顔をあわせて、魏がどんなに熱心に話しかけても、いつも聞き流し、天気の話でお茶を濁すのがせいぜい、「今日は天気がいいね」とか、「今日は天気があまりよくないね」。ふたりの会話は、猫がひと鳴きして以来、傷が入った古いレコードのように、針が毎日同じ場所をぐるぐる回って、いつまでも天気という円周上に留まり、それ以上は進まない。

魏が新聞を読んでいると、誰かが彼の名前を呼んだが、その声があたりの人びとの視線をすべて引き寄せたころになってようやく彼は気配《けはい》に気づき、ふり向いてゴミ捨て場のむこうを見た。

両の手が彼の手をしっかり握った。

「あなたは……」

「誰でしょう、誰だと思いますか」

「竹青《チューチン》？　ああ、そうだ、わかった……」。魏は頭を後ろへのけぞらせて、このひげ面と、それからくたびれたラシャ帽をしっかりと目におさめた。

「あの年あなたが病気で伏せっていたときに、お訪ねしました」

「そうそう、あれは八三年、八三年でしたね」

「もう十年になりますよ、やはりずいぶん年をとられました」

「寄る年波にはね、あなたも鬢《びん》に霜が降りています」

「一食にご飯二膳食べられますよ、ちょっと喘息《ぜんそく》がありますが」。相手は吸入器をとりだし、ぜいぜい鳴る喉の奥に慣れた手つきでシュッシュッと、二回スプレーした。

「どうしてここがわかったのですか」

「尋ねて来たのですよ」。相手は息を整えると、「午前中ずっと尋ねまわりました」

「部屋へ入って話しましょう」

「いいえ、ここでお会いできれば最高です。ここは陽あたりもいい」

「それはないでしょう。玄関まで来て中に入らないなんて」

「会いに来ただけですよ。お会いできればいいのです、安心しました」

「この前はお茶も飲まなかったのですから、今度はどうしても何日か泊まっていただかなくては」

「お茶はどこででも飲めます。食事だってどこででもとれます。それに年をとると何かと長くなりますし、おまけに私は喘息持ち、手間がかかります」

「それでもどなたかのお宅にお泊まりになるのでしょう？」

「泊まりません。今日はまだ広西へ戻るバスが一便ありますので」

「そのバスに間にあわせるのですか」

「人情の貸し借りは疲れます。礼には礼で返さなければならない。そうでしょう？　私たちは年をとりました、そんなことはどうでもいいではないですか」。彼はちょっと笑って、また喉の奥にシュッシュッと二回スプレーして、「ほっとできればいいのです、お会いできればいいのです」

ふたりは、ああ何ともと、ひとしきり嘆いて、四つの手をぎゅっと握って引きよせあい、若い人にはありえないようなゆがんだ姿勢で、手をとり腕を組み辻口へ、ふたりが別れを告げる場へと進んだ。路地は長い。情熱のほとばしる大通りと比べると、路地は老人の繰り言とほの暗い回想である。ふたりは死んだ人の話をした。魏《ウェイ》さんの妻は死んだ。竹青《チューチン》の長男も不幸なことに病死した。君良《チュンリアン》は、去年なんと車にひかれて死んだ、いたましい。余耀徳《ユィ・ヤオトー》は、新居を割りあてられたばかりで、引っ越しもせぬ間に、メリヤスのももひきをはこうとしたところが、ももひきの片足が麻花《マーホア》［小麦粉をこねて棒状にしたものを二、三本ねじりあわせて油で揚げた菓子］のようにねじれていたので、足がどうにもうまく伸ばせず、えいっと踏んばったとたんに、痛みが走り、脳卒中をおこして、そのまま霊安室に入ってしまった。それから金《チン》さん、つまり金ねえさんだが、四年あまり寝たきりで、息子や娘にめんどうかけて、げんなりされて、つらい思いをしている。そうなったら死んだ方がましだね。そうだね、下《しも》の世話が自分でできなくなったら、孫子《まごこ》の前で面目ない。死んだほうがいいね。ナイフ、ガス、睡眠薬、どの家にだってあるじゃないか。あぁ、あぁ。

魏は来客の体に香りをかぎつけた。「あなたはどうしてこんなにいい香りがするのかね」

「クチナシの花の香りでしょう。ちょうど今の時期、私の田舎ではクチナシの花がまっさかり、ちょっと滞在すれば、誰でもこの香りに染まりますよ」

「そう、言われてみればそのとおり、クチナシの花の香りだ」

「私は人生のほとんどを花や木とつきあってきました、引退してものんびりしていられないのです。酒もたばこもやらない、お茶も好きではないし、これだけがささやかな趣味です」

「いい趣味があるといいですね、草花は心を豊かにしてくれる」

「いい趣味とまではいえません。のんびりしていればそれまでです。三番目の娘に職がなく、私が花を売ればわずかでも金になるので、暮らしを助けてやれます」

ということは、彼は園芸員にちがいない。魏はふしぎに思った。自分はむかし識字推進委員会と出版社に奉職していたが、そこには園芸員などいなかったし、花だってなかったのに、いつ園芸員と知りあったのだろうか。それにこの園芸員はなぜこんなにたくさん魏の同僚を知っているのだろう。おまけに魏のつれあいや息子まで知っているなんて。真相を探るのにふさわしいやり方が見つかったと彼は思い、咳払いで喉をすっきりさせたところが、路地はすでに尽き、ほの暗い往事はすでに騒然たる大通りに消え去り、相手は別れのあいさつを始めていた。おやおや、もうこんな時間だ、急いでバスに乗らなければと彼は言った。魏先生、これからもお体たいせつに、くれぐれもたいせつに。

「お気をつけて、息ぎれしないように」

「風が出ましたね、お帰りになって一枚余分にお召しになってくださいね」

「いまごろの時間は、我先にバスに乗る人が多いから、他の人が乗ってから、お乗りなさい」

「はいはい、他の人が乗ってから乗りますよ。もうここまででけっこうです、では！」

客人は何度もお辞儀をすると、向きをかえてバスに乗りこむ人波に入っていった。もみくちゃにされながら、最後にバスに乗ったが、長靴の片方のかかとがバスのドアに挟まれたままになった。

魏《ウェイ》は彼の姿が見えなくなったので、ドアに挟まれて外に飛び出している靴のかかとに向かって手を振るしかなかった。彼は長い間ぼんやりしていた。友情に不意打ちされて、ほうけていたのである。彼は注意しておくべきだったことをふと思い出した。たとえば、バスの中ではスリに気をつけろとか、これからは長ズボンをはくときに無理やり足を入れないで、落ちついてゆっくり足を通すようにとか、だがもう間にあわない。どうしてそんなにあわてるのか、どうして怪しげにこそこそするのかと、彼は腹までたってきた。もちろん、もっと重要な問題は、あなたはいったい誰なのか、だ。

魏は郵便局の入り口まで行ってようやく道をまちがえたこと、自分で買った夕刊もどこかにおいてきてしまったことに気づいた。不意にふり返ったが、ひげ面は背後にいない。ということはつまり、竹青《チューチン》はたしかに行ってしまったのだ。果てしない空白からやってきて、ちらと姿を現し、また果てしない空白へ戻っていく。捜しようがない。魏の目の前にも周りにも多くの人びとがいて、多くの顔がある。家族を思う心は仕事を終えて家路につく人たちの手提げ袋に入れられ、週末は薫製売り場や露店の果物屋でやりとりされ、喜びは子どもたちのバドミントンのラケットではね回っている。この人たちは誰も彼を知らない。彼を気にかけてくれる人は、もうバス停の向こう、銀行のビルの向こうのかなたに沈んでしまった。

魏は自分が多少なりとも感動するだろうと思ったが、最後までそれほど感動の情が湧いてこないのに気がついた。彼はもう乾ききった薪《たきぎ》のよう、感動という液体を分泌できないのである。もしかしたら、彼にはあの人が誰なのか、永遠にわからないのかもしれない。

その後のある日のこと、彼は自分の靴を磨こうと思ったのに、木箱を開けていた。いつもそうだ。お茶を飲もうと思ったのに、ベランダへ来ている。テレビでも見ようかと思ったのに、入れ歯を探しまわっている。甥の嫁を喜ばせるようなことでも言おうと思ったのに、しゃべり出すとご飯が堅いだの おかずの味が薄いだのと文句をつけている。自分はどこへ行ってしまったのだろう、いったい誰が自分に思いもしないことをやらせているのだろう、目の前のこの木箱を開けていることを含めて。この箱には昔の本や手稿が入れてあり、それは彼の人生の大半にあたる編集者としての生涯だった。その中には小説の手稿も二篇あった。こっそり書きつづったもので、書きあがっておらず、発表したこともなかった。そのうちの一篇が、なんと蔣竹青《チアン・チューチン》という人物を書いているのを彼は目にした。

魏は自分の筆跡を追ううちに、はっと悟った。竹青はここにいたのだ、彼と竹青との友情はここにあったのだ！　どうして忘れてしまっていたのだろう。竹青が原稿用紙の上で履いているのはまさしくゴム長靴、バスに乗ったとき片方のかかとを挟まれた、あの長靴ではないか。

小説にはこう書いてあった。竹青という人物は園芸員隊に潜りこんだ右派分子で、あきれたことに少年児童に反動思想を流しこみ、教育革命を破壊し、校内火災まで引き起こし、ついには怒れる革命的教師と生徒によって警察へ引き渡され、それから——そのころの小説は、もとよりすべてこのたぐいの物語だった。魏はより鮮明に思い出した。彼は当時この物語はなかなかうまく書けたと思っていた。さまざまな花や木の描写にはとくに自信があり、実に色とりどり、香気《こうき》あふれるようだ。けれども、次のことだけは、忘れてしまっていた。当時なぜだかわからないが、改稿したとき筆に手心を加え、あわてふためくままにとり押さえられた竹青《チューチン》のために長靴を書き添えて、小説のなかの寒風や路上のぬかるみに備えさせてやったのである。おまけに彼が批判を受けいれるときに「跪《ひざまず》いていた」のを、「立っていた」と書きかえた。

彼は読めば読むほど自分に腹がたった。こんなろくでもないものをなぜ書いたのか。竹青が右派にされたのは、冤罪にきまっている。彼を警察に送ってしまうとは、冤罪の上塗り、なんとむごい。あのとき、竹青は潔白だと証《あか》す勇気が足りなかった自分に彼は腹がたった。せめてこう書くべきだった。竹青は仁義の士なり、罪を犯すどころか、彼こそが子どもたちの健やかな成長を真に願っていたのであると。

彼はしきりに悔やんで、食事が喉を通らなくなった。もちろん、彼のこんな悔恨には、甥も嫁も仰天して思わず吹き出しそうになった。甥はすぐさまカルシウム剤を飲ませようとし、骨付き肉の煮込みスープを作ってやろうとした。老人はカルシウムが不足すると老年認知症になりやすいと新聞に載っていたからと。

嫁の見方はどうも違っていた。カルシウムがどうのこうのという問題ではなくて、大事なのはもっと頭を働かせること、一所懸命考えて、思い出せないときは、なおさら一所懸命考えなければならない。彼女はこうも言った。「マージャンを覚えないと。マージャンは手を使うし、頭も使うから」

魏《ウエイ》は笑って、「おれは毎日頭を働かせていて、しっかりしているぞ」

嫁は目を丸くして、「どこがしっかりなの？　去年を今年とまちがえて、長沙を武漢［長沙は湖南省の省都、武漢は湖北省の省都」とまちがえて、それでもしっかりなの？　テレビで雨が降れば、私たちに傘をさして行けと言うじゃない」

魏は目をまるくして、「それは誰のことだね。おれのことかね」

嫁が言うには、「もちろん伯父さんですよ。竹青とかなんとか言っているけれど、白昼夢じゃないのかしら、ほんとうはそんなことはなかったのかもしれない。伯母さんが生きていたころ、私はそんなこと聞いたことがないもの」

魏は怒った。「おまえたち、いったいどういう意味だね」

「別に。食事をどうぞ、冷《さ》めちゃうわ」

「おまえたち、おれがじゃまなんだな。ここに住まなければならないわけでもなし、明日出て行くよ、自分の家がまだあるのだから。前から戻りたいと言っていただろう」

「誰もじゃまにしちゃいませんよ。何かというとその話をもちだして脅しに使うのね。つまらないことはあまり考えないでほしいだけ、それも伯父さんのためです。ここで暮らして、食べるもの着るものに不自由させたことはない、目下の者として申しわけないことはしてないでしょう？」。嫁も怒った。

「おれは金を渡している、退職者年金があるんだぞ！」

「私たちがお金のためだとでも？　お金のためですって？」。嫁は悔しくて目を赤くして、台所へ駆けこんだ。甥は台所に目をやると、大きなため息をついて、たばこに火をつけ黙って吸った。

食事は不愉快なままに終わった。魏はそもそも食事をする気にはなれなかったが、もうスープを飲むのもやめて、わざと飲まずに、ひと椀まるごと残し、ふたりがどうするか見てやった。彼は開けなくてもいい窓をわざわざ開けて、冷たい風に身をふるわせた。これまでずっと、やると言ったらやってきたし、退職者年金まであるのだから何を恐れるものか。

翌日、甥は彼がまだ拒食していて、ベッドに寝転がりうつうつとため息ばかりついているのを見て、気をもんでこう言った。「これでは自分も周りもつらいばかりですよ。わかりました、伯父さんの言うことがほんとうにあったとして、それがどうしたというんですか。もうみんな過ぎたことではないですか、そんなにまじめにとる人はいませんよ。『文革』といえば誰もがすすり泣き、迫害されて苦しみ大きく恨みも深く、毛《マオ》主席でさえ、江青《チアンチン》［毛沢東夫人、文革中に権力を握った四人組のひとり］の迫害を受けたのです、たとえ伯父さんが毛主席だとしても、ひとり自分で自分を責めるにはおよびませんよ」

魏《ウエイ》は目を閉じ、甥には背を向けたままだった。

彼はもう、ふたりに竹青《チューチン》のことを語ろうとはせず、自分の部屋にこもって、昔の原稿を書き改めることに決めた。過ぎ去った日々を書き直し、やましさの埋めあわせをしよう。いまいましいリューマチのせいで、手の節ぶしが痛み、竹の節のように腫れあがって、手の全体がひきつるとその様はまるで鶏の爪だ。筆の運びは遅く、字は形をなさぬほどで、書き続けるうちに全身汗をかき、ぜいぜいあえいだ。春が来たところまで書いたが、その年の春に無実の罪で最初に死んだ人を書いたときには、こらえきれずに老いの涙を流し、袖をぬらした。長雨の場面まで書くと、そこでもう長靴に履きかえさせておいた。雷の場面を書くには、まず綿で耳をふさいだ。飢餓の場面を書いた後には、すぐに台所へ行って冷めたマントウ［小麦粉で作った中国風蒸しパン」をかじった。「文革」期の武闘の嵐や停電断水の場面を書いては、思わず青ざめ、あわてて洗面器に水をため、ろうそくを買ってきた。今度は竹青とその花や木を書く番だ。ミツバチがブンブンと飛ぶ様を書いたところで、彼は窓を閉め、甥にも家中の窓や扉を閉めさせた。はじめのうちはふたりとも疑っていたが、しばらくすると、果たしてハチが窓ガラスにぶつかってトントンと音をたてている。そこでようやく伯父の先見の明に驚き、あわてふためいて布きれや紙くずでドアや壁の隙間をふさいだ、ミツバチが部屋に入ってこないように。ふたりは部屋がどんどん暗くなるのに気がついた。明かりをつけなければならなくなったが、なんと窓がだんだんハチでまっ黒に覆われて、見る間に最後の一筋の陽光まで遮られようとしている。外のごうごうという響きを耳にして、初めのうちは近所で車がエンジンを吹かしているのかと思ったが、ようやくミツバチどもが波のようにうねってあげる轟きだとわかった。甥は焦った。怖くて外へ出られない、夜勤に遅刻してしまう。嫁にはどうしても解《げ》せなかった。何がこの嫌らしい虫を呼び寄せたのだろう。彼女にはまったく思いもよらなかったが、こいつらがやってきた目あてのものは、実は伯父の筆になる花の香りだったのだ。だが彼女はまったく伯父の解釈を受けいれなかった。この部屋に何の香りがするものか。塩漬け魚のにおいだけだ。こんな魚はもう二度と買っちゃいけない、一度食べると何ヵ月も生臭い！

魏は苦笑するだけだった。彼が正しいとは誰も証明できない。竹青もそばにはいない、彼の部屋にも客間にも台所にもいない。彼はひとまわりしてから思い出した。竹青はもう引退した、もう広西の平果県に帰ったのだ。次に会いに来るのは、いったいいつのことか。彼にできるのは待つことだけ、ひたすら待って、待って、彼の長靴と体にしみた暗香が再び姿を現わすまで待とう。

彼は考えを決めた。あいつは顔をあわせたらすぐに行ってしまうにちがいない、引き留めて、喉を潤してもらうすべもない。だが魏《ウェイ》はせめて彼を送るべきだ、駅まで送れば、道すがら少しはよけいに話ができる。話したいことがたくさんあるのだ。彼は駅までの道を何度もしっかりと確認したが、自分のなえた足だけが心配だった。いざという時になってバスのステップに登れなかったら、自分も焦ってしまうし、後ろの人も焦る、後ろの人に白い目で見られるか恨まれるだろう。この重大事に思い至ると、彼は木のいすを探し出し、バスのステップに見立てて、毎日こっそり登る練習を積んだ。はじめは、息んで顔が赤くなり、小水がパンツを濡らしても、どうしても登れなかった。二ヵ月あまりたつと、苦労はさすがに報われて、片手で窓の下枠につかまって、ふらつきながらも登ることができた。それから二、三ヵ月すぎると、大いに進歩して、えいとひと声、しっかりと木のいすにひと足で乗ることができ、念願を果たして、威風堂々だ。彼は上に立ってゆったりと四方を見まわした。彼の目に全世界は一気にひとまわり縮んで小さくなった。

一日、一日の暮らしに手応えがあり、心が落ちついた。

彼はこの吉報をやはり誰にも告げなかった。その後、ある秋雨の降る日に彼は世を去った。手の痛みで仕方なくペンをとめ、遠くのテレビアンテナにとまった鳥を見ていたら、突然、胸の奥がはり裂けたように感じた。心臓発作で、数時間後にはあの世にいってしまった。火葬場の人は、装束を替えようとしたところふしぎなことに気がついた。この老人は、上半身は骨と皮ばかりに痩せているのに、両足はたくましく、筋肉にも弾力があり、まるで青春まっ直中《ただなか》の足なのだ。

嫁は彼の部屋を整理していて、木のいすが目にとまった。いすの座面は塗料が一部分はげ、磨きこまれてきらきらと金色に耀く木目が浮き出ており、正面の縁《ふち》もかなりすり減っている。どうしてこんな奇妙なことになっているのだろう。来客にかけてもらうには、あまりにみっともない。彼女は少し考えて、台所へ持って行くと炭かご置きにした。それから彼女は書きつけを見つけた。ナツメほどの大きな文字もあれば、米粒ほどの小さな文字もあり、それが入り混じって、寄せ集めの便箋や日めくり、学習ノート、小さく切った包装紙に書かれているが、まるで読めず、つかみどころもなく、天界の書物のようだ。彼女は少し考えて、それらをかまどに押しこんで燃やしてしまった。

しばらくして、この家に広西から電報が届いた。


おかげさまで父は待遇が改善され数学行列論著作二巻も上梓いたしましたが×月×日外出先で思わぬ火災に遭い不幸にして逝去し葬儀を匆匆《そうそう》に終えましたのでここに死亡を通知し遠方よりご厚情に感謝を捧げます

差出人は見覚えのない名前で、魏さんの甥はさっさと忘れてしまった。彼はその時この電報はわけがわからない、配達先をまちがえたのだろうと、郵便配達員に返したのである。配達員もこう言った。こんなことはよくあること、配達不能の手紙や電報が郵便局では山と積まれて、送り返そうにもきちんとした住所がない。完全にお手あげだ。配達員はあくびをした。誰も耳を傾けないことばが山のように、郵便局の倉庫に積もったほこりの中に棲みつき、固まって永遠となりつつある、そんななりゆきが配達員に疲れたあくびをさせたのである。

一九九四年一一月

玄思小説

王　蒙

釜屋　修訳

王蒙（おう・もう） Wang Meng

一九三四年、北京生まれ、男。共産党の地下活動に参加、その後入党、新民主主義青年団（後の共産主義青年団）の仕事に従事、教育も受ける。北京解放を迎える青年群像を描いた『青春万歳』（一九五三執筆）で認められる。『組織部来了個年軽人（組織部にやってきた青年）』（一九五六執筆）は党内官僚主義批判で論議を呼び、五七年右派分子とされ、文革を経て約二〇年間執筆の権利を奪われる。六三年末自願して一家でウルムチに移住、文連等で仕事。七九年名誉回復、北京に戻る。八六年から八九年まで文化相を務める。二〇〇五年現在、中国作家協会副主席。名誉回復後は意識の流れ、象徴主義の手法をとりいれた『夜的眼』（一九七九）、『蝴蝶』（一九八〇）等で激動の現代史の総括に重厚な筆致で挑み、現在も多彩な活動を続ける。

玄思小説の「玄思」は「玄談」「玄旨」「玄学」などを連想させる。王蒙はここ数年「微型小説（中国式ショートショート）」やユーモアについて散文や随筆でしばしば言及している。「玄思小説」を集めた単行本には『笑而不答—玄思小説』（遼寧教育出版社「万象主題書2」二〇〇二年六月）や『尷尬風流』（作家出版社二〇〇五年十一月）がある。収められているのはすべて「微型」で主人公も本訳と同じ「老王」。老境に入った主人公が過去を思い、現下の世俗価値観と向きあい、ユーモラスかつシニカルに観照している。

寒鴉《かんあ》（1）

王《ワン》さんはある人からＣＤをもらった。琵琶曲「寒鴉戯水［寒鴉水と戯れる］」である。聞いていると、たいへん美しい。ところが鑑賞していると、これは冬の鴉が川（湖？　水溜り？）で遊び戯れているのを表現しているのだということをいつも忘れてしまう。

自分に言いきかせる。この曲の主題は、冬の鴉が水と戯れる、つまり生命の活力、興趣、寒さ知らずとかいったことを表現しているのだ、と。この曲の鑑賞を通して、民族音楽の特色への認識やその他いろんなことへの認識を高めることもできるのだ。

しかし、曲を聞きだすと、そんな注意をすっかり忘れてしまう。しばしばすぐにいっさいを忘れてしまう。作曲家の略歴、時代背景、創作意図、名曲流伝の過程、風格や特色、主題思想等々を含めて。美しいという以外、何の分析も、何の認識も、何の体得もないのだ。はっきり言えば、何も考えられないのだ。何も口に出せない。感動で涙を流すのだ。

そこで、王《ワン》さん自身恥ずかしくなって自分に腹をたてる。なぜ寒鴉なのだ？　ひよこじゃいけないのか？　子犬では？　子どもでは？　天真爛漫な老人ややんちゃ老人では？　紙きれでは？　ゴムまりでは？　かまどの煙では？　落ち葉では？　ペンを握っての絵のいたずら描きでは？　縄跳びでは？　短距離走では？　男が女を追いかけ、とうとう追いついて、ふたりが重なりあって口づけをするというのでは？　地面を転げまわるのでは？

あるいは、もっと正確に言えば、何もない、ではだめなのか。

王さんは、たまらなく恥ずかしかった。ほんとうに「音楽知らず」なのだ。

なんともはや

王さんは、今度は閔恵芬《ミン・ホェイフェン》(2)が弾いている胡弓曲「二泉映月」(3)のCDを手にいれた。

何度も聞き、老いの涙がはらはらと溢れた。

つれあいが、あなたどうしたの、と聞くので、「『二泉映月』を聞いていると、私にはなんともはやどうしようもないのだ」と答えた。

つれあいは王さんの言ったことがわからないまま、子どもたちに伝え、子どもたちも変だと思い、あらためて王さんと「二泉映月」のことについて話しあった。王さんはかたくなに「私にはどうしようもない、どうしようもないのだ」と言った。

子どもたちは、真剣な態度で母親をいさめた。父さんにもうすこし優しくしな、父さん、見たところ、どんどん年をとっちゃって、身体もちょっとおかしくなっている。母さんがあまりにもしゃきしゃきやりすぎるものだから父さんプレッシャーを感じているのじゃないのか、と。

娘が父親の神経正常度を探りに行ってたずねた。「ねぇ、1＋2は幾つだっけ」

王さんは、娘が三十幾つにもなってまだ甘えかかってくるなど思いもしなかったが、甘ったれた口調で「1だよねー」と答えてやった。

娘は顔色を変えた。

息子は、そんなバカなと、まっすぐ父親のところへ来て訊ねた。「ねエ、父さん、『二泉映月』の作曲者は誰だっけ」

王さんは、涙を流しながら答えた。「それは私だよ、私なんだよ」

息子はあきらめずに続けて聞いた。「じゃ、この胡弓の曲の演奏者は誰だって言うんだい」

王さんは、間髪をいれず「もちろん、やはり私だよ、やっぱり私だよ」

息子は、頭がくらくらして、床にへたりこんでしまった。

病を患う

どういうわけかわからないが、王さんが病を患ったという噂が流れた。

王さんは、人づきあいがとてもいい。親友友人、ご近所のみなさん、物売りにおまわり、ガードマンに不動産屋など、いろんな人が、王さんに会うとたずねる。「ご老人、すこしはすっきりなさいましたか」

「ご老人、今は、1+2は幾つか、わかるようになりですか」「ご老人、今でもやっぱりなんとかなんとかはみんなどうしようもないと感じていらっしゃいますか」「ご老人、今はどんな薬を飲んでいらっしゃいますか。電気針麻酔はえらく効き目があるらしいですよ」「ご老人、すこしはご気分がよろしいですか」

王《ワン》さんは、何か変だなと思ったが、自分に何か問題があるらしいとわかったので、病院へ行った。病院では、あなたの病気はまだ初期で、現代社会の競争の熾烈《しれつ》さと関係がある、環境汚染と関係がある、それに春なので動物の発情期とも関係があると言い、白い錠剤を処方してくれた。この薬はドイツ連邦共和国からの輸入品で、保険はきかないよ(4)とも言った。同時に、病気は本人の努力が肝腎だから、地域の健康向上の学習運動に参加し、消極的でおくれた古臭い慣習を改めなさい、とアドバイスしてくれた。

王さんは、医者の指示をそのとおり守り、一定期間努力をし、病気はすっかりよくなった。彼は、前向きに楽観的に考えた。凡庸きわまりないわたくし王が、年をとってからなおモダンな病にかかるなんて思いもしなかったが、どうやら自分には天賦の知恵があり、独自の才能があるんだな、と。あのバカにならぬ価格の錠剤をこれ以上飲まなくていいように、自分がひそかに得意に思った気持ちを表に出すのを抑え、折につけこっそりほくそえむだけにした。

老王《ラオワン》

王さんは、暇な時には著名音楽家たちの生涯の足跡を検索した。でなければ、中央テレビの音楽物語を見た。彼はドイツのクララが大好きだった。彼女は一八一九年から一八九六年、七七歳まで生きた。はじめ自分より九歳年上のシューマンに嫁ぎ、のちシューマンは精神病院に入り、一八五六年に亡くなるが、その年クララは三七歳だった。

その後、彼女は、今度はブラームスとねんごろになった。ブラームスはシューマンより二三歳若かった。クララはブラームスより一四歳年上だった。その後、ブラームスも精神病院に入った。クララは一八九六年に亡くなり、翌年ブラームスが世を去った。

クララがねんごろになった人はみんな歴史に名を残す大作曲家になったことは明らかである。

クララ自身もたくさんの音楽作品を残しているが、夫、恋人があまりにも有名すぎて、彼女の作品はしかるべき評価を受けなかった。

盲目の阿炳《アービン》(5)はどうか。父親は道士、自身は小道士兼乞食だった。解放後、最上の処遇を受けたものの、命運恵まれず、一九五〇年、やっと日の目を見たと思ったら亡くなってしまった。彼は五七歳まで生きた。シューマンの寿命は四六歳、ブラームスはというと、六四歳まで生き、マルクスと同じ寿命だった。

そこで、王さんは考える。一九二九年、偉大な中国で、のちに老王と呼ばれるひとりの人間が生まれている。彼は作曲はできないし、乞食をしたこともない、偉大な理論からとるに足りない理論も含めて、理論などといったものを提起したこともちろんない。精神病院に入ったこともなければ、ドイツへ行ったこともないし（なるほどドイツから輸入した白い小さな錠剤を飲んだことはあるが）、妻はクララではないし、九歳年下ではないし、一四歳年上でもない。彼の視力はあまりよくはないが盲目ではない。収入は高くはないが、乞食をする必要もない。作品などない、懲役に服したこともない、彼の名前など、彼の息子か娘でなければ誰も覚えてくれないだろう。

だから、彼は阿炳《アービン》ではないし、シューマンではないし、ブラームスではない。彼はつまり彼自身であり、つまり老王《ラオワン》なのである。彼は、胸をシャンとはるか、首をすくめるかして老王でいるしかないし、老王でなければならないのである。

杖

王《ワン》さんは、名山に旅するごとにきまって杖を一本買う。旅し終えると杖を家に持って帰るが、次に出かけるときには杖を持っていくことを思いつかないで、山の麓に着いてまた一本買う。王さんはため息をつく。杖は彼の山登りにはもはや欠かせないものである。

初め、杖が家に溜まってくると、泰山ニ登リテ天下ヲ小トス(6)とか、名山ニ遊ビテ紅塵〔浮世〕ヲ超越スとか、曽テ千里ノ目ヲ窮メ、衆山ノ小ナルヲ一覧セリといった記憶をよく呼びおこしたものだった。しかし時間が経つと、だんだん、杖が場所を占領し、通路をふさぐし足のじゃまになる。そこでついでの折に片づけた。

近頃、王さんは、奇妙な病気にかかり、いつも歩くのが不自由、そこで杖を思い出し、あらためて捜したが、一本として見つけられない。

王さんは慌てたが、何を怨んでいいかわからず、「少壮努力セザレバ、老大イタズラニ傷悲《かな》シム」とため息をついた。

つれあいが大笑いし「あんた何を言ってるのさ、文、題ニ対《こた》エズ、詞《ことば》、意ニ達セズ、よ」王さんはため息をついて言った。「平時《ひごろ》線香ヲアゲズ、臨時抱仏脚《くるしいときのほとけだのみ》、なのさ」言い終わると自分でも首を振り、これもまた、詞、意ニ達セズだと思った。口から出てくるままに、「寧《むし》可《ろ》備エアリテ戦ワザルモ、戦イテ備エナカルベシ」彼は自分があまりにもことばに乏しいと感じた。使わない時には足のじゃまになり、必要な時には見つけられない杖、こんなひとつの思いすら表現することができないのだ。

検査

王さんは足の関節が痛み、病院へ診察を受けに行った。まず外科で診てもらい、血液像を調べてもらった。すべて正常、何の炎症もないことが証明された。

今度は整形外科で、レントゲンを撮り、骨の病気ではないことが証明された。

その次は内科で、血液の生化学検査を受け、足の痛風でもないことが証明された。

次は皮膚科で診てもらい、足の痛みは水虫等の真菌《しんきん》感染とは関係がないことが証明された。

……王さんは、最後にわかった。医学の設備と技術のすばらしさは、あなたの病気は××病ではないと確定するのには有効だ。しかし依然としてなんの病気にかかったのかははっきり決められないのだ、と。

くすり

王《ワン》さんは、病院へ診察を受けに行って、たくさんの知人と出会った。

最初の知人はくすりをもらうと、王さんにこっそりささやいた。「私のこのくすりはごく最近ドイツから輸入したもので、去年開発されたばっかりの特効薬でね、本来なら保険がきかないものなんですが、うちのエライさんが特別にもらえるよう許可してくれましてね、やっと手に入ったんですよ」

王さんは、いやいやそうですか、それはすごいですね、と畏敬のまなざしで相手を見た。

ふたり目の知人は、くすりをもらうと、王さんに言った。「私のこのくすりはね、あの偉い指導者の×××さんが飲んでいるのとまったく同じなのです。昨日×××さんにこのくすりを出したばっかりで、今日は私にくれたのです。私は内科の医長を知っているものですから、それで同じくすりを出してくれたのです」

王さんは、しきりとうなずき、いやいや、ほんとうに、信じます、尊敬します、うやまいます、敬服します、と。

三人目の知人は、注射を終えて王さんに話した。「私のこの注射いくら払ったかわかりますか。一般の人は値段がはって絶対打てません。これ一本でオーストラリア旅行よりも高いんですよ」

王さんは、顔色をなくし、すっかり田舎者になったみたいに、呪文のようにぶつぶつ呟いた。「そりゃ打てませんとも、打てませんとも……」

王さんは、やっと三人の実力者の知人と別れた。彼はとてもラッキーだった。最新のドイツの輸入薬物を飲む必要はなかったし、×××さんとくすりの飲み比べをする必要はなかったし、オーストラリアへ旅行する金で注射をする必要もなかったのだから。

実際のところは、彼はオーストラリアへの旅行などまったく行きたくはなかったのだが。

スター

王さんは、テレビで、昔一時期は人気のあった、しかしその後は顔を見なくなったあるスター歌手が唱っているのを見た。彼女はずいぶん年をとり、歌もうまくない、ただ昔よりもよくしゃべるようになり、滔々とよどみがないけれど、ご機嫌とりの巧言令色なのに気がついた……昔のあの感じはもはや呼び戻すことはできない。「あーぁ、あーぁ、……」

王さんは、テレビの画面で、一時期すこしぶくぶく肥っていたある司会者を見た。最近は体の線がもう元に戻ってきていて、つれあいは、たぶん、ちょっと前にこどもを産んだのでしょうと分析した。王さんは嘆いた。「あーぁ、あーぁ、……」

王さんは、ある映画スターがテレビの画面に登場したのを見た。なるほど化粧はうまくしているものの、やはり目じりや口許には皺があらわれている。王さんは嘆いた。「あーぁ、あーぁ、……」

王さんは、ひとりまたひとりと、新人、若い人、きれいな娘《こ》、イケメンがスターになっていくのを見た。彼らの名前もわからず、しょっちゅうとりちがえる。張さんを李さんととりちがえ、趙さんを李と思ってしまう。王さんは，自分の老いた目がかすんだことを知り、嘆く。「あーぁ、あーぁ、……」

記録

王《ワン》さんは、スポーツ専門チャンネルが放映する短距離走国際大会を見て、選手の走る速さにびっくりさせられる。どうしてオートバイより速いのだろう。

王さんの青年時代、一〇〇メートル競走の世界記録は一〇秒二で、この記録はたしか数十年破られなかった。その頃誰かが一〇秒は一〇〇メートルのスピードの極限だと言っていた。

しかし今はたったの九秒ちょっとしかかからない。

それでは、百年後には、スポーツマンの身体はもっとすばらしく、栄養はもっと完璧になり、トレーニングはもっと科学的になり、動作はもっと敏速になり、技術はさらに神業《かみわざ》の域に達するだろうから、たぶんその頃には短距離走の選手はたった八秒で一〇〇メートルを完走するだろう。

さらに五百年経ったら？　その頃のオリンピック記録は二秒で一〇〇メートル全距離を完走できるだろうか。その頃の人間はロケットに変身し、弾丸に変身するのだろうか。

王さんがこんな話をもちだすと、聞いた人はみんな、王さんはバカだ、おかしい、杞人天ヲ憂ウ、だ、常識に欠ける、と思った。特にミラン・クンデラを読んだことがある人は、即座に名人の名言「人間は考え、神は笑う……」(7)を引用する。

みんなは王さんに忠告する。「あなたよけいなことを考えなくてもいいんじゃないの」

ピンポン

王さんは、前世紀一九五〇年代後期からその後の六十年代にかけて中国がピンポンで強くなっていった頃のことをよく思い出す(8)。姜《チアン》永《ユン》寧《ニン》、孫《スン》梅《メイ》英《イン》、これはいちばん早く世界青年フェスティバルの試合で上位を獲得した中国の選手である。姜は帰国華僑だったようである。このふたりの卓球のパイオニアは夫婦となったが、それもいい話である。

それから容《ロン》国《クオ》団《トゥアン》、邱《チウ》鐘《チュン》恵《ホェイ》……いちばん興奮したのはやはり六十年代、あの頃は天災人災でご飯も十分には食べられなかったが(9)、しかし人びとはやはり荘《チュアン》則《ツォ》棟《トウン》、李《リー》富《フー》栄《ロン》、徐《シュイ》寅《イン》生《ション》、林《リン》慧《ホェイ》卿《チン》、鄭《チョン》敏《ミン》之《チー》に狂おしいほど熱くなったものだった。

その後、「友好第一、試合第二」(10)などということがあり(これはもちろん正しいのだが)、実際にわざと勝ちを譲ることがあった。なんだか金持ちが大尽風を吹かせているような印象を与えられたものだ。

王さんは、今でもテレビが中継するピンポンの国際試合をよく見る。しかし、彼は多くの場合、きまってこっそり外国人選手が勝つよう祈っている。ようやくベラルーシにサムソノフが出て来、ドイツにボルが出て来たが、結果はやはり中国選手の前に屈している。

王さんは自問する。「まさか自分の愛国感情に問題があるのでは」

彼はまた、王《ワン》楠《ナン》が張《チャン》怡《イー》寧《ニン》かあるいは牛《ニウ》剣《チエン》鋒《フォン》と闘っている時、いつも王楠の相手が勝つことを望んでいたのを思い出す。

人びとは、いつもいつも一人の人間、一つのチームが勝つのを喜ばない。試合場に絶えず新しい戦局が現れるのを期待している。これもまた天道無常というものか。常勝チャンピオンにとっては、最優秀の人間にとっては、天道――つまり民心は、まことに残酷なものである。

登山

王《ワン》さんは、七十余歳にして「鬼見愁」(11)――香山の最高峰に登った。登りながら「千里ノ目ヲ窮メント欲スレバ、更ニ上ル一層ノ楼」の詩句(12)で自分を励ました。

高いところに着いて世界を、北京を見ると、なんともちがうものである。自分が風に乗り、雲を駆り、宇宙を飛び交《か》い、思いを八極《はっきょく》(13)に馳せるかに感じる……自分の平素の視界はあまりにも小さく、視角もあまりにも低く、包括するところあまりにも狭いことを嘆く。

世界よ、世界。王さんは、嘆息しながら帰路についた。山を下りる時になってはじめて足がだるいのを感じた。一歩いっぽまるで綿を踏んでいるかのようである。途中何度も休んだ。今にも、日、西山ニ傾キ、空暗クナラン、としていた。すこし慌て、ほとんどよろけんばかりに、ふらふらと麓へと下ったが、まるで酔っぱらっているかのようだった。

ともかく最後には麓についた。地上に到着してほんとうによかった。彼は記憶のひだを探って、人びとが高い峰から地上に下りるのを励ましてくれる詩句、たとえば「真ノ滋味ヲ知ラント欲シテ、更ニ下ル一層ノ階《キザハシ》」とか「真ノ生活ヲ過サント欲サバ、請ウ地面ニ来タランコトヲ」とか「高キニ登リテ能ク遠キヲ望ム、低キニ立チテハジメテ真《マコト》ヲ看ル」といった類のものを探せないものかと願った。しかし、しばらく考えたものの残念ながらそのような句は見つけられず、彼自身がひねったいくつかの詩なるものは拙劣きわまりなく、お世辞にもほめられないものだった。

眼鏡を作る

王さんの視力はますます悪くなっているようである。もともと矯正視力は一・二だったが、今では一・〇にも達しない。

医者は王さんに別に新しい眼鏡を作るよう勧め、暗に今かけている眼鏡（なんと一九六一年の「三年困難時期」に作ったもので、セルロイドフレーム、トリックガラスのレンズのしろもの）はあまりにも古臭いと仄《ほの》めかした。

王さんは、医者の意見を受けいれ、なんだかわくわくした。その古い眼鏡を捨ててしまえば、彼の身のまわりは完全に現代化を達成できる――古臭いものはみんななくなってしまうのだ。古い家具はすべて廃品回収会社に売りはらった。古雑誌は引越し前にきれいに処分した。古い服ですこしマシなものはメイドさんにあげたし、いまひとつと思えるものは雑巾やモップにした。

王さんのつれあい、子どもたちが相談し、王さんはもっと早く眼鏡を替えるべきだったとみんな大賛成だった。こうして子どもたちの援助プラスつれあいの公認出資で、王さんに全部で八〇〇〇元余［十万円余］のお金を出してくれた。全市で流通している眼鏡で品質が最前線に位する変光サングラス式プラスティックレンズで、最新の航空材料軽金属を用いたフレームの、流行りの眼鏡を作るよう、命じた。とくに娘は「威厳のある、息子や娘の孝行心をあらわした、インテリとしての地位にふさわしい、全面的小康状態のすばらしい情勢(14)を反映したものをかけるべきだ」と強調した。

王《ワン》さんはハイハイとおとなしく承知した。胸の中では、過ぎたことは過ぎたこと、一生うだつがあがらず暮らして来たんだ、うんと年とっていっちょうすごい眼鏡をかけてやろうじゃないか、と思った。

彼はみんなの意見に素直に従い、終始まじめに、検眼に検眼をくりかえし、コンピュータ診断を終えると、専門医の診断を受け、通常検査の後は瞳孔拡大検査を終え、ついに八〇一〇元はたいて中日共同出資の眼鏡屋ですばらしい高級眼鏡を買いいれた。

胸のうちは少し落ちつかなかった。社会的弱者層［原文：弱勢群体］だったらどうするのだ。他の人はともかく、同じ建物のエレベータ係について言えば、一年でこんな眼鏡を買う金は稼げないじゃないか。

彼は鏡を見た。自分でないみたいに見える。えらく学問がありそうで、地位も上がったように見えると思った。

ただ、視力は依然として改善されなかった。病院へ行って調べてもらったが、矯正視力は〇・六しかない。医師に聞いてみた。すると医師は、年をとれば視力の減退は正常なことなんです、それにもう元に戻ることはないのです、と言った。

虫

その日は煙雨がたちこめていたが、王さんは何人かの昔仲間とオフロード車に乗って郊外へ春の行楽に出かけた。車が高速道路にのって、何分もしないうちに、フロントガラスにはもう汚水がひと筋ひと筋左に右にとはりついた。王さんは驚いた、「これは何の雨だい」

それらがほかならぬ虫の屍《しかばね》であり、まるで雨だれのように虫の体液が耐えられないほどフロントガラスの上を汚しているのだと知って、王さんは驚いた。「なんだって、この虫はこんなふうに私たちの車にぶつかって死んでいるのか。ぶつかって汚水に変っているのか。虫はどうしてよけないいんだい。どうしてもう少し高く飛ばないいんだ。私たちは虫をよけられなかったのかい」

友だちと運転手はともども王さんに説明してくれた。気圧が低すぎるので虫はどうしても低く飛ぶし、車のスピードが速すぎて、虫も私たちもよけられないのさ。今日はまだマシなほうなのだ、前に曇りの日に出かけた時なんか、ワイパーを動かしてもどうしても虫の屍をきれいにとることができなかったんだ、と。

王さんは、泣こうにも涙が出なかった。

君子蘭《くんしらん》

二十年前、一時期、君子蘭の値段が特別高かった。というのもその頃、君子蘭はガンを防げるとか、空気を浄化できるとか、寿命を延ばして長生きさせてくれるとかの噂が伝わってきたからである。さらに、日本人がわが国の吉林省へ来て君子蘭を買うのに、一鉢日本円で数十万円も出した、とも言われていた。

ちょうどそんな風潮の時、たまたま東北の昔の学友が王さんを訪ねて来て、君子蘭を一鉢持って来てくれた。その花一鉢で友だちの給料十ヵ月分にあたるということだった。

王《ワン》さんは、気持ちがなかなか落ちつかなった。こんなふうに、次からつぎへと、買ったものからもらったものまで、王さんの君子蘭は十数鉢になった。もちろん、君子蘭の値段も下がっていった。

ここ何年もの間、こちらの鉢が花をつけ、こんどはあちらのが花をつけと、橙紅《とうこう》色の花はとても美しかった。

ところが、あの最初の鉢の花は、はじめからずうっと花をつけなかった。王さんは、水をかけ、肥やしをやり、土をほぐし、鉢を大きいのに替え、土をとりかえ……この君子蘭はすごく元気に育ち、葉は小ぶりだったが青あおとして、活力に溢れていたのだが。

二十数年が過ぎ去ったが、この鉢の君子蘭はついぞ花をつけなかった。王さんは、この鉢の君子蘭は最も貴重なものだとわかった。彼は信じていた、きっとある日、こいつはこの世でいちばん美しい君子蘭の花を咲かせてくれるにちがいない、と。

豊かであること

王さんは訪ねてきた古い友だちとおしゃべりをした。みんな意見が一致した。物質的にも精神的にも、今の生活は彼らのような世代の人間が生まれてこの方もっとも豊かになっている、と。

古い友はため息をついた。「しかし、豊かになっていったいどんないいことがある。このごろはあまり新聞を読まなくなった。どうしてかって？　新聞は多すぎるし、どの新聞のページ数も前よりはめちゃくちゃ増えた。もしも以前のようにまじめに読んでいたら、それこそ脳溢血になっちゃうよ。今はテレビも見なくなった、見ても覚えられない。なぜかって？　カチャカチャカチャ、何十チャンネルもある、どれを見りゃいいんだい？　リモコンのボタンも多すぎて押してられないよ。今テレビを見るのは主として眠るためさ。どっちにしろちょっと見るときまっていびきをかくのだから。食欲もどんどん落ちてきた。冷蔵庫を開けると物が豊かで吐き気《け》を催すよ。いっぱいあってみんなカビが生えているよ。本屋も行かないし、図書館にも行かなくなった。出版物があんなに豊富で、どうやって読むんだい。書架を見ただけで目がくらくらするよ。それに歌、今の歌は一曲として唱えないよ。今の映画、いっそのこと見ないほうがいいよ、ねぇ。服もいっぱいありすぎて虫がつくだけだよ」

何人かの昔仲間はみんな、あまりにも貧乏たらしいのはもとよりよくないが、あまりにも豊かすぎるのもよくない、と考えた。

彼らが引きあげた後、王さんの息子や娘が言った。「あーぁ、まったくつきあってらんないよな！」

訳注

（1）冬を越すカラス。しばしば詩に登場する。楊広（煬帝）「失題」、王昌齢「長信秋詞」詩之三、李白「三五七言」、張均「岳陽晩景詩」、北宋・秦観の「満庭芳」など。昔から「烏は孝なる鳥なり」（『説文解字』）とか「純黒にして反哺する者、之を烏と謂う。小にして腹下の白く、反哺せざる者、之を鴉と謂う」（『広雅』）といった説があり、親の恩を忘れずに老いた親に餌を運んで「反哺」するものは「滋鳥」、「寒鴉」は「滋鳥」とされる。（「反哺」のことは『漢詩の事典』Ⅳ「漢詩を読むポイント（用語）」松浦友久ほか、大修館書店　一九九九年一月による）

（2）上海生れの胡弓の名手（女性）。ガンと闘いながらの演奏活動で有名。

（3）後に出る「盲目の阿炳」こと華彦鈞の残した名曲。「二泉」は「天下第二」といわれる無錫の恵泉を指す。

（4）原文「報銷」。公費等事前に立替払いしておき後で申請、清算する。これができないと自己負担。

（5）本名華彦鈞（一八九三?～一九五〇）。江蘇無錫の人、父である道士・華清について学び、各種の楽器に通じる。二胡で著名だが琵琶も得意。失明して道教の活動に参加できなくなり、民間芸能者と交わり町を放浪する。日本の無錫占領期には抗日街頭宣伝にも加わる。解放（建国）後政府が彼の演奏の収録に努めたが六曲を収めたところで死去。

（6）孔子のことばと伝えられる。泰山は山東省中部の名山、中国五岳のひとつ、海抜一五三二メートル。

（7）原文は「人一思考、上帝発笑……」。訳語は後述の訳書に従った。ミラン・クンデラが一九八五年春エルサレム賞を受賞したときに「強いチェコ語なまりのフランス語」で行った謝辞の講演「エルサレム講演――小説とヨーロッパ」に出てくる。「領土としてではなく、文化として考えられるヨーロッパ、国家を越えたヨーロッパ」を前提に、「哲学の知恵」とは異なった「小説の知恵とでも呼びたいもの」を強調、「小説は理論的精神からではなく、ユーモアの精神から生まれた」とし、「しかしこの知恵とは何でしょうか。小説とは何でしょうか。『人間は考え、神は笑う』という、みごとなユダヤの諺があります。私は好んで次のように想像します……《ママ》つまり、ある日フランソワ・ラブレーは神の笑いたもうのを聞き、こうしてヨーロッパ最初の偉大な小説の構想が生まれたのだと」「しかし、なぜ神は考えている人間を見て笑うのでしょうか。それは……」と語っている。（叢書ウニベルシタス二九四『小説の精神』金井裕・浅野敏夫訳　法政大学出版局　一九九〇年四月）

（8）本文に登場する卓球選手のこと。姜永寧：香港籍、男、ペンホルダーの名手、一九五二年全国チャンピオン、文革までナショナルチーム・チーフコーチ、六八年日本のスパイ容疑で自殺／孫梅英：女、六三年世界選手権単三位、小山ちれ（何智麗）を育てた。九四年死去。／容国団：男、香港籍、五九年ドルトムント世界選手権単優勝、中国スポーツ史上初の世界チャンピオン。引退後女子チームを指導、後に出る林、鄭らを育て六五年日本を破って団体優勝に導くが、六八年スパイ容疑をかけられ潔白を記した遺書を残して自殺／邱鐘恵：女、五九年ドルトムント単三位、六一年世界選手権単優勝、中国スポーツ界初の女子世界チャンピオン／荘則棟：男、六一、六三、六五年世界選手権単三連覇、七一年「ピンポン外交」のきっかけを作る。七五年スポーツ相、七六年四人組とともに失脚、四年間服役。〇二年「荘則棟・邱鐘恵国際卓球倶楽部」開設。夫人は佐々木敦子／李富栄：男、六一、六三、六五年世界選手権単準優勝、荘則棟に三度敗れたが六五年は八百長だったと後に荘が述べている。ナショナルチーム・ヘッドコーチから現在は卓球協会会長／徐寅生：男、六五年世界選手権複優勝、荘失脚後指導的地位に。前卓球協会会長／林慧卿：女、インドネシア帰国華僑、七一年世界選手権三冠王（単、複、混合）、美しいフォームで知られた／鄭敏之：女、七一年世界選手権単準優勝、六五、七一年複優勝／サムソノフ：男、九七年世界選手権単優勝、九八、〇三年欧州選手権優勝、〇五年一月世界ランク六位／ボル：男、〇二年欧州選手権優勝、〇五年二月世界ランク四位／王楠：女、九九〜〇三年世界選手権三連覇（〇三年は三冠王）。シドニー五輪金メダリスト／張怡寧：女、アテネ五輪単、複金メダリスト、〇三年世界選手権で福原愛を一蹴して準優勝、〇五年世界ランク一位／牛剣鋒：女、〇一、〇三年世界選手権単三位、アテネ五輪複銅メダル、〇五年二月王楠を抜いて世界ランク二位。（以上石井隆司氏のご教示による）

（9）自然災害といわれているが、実情無視の急激な農業集体化による農民の労働意欲の減退、ソ連との関係悪化（建設援助打ちきり、経済交流停止、朝鮮戦争時の支援武器代金請求等）などが絡みあっておきた人災とも言える。五九〜六一年は「三年困難時期」となった。六二年北京を訪問した時外国人として十分な料理を提供されたが、中国の民衆は大変な状況だった。九三年留学先の大学の労働組合の「踏青」（清明節の郊外ピクニック）に参加したとき、著名な歴史学者が「このあたりで野草をとったり木の皮を剥いだりしたんだ」と静かに語った。「大躍進」「反右傾」から「文革」へとつながる政治の教条化、過激化の時期でもあった。

（10）一九七一年二月中国卓球チームが世界大会への復帰をきめた時、周恩来が三十一回世界選手権大会（日本）に向かう選手団と会い「技術第二、友誼第一」と友好の政治的意義を語ったのが発端。四月二二日『人民日報』が「友誼第一、比賽（試合）第二」の文章を載せ、周の意図と離れて広く使われるようになったいきさつがある。

（11）香山元宝峰の別称。元の宰相が美しい露露に横恋慕、軍を動かして迫ったが露露と恋人の王岩が抵抗、露露は王岩の命を守るため命令に服するかに見せて谷に身を投げた。王岩は朱元璋の蜂起に加わり元滅亡後元宝峰に「露岩精舎」を建て出家したという伝説がある。宰相の「山上美人立雲頭　山下将士飲箭頭　非是我輩難攻取　只因峰険鬼見愁」から命名されたという（郭金栄『奇異的北京伝説』）。香山は北京中心部から二〇キロの西郊外。

（12）唐・王之渙「登鸛雀楼」白日依山尽　黄河入海流　欲窮千里目　更上一層楼より。

（13）「八極」は「八荒」に同じ、無限に近い辺境。「八荒」の中に「四海」があり、「四海」の中に「九州」があるとされる。李賀の「秦王飲酒」の首句に「秦王騎虎遊八極」がある。

（14）「小康」とは二〇〇〇年までに中流程度（世界銀行がGDPで示した低収入と高収入の中間値）の家庭生活、〝衣食住の比較的豊かな状態を維持できること〟をめざした経済指標。ことば自体は『礼記・礼運』による。戦国末から漢初の儒家たちが古代に「天下為公」の「大同世界」があったとし、康有為も『大同書』で「大同説」と公羊学派の「三世説」を結びつけて「大同之世、天下為公、無有階級、一切平等」と彼の理想世界を主張、譚嗣同、孫文らにも影響を与えた。一九八七年中共第十三回大会で提唱、「飢寒（寒さやひもじい思いを最低限避ける生活水準）」→「温飽」→「小康」→「大同（富裕）」の構想を示した。一九七九年十二月訪中した大平正芳首相（当時）に鄧小平（当時副首相）が二〇〇〇年にはGDPを四倍化して千ドルにすると語った。のち八〇〇ドルに下方修正し二〇〇〇年に達成、エンゲル係数も五〇％をめざし二〇〇〇年には四六％を達成した。「小康」には貧困層の人口比率、栄養、衛生、平均寿命、教育、識字率、就職率等さまざまな指標も含まれる。しかし、こうした指標の達成と国民生活の実態とのズレは当然のことである。

あとがき――ミステリー・友好と理解の谷間で

釜屋　修

■ミステリー

この翻訳集を中国推理小説集と思って買う人がいはしないか、という不安と期待（？）があった。ミステリー・イン・チャイナの「ミステリー」は、神秘、神秘に包まれた事柄、理解がなかなか難しい、といった意味である。個人と個人の間でも、たとえ親友、恋人同士、夫婦であっても、お互いを理解しあうことは至難のことである。民族と民族、国家と国家となれば、なおさら理解への阻害要件も多くなり、ほとんど不可能である。にもかかわらず、理解への努力の蓄積を放棄したら、信頼関係はますます遠のく。相手方の歴史、風土、風俗、文化、そこに暮らす人びとのものの考え方、認識レベル……などへの理解が必要となる。それがなくても、表層の「友好」は可能であり、国と国の関係ではそうした「友好」が必要なことは理解できる。

中国について勉強を始めて、次に述べるような読書体験の中で、ヨーロッパの中国研究者が「いったい中国人は何を食べているのだろう」というところから探求の糸口を見つけているのに驚いた。私は、そして多くの日本人は、「中国か、あぁ、わかっている」とまず考える。長い歴史交流、文化交流が、漢字文化圏の一員である私たちにそういう先入主を与えていることは簡単にわかる。それだけに、そこに待ち伏せている陥穽は深い。わかった、と思ったものが実はきわめて勝手な思いこみにすぎず、客観的で冷静な理解を遠ざけているとしたら、真の友好は成立しにくい。杯を掲げて「友好、万歳！」は簡単。

新中国の成立以後、三反五反、反右派闘争、大躍進、人民公社運動、文化大革命、六四天安門事件、改革・開放……さまざまな激動（注）が続き、それをめぐってさまざまな論議があった。その一つに中国の本質は永遠に不変という議論もあった。伝統と現代との連続・不連続の解明は難しい。連続（伝統の継承、極論では「中国不変」）だけではなく、不連続（伝統の取捨選択、時代の変化に適合した新しい思想、制度の創出など）もある。その連続と不連続の有機的な、柔軟な解明がとてつもなく難しいだけに、「中国は謎の国」と、「謎」「神秘性」の煙幕をはって、解明を放棄しがちである。中国だけではなく、諸外国への理解も一般的には同じであるが、中国については「わかっている」式の壁があるだけに、このミステリーは二重に厚い。まさしく「友好は易く、理解は難し」である。

一九七二年の日中国交回復のとき、サトウ・サンペイ氏が、日の丸の鉢巻をしめ、片手に麻雀パイ、片手に箸を握ってラーメンをちゃぶ台に乗せ「日中友好」を叫んでいる四コママンガを描いていた。サトウ氏の思いは知らないが、私は日中関係の将来を予測された思いで驚いたことを今まざまざと思い出す。

この翻訳集を読んでいただければ、ミステリーの霧は晴れるのか。そんなことはありえない。ただ、ほんの少し材料を提供できるだけである。しかし、中国の現状や未来について、考え、模索している中国の作家がいること、その中で真摯に現実と向きあっている多くの作品があることを忘れないでほしい、彼らの手で描かれた、私たちと同時代を生きる中国の人びとの生活の営み、さまざまな複雑な状況と対面した胸の思いを読んでいただきたいのである。以下のきわめて個人的なメモも私なりのミステリーへのアプローチの航跡と思っていただければ幸いである。

■五十年の変遷

思えば長い間中国のことを考えてきた。意識し始めたのは高校生、朝鮮戦争の頃からである。近所に北京放送（日本語）を聞いている薬局のおじさんがいて薬を買いに行って知りあい、奥の部屋にあった『中国画報』を見せてもらったり、北京放送から送られてきたレコードを聞かせてもらったり、おじさんを訪ねて来た帰国者から話を聞いたりした。「本当にハエはいないのですか」「ドロボウもいないのですか」と訪中議員団の「報告書」に書かれていたことを訊ねると、「人民服」を羽織り、タバコを片手に、まるで映画に出てくる人物みたいに答えてくれた帰国者の中年男性は、落ち着いた声で「そんな、ハエはうじゃうじゃいるし、みんな生活は貧しいし、ドロボウもいるよ。外国のエライ人には見せないだけだ。だけどな、建設がこのまま進んだら、ほんとうに豊かで平等な社会ができたら、そんなものはすぐなくなるさ」と笑っていた。「洗脳」されたことばとはとれなかった。中国のことを勉強しよう、まずはことばだ、とその時に心が傾いたように思う。あれからもう五十余年。当時は、中国語をやっている、中国文学に興味がある、と言うと「へぇ」と友人や近所の人から変人扱いされた。さすがに当時の日本知識階級は侵略戦争への厳しい反省、新生日本のあり方を模索する思いが強く、アジアへの視線も熱かったと思うが、民衆の中の中国への関心は低かった。

中国からの情報も、今にして思えば「官報」並のものが中心で、中華人民共和国の実体は「竹のカーテン」の向うだった。いきおい中国革命に参加した日本人、訪中者、欧米ジャーナリストの中国、中国革命レポートに頼らざるを得なかった。鹿地亘『中国の十年』（一九四八）、エドガー・スノー『中国の赤い星』（一九五二）、A・スメドレー『偉大なる道――朱徳の生涯とその時代』（一九五五）、同『中国の歌ごえ』（一九五七）、鹿地亘『火の如く風の如く』（一九五八）、同『もう空はなく、もう地はなく』（一九五九）、中野重治『中国の旅』（五七年から各紙誌に発表したものをまとめて一九六〇）、チボール・メンデ『中国とその影』（一九六二）、ガンサー・スタイン『延安一九四四年』（一九六二）、A・スメドレー『中国は抵抗する――八路軍従軍記』（一九六五）、ニム・ウエィルズ『アリランの歌』（一九六五）……等が私の飢えを満たしてくれた。事実を確かめたり、批判的に読むなどということはできなかった。乾いた大地が水を吸いこむような思いだった。

文学関係の翻訳はそれらより遅れ、河出書房の『現代中国文学全集』の第一巻『魯迅』が一九五四年、私の大学入学二年前である。平凡社の『現代中国文学』第一巻『魯迅』は一九七〇年であった。これらの全集、選集の大半は五四文学から四〇年代の作品、解放後のものは少なかったが、河出版の最終第十五巻が『人民文学篇』で蕭三、李季、康濯、馬烽、艾蕪、高玉宝、張天翼ら十二作家一劇団の十七作品が収められている（因みに、古本屋で買ったこの本の巻末裏表紙に「昭和三一年六月二十三買求　河野さくら」のペン字がある。河野さくらが池田幸子より前の鹿地亘夫人と知るのはもっと後のことである）。一九六二年になって新日本出版社が『世界革命文学選』を出し、呉強『真紅の太陽』、柳青『創業史』が選ばれている。同社は続いて一九六三年から『中国革命文学選』を刊行、『紅岩』(上中下)、胡万春『光は大地を照らす』、李英儒『ホト河でのたたかい』、馮徳英『迎春花』(上中下)、漢水『勇往邁進』などが入った。私は古本で集めていたので全巻そろってはいない。漢水が第十一巻である。大学入学前、どうせ受験で英語を勉強しなければいけないのなら、中国の小説の英訳本でやってやろう、などと不遜なことを考えたのは、戦後初めて開かれた大阪での中国商品見本市の書籍コーナーで丁玲の『The Sun Shines Over the Sanggang River』を見つけたときであった。しかし、読み始めると人名がすべてローマ字表記で出てきて誰が誰だか覚えられない。偉大な実験はすぐさま挫折した。

この五十余年、さまざまなことがあった。勉強し始めた頃は、今にして思えば、情報音痴でしかも私自身が幼稚であった。中国革命の長い道程がすべて光り輝くものではなく、英雄のみが躍動していたのでもない、「さまざまなこと」は中国革命進行の過程にもあったにちがいない、とわかるのは後のことになる。土地改革、「反右派闘争」など、繰り返された各種の思想闘争、社会主義建設をめぐる諸問題、農業問題、民主主義、人間の尊厳、個人の自由……。とりわけ一九六六年からの「文化大革命」は衝撃であった。大学を出て一年一ヵ月の商社勤務の後、日中貿易促進団体に勤め、六二年初めて中国の広州交易会に参加、終了後北京をも訪れた。帰国すると家の近所には周密な警察の聞きこみがあって、近所の人たちが「お宅の息子さんは何してはりまんねん」と聞きにきた、とお袋が語っていた、そんな時代であった。各種訪日代表団に随行し、長い時は三ヵ月家に戻らなかった。なまの中国人に触れ、建設の息吹を感じ、両国の経済交流の仕事に就く意義も大きい、文学はあきらめようかと思っていた。経済交流は単純な中国社会主義建設援助ではない、平等互恵の経済交流を通じて双方がともに利益をあげつつ、絶ちがたい絆を結び、真の友好の土台を作り出そうと考えていた私の所属する団体は、文革に疑問を呈し、毛沢東思想の絶対化に反対した等々から、「反中国団体」と名指され、職員は「反中国分子」とされた。長く共同で仕事をしていた中国の友人が来日して、いつものように握手を求め声をかけると、相手は私の目も見ないで無言で通り過ぎていく。理解不能のふしぎな光景であった。理事会は中国の圧力に屈して会を「解散」、私たちは数回にわたって「解雇通知」を受け、裁判となった。最終的には一九六八年末裁判長の「和解解決」で終わったが、八三九日（二年三ヵ月）を費やした。これからどうするか、自分の中国理解はこんなにも不十分であったのか、中国は、中国共産党は、中国「人民」は、いったいどうしたのか、あの偉大な革命を推し進めた中国の民衆が現状に納得しているのか、この激動の航跡をどう整理したらいいのか。あらためて、もう一度勉強し直そうと大学院へ入った。

しかし、中国自身はまだ文化大革命のさなか、まともな文学作品もない、文芸砂漠の時代だった。後から、多くの文学者、文芸工作者が迫害を受け、老舎（一八九九〜一九六六）、趙樹理（一九〇六〜一九七〇）ら多数が命を奪われていたのだとわかる。しかし、林彪事件（七一年）、周恩来、毛沢東の死、「四人組」逮捕（すべて七六年）と事態は急変し、文革が「終焉」した。多くの著名人の「名誉回復」があり、「北京の春」が訪れた。『人民文学』『詩刊』はいち早く七六年に復刊した。一九七九年十月の第四次中国文学芸術界連合会代表大会と同時開催の第三次中国作家協会代表大会は、「文芸の春」を象徴する画期的なイベントだった。四九年が「解放」だったとすれば、七六年からの激動は「第二の解放」とする論まであった。一九四五年の日本の敗戦と文革の終焉の共通性——天皇制、毛沢東思想体系の桎梏からの解放、人間の尊厳性の復活など——を指摘した論調すらあった。劉心武『班主任（クラス担任）』、盧新華『傷痕』らに代表される「傷痕文学」がまず現れた。文革期の非人道的迫害、思想の自由を踏みにじった暴力への告発が主たるテーマとなった。そして、被害者からの告発は、やがて自身もまた迫害者ではなかったかと、自己への問いかけに進み、作家、文化人たちの主体意識への深化ともなっていった。文革の悲惨を呼びこんだ要因は何だったのかという歴史的反省を求める視点も深まり、八十年代初期からの「反思文学」（「反思」は反省＋思考の意味）の誕生へとつながった。かつての「右派分子」が、文化大革命で本来受けるべき教育を受けられなかった、自からを「先天不足」と位置づけた「知識青年作家」らが活躍した。新時期文学（公的な文学史区分では、一九四九年、解放後・建国後から今に至る文学を「当代文学」とし、その下位区分として文化大革命終焉後の七七年末からの文学を「新時期文学」とする）の興隆・成長期である。歴史的回顧の中の反省・思考、人道主義や人間の尊厳、愛と性への再検討、歴史や文化についての既成価値観への懐疑・再点検等についてのさまざまな形の追求は、やがて個人の領域を超え、また再検討の範疇についても射程距離をのばし、建国当初も含め、多くの歴史的激動を生み出した中華民族、民族文化へのより根源的な見直し、価値観の再検証へと発展していった。

民族の文化的ルーツを求めた多様な試行錯誤は、一九八三年からの「尋根（ルーツさがし）文学」と呼ばれる一連の文学運動を導き出した。「尋根」には明確な定義はなく、探求者の追及の姿勢が問われたが、広大な領土と多様な歴史を持つ中国でのこのルーツさがしは、当然ながら地域的分化をも伴ない、多元的広がりを見せていく。一九八九年頃まで、この多様な発展は続き、「新潮派」「現代派」「現代現実主義」「新歴史小説」「新写実主義」、詩における「朦朧詩」など、さまざまな傾向、流派となって新時期文学をいっそう多彩なものにしていった。同時に世界に目を向けた若い評論家による、フロイトからマジック・レアリズム、ロラン・バルトにいたる、海外の文芸理論の性急ではあったが積極的な同時導入が試みられた。中国共産党第十一回大会第三期中央委員会（一九七八年十二月）以来、中国は「改革・開放」政策を精力的に推進した。「社会主義市場経済」「中国的特色をもった社会主義建設」等の理論が「姓は社（会主義）か資（本主義）か」などの論争を経て、異論を抑えこんで立ちあがった。ここから価値観の多様化も急速に拡がり、作家から実業界に転進する「下海《シアハイ》」（本来は京劇の熱烈なファンが海に飛びこむような思いで役者への道に進むことを現したことば）現象も話題になった。

一九八九年六・四天安門事件は、文革終焉で「第二の解放」を手に入れたはずの知識人にはいっそう衝撃的な事件であった。作家巴金（一九〇四〜二〇〇五）は、文革終焉直後に、まだ文革の「余悸」（恐怖の記憶が胸をドキドキさせる）が消えないが、これがこの後また起こるかもしれない不幸への「予悸」（来るかもしれない事件への予感で胸が震える）でないように、と書いたことがある。天安門事件は、民衆や知識人、とりわけ若い世代にPolitical Apathy（政治忌避）の傾向を助長し、同時に進行した市場経済原理の導入とあいまって、民衆の富裕化願望、金銭欲追求をも盛んなものにした。「純文学」の不振・危機、文学定期刊行物の発行量の減少、その裏側で、投資や会社設立のノウハウはもちろん、娯楽、ファッション、各種How toものなど通俗出版の隆盛といった現象が生まれてくる。

六・四天安門事件直後の中共十三大会第四期中央委員会は趙紫陽をブルジョア自由化対策に消極的だったと解任、江沢民を党総書記に選出、党員の思想点検を強化、文芸官僚にも党の政策に忠実な保守派を多数送りこんだ。その後、文芸の多様化はさらに拍車がかかるとともに、文芸界には従来のような骨格となるテーマや圧倒的な指導理論は影をひそめ、多様化は無限定の広がりを見せていった。八十年代に見られた、反省・思考、伝統文化への再点検と固執、国家意識の崩壊に替わる民族意識の追求といったテーマも消え、党、国家官僚の腐敗とともにより濃厚になった政治不信を背景に、「無中心」「無主流」の時代へと突き進んでいく。価値観や創作手法の多様化は、基本的にはもちろん歓迎すべき事柄である。それがどのような形で発展し、結実するかが、今後の大きな注目点である。

この間、さまざまな話題作が文芸界を賑わした。広い中国の、膨大な作品量の中から、それらの作品を紹介することはここでは不可能である。お許しをいただく。

■二十一世紀文学への期待

「開放」政策は、閉ざされていた中国の民衆の目を世界に向かわせた。中国がグローバリズムの論理（ある意味ではアメリカの、あるいは資本主義の世界戦略である）に巻きこまれるとともに、社会はＩＴ時代に突入していく。文学も「読み書き」文芸の時代から、「見る聞く」時代へと移り行き、新型「才子（青年実業家）佳人（キャリアウーマン）」によるサクセス・ストーリーの盛行、風俗小説の氾濫、ネット文学、書き手の若年化、文芸の「快餐化」（お手軽Fast Food化）へと進んでいく。

しかし、そうした現象の一方で、中国の知識人や作家、詩人たちが、この大きな変革・激動をどのように見つめ、どのように解釈し、その中で生き抜いてきた民衆にどのような思いを寄せ、どのような解決や発展をめざしているのか、という問題に私たちは突きあたらざるを得ない。本書の作品の選択がそうした問題に十分答えたかどうかは自信がない。しかし、すくなくとも、個々の作家が、民衆の生活、めまぐるしく変化する社会の中で人びとの生きざま、都市と農村の現状、世代間の溝、世俗と純粋、通俗への抵抗、それらの中から生まれてくる新しい世界に、どのような目を注いでいるか、私たちは強い期待と関心を寄せているのである。拡散、多様化するテーマ、それぞれの状況に斬りこむ新しい視点がどのように進展していくか。対象にリアルに、また従来にない新鮮な角度からの描写がどのように創り出されて来るか。文体も大いに変わってきた。単なる流行語の輩出ではなく、「一つの言語が一つの意味しか持たない」時代から、輻輳した社会に対応し、その本質に迫る、作家の個性、感性が発揮された、新しい表現様式、言語体系の出現である。外国人にはなかなか追い難い、困難な課題ではあるが、こうした新しい言語体系にも注目したい。

本書所収の作品は一つ（劉恒）を除いて、すべて、九十年代および二〇〇〇年代初頭のものである。王蒙と賈平凹の二作品はやや趣をことにするが、それでも全体として、農村であれ、都市部であれ、中国社会の静と動、不変と激動に正面から向きあい、かつ性急な政治性を伴なった解決に偏ることなく、作者自身の内面に問いかけるような沈潜した思考回路が見られはしないか。複雑にして混沌とした「ミステリー」解明への一つの手がかりを与えてくれるものと考えている。

そうした私たちの願いが少しでも読者に届いてくれれば、この上ない喜びである。各作品の訳者と編集委員との間で、正直に言えば、かなり激しいやりとりをし、いまさらながら、翻訳の難しさを痛感した。東方書店コンテンツ事業部加藤浩志氏からは適切なアドバイスをいただいたし、表紙、挿絵は彩墨画家関乃平氏のご助力をいただいた。記して感謝する。

なお、本書は、加藤三由紀、佐藤普美子、塩旗伸一郎、釜屋修が委員として編集に当たり、加藤・釜屋が訳文の統一を図り、さらに釜屋が全体を統括した。三名の編集委員のご苦労に感謝する。

注

新中国――さまざまな激動
ここにあげた事件、運動のみ簡単に紹介する。
三反五反：運動は人民共和国成立二年後の一九五一年秋から翌年夏まで。三反（官僚の汚職・腐敗、浪費、官僚主義に反対、摘発）が先行し、続いて五反（商工業者の贈収賄、脱税、手抜き工事や材料のごまかし、国家財産横領、国家経済情報の窃取に反対、取締り）が続いた。資本主義から社会主義への転換の過程で、党や官僚の腐敗、民族資本家等の不法行為を取締り、社会主義的改造の基礎を固めようとした運動。この後五三年から第一次五ヵ年計画が始まる。

反右派闘争（右派分子）：五六年五月、「百花斉放」「百家争鳴」のスローガンで中国共産党は党内外の自由な議論をよびかけた。その結果党の独裁、急進的農業集団化等への批判が続出、五七年、党はブルジョア右派分子の党と新生社会主義制度への妨害を防ぐためとして反右派闘争を始めた。しかし、展開の過程で相次ぐ拡大解釈で運動は労働者、農民、商工業者から教員にいたる全国規模に広がり、各職場等で一定の割合で右派分子を摘発するまでにいたる。多数の知識人、愛国人士、党内民主派が公職追放や強制労働の処分を受け、右派分子の数は五十五万人といわれる。のち闘争の行き過ぎが指摘され、何度か右派分子の「レッテルはがし」が行われ、八一年の党会議で運動の趣旨はともかく過度な行き過ぎについて誤りだったと決議している。この運動により、党や指導者への自由な批判を避ける傾向が強まった。

大躍進：第一次五ヵ年計画（五三～五七）が超過達成された後、中ソ関係の悪化（軍事・経済援助の停止）とともに毛沢東はソ連に依存しない国造り、社会主義段階でも階級闘争は必要との継続革命論や人民戦争論を主張、また独特のロマンチシズムで「十五年でイギリスに追いつき追い越す」、社会主義から共産主義への移行はまぢかと主張、鉄鋼、食糧の一大増産運動、人民公社設立等を指示した。その結果、粗悪な鉄鋼生産に偏った工業は失調し、農民は勤労意欲を失い、国の建設に大きな災害をもたらした。毛の路線に反対する彭徳懐らを日和見主義として排除したが、六〇年には失敗が明らかとなり、六二年党中央拡大工作会議（七千人大会）では大躍進の過ちを総括、毛も一部自己批判し、劉少奇、周恩来、鄧小平らの調整方針に転換した。これらは後の文革での両者の対立の根となった。

人民公社運動：公社はコンミューンの意。農村における合作社（集団化）を基礎に、いくつかの高級合作社を集めて人民公社化を推進した。人民公社は集団所有制の下に農、工、商を結合した社会主義の政治権力と経済組織の結合体とされた。やがて都市人民公社も現れたが、過渡期における急進思想の産物であった。七八年中共十一期第三回中央委員会で解体の方針が決まり、八三年、公社→郷、生産大隊→村へと改組されるにいたる。

文化大革命：正確には「無産階級（プロレタリア）文化大革命」。六六年五月～七六年十月までの約十年間。毛沢東が誤って発動し、林彪・江青らの反革命集団が利用した、党や国家、人民にゆゆしい災害をもたらした内乱、というのが中国共産党の現時点での総括である。五七年以来、党内左傾思想（毛に忠実な路線）の増大、個人独裁の傾向、党内民主主義の未成熟、不徹底と、それ以前からの継続革命論やブルジョア反動派への思想批判も影響して展開された。党中央委員会では主導権を掌握できない毛沢東は、林彪や党外大衆（紅衛兵らかねてより党の独裁や権威主義に不満を持っていた大衆が参加）を使って党組織を破壊し、政治、経済、文化各分野にわたって「造反有理」「実権派打倒」等の運動を展開した。多くの指導者が批判、打倒され、学者、教育者、文学・芸術家が不当な迫害を受け、自殺者を含め多数の犠牲を出し、被害者は一億人とされる。政治も経済も文化も未曾有の荒廃を示し、人間の尊厳や信頼関係が瓦解した。文革推進勢力の中の分裂も進み、七三年頃からは運動も勢いを失う。七六年周恩来（一月）、毛沢東（九月）が相次いで死去、江青ら四人組が逮捕されて終焉。毛沢東思想を踏み絵とした世界の政党や団体に対する干渉は多くの分裂現象を引き起こし、やがては社会主義陣営の崩壊にもつながった。四人組逮捕後から文革の誤りについて多くの告発がなされ、党は七八年十二月の十一期第三回中央委員会で総括を開始し、八一年の同第六回中央委員会で冒頭のような総括で「徹底否定」した。しかし、この災害を引き起こした真の原因が何か、まだまだ解明すべき本質論議は残されたままと言えよう。

六四天安門事件：天安門事件は第一次（七六年四月）と第二次がある。「六四」は八九年六月の第二次。周恩来逝去を追悼した第一次では、逮捕数ヵ月前の四人組と華国鋒が弾圧、鄧小平失脚で終わったがのち再評価された。その後、改革・開放政策の下、官僚の腐敗、新官僚資本家の跋扈、ブローカーの暗躍等から、党内民主派、知識人、学生らに民主化要求が高まった。八九年学生運動が激化し、北京は戒厳令下に置かれた。趙紫陽は学生との対話を試みたが、鄧小平らは天安門前広場に集まった学生たちを「動乱」と判定、六月三日から四日未明にかけて軍隊を投入、発砲。死者の数は不明だが当局発表でも三一九名。六月末、学生への対処が不徹底だったとして趙紫陽が党総書記を降り江沢民に代わった。鄧小平は事件後、党内の大規模な思想点検を行う一方、改革・開放は不変とした。この事件でかなりの学生活動家、知識人が海外に移住した。何度か六四天安門事件への再評価要求があったが、二〇〇五年末現在評価は見直されていない。

改革・開放：七十年代末~現在に至る。社会主義計画経済から市場原理導入、国際化を目指す中国がとっている一連の政策。七八年末に人民公社解体と農村における生産請負制度導入を初めとし、やがて党中央の「経済体制改革に関する決議」（八四年十月）を経て「社会主義初級段階論」とともに私営企業、株式投資等が認められ、八八年からは「沿海地区経済発展戦略」がとられ、深圳らの経済特区が急速に発展した。鄧小平の経済視察、「南巡講話」を経て、九二年十月の党一四期第三回中央委員会で「社会主義市場経済」がスローガンとして提起され、海外からの資本導入、合弁企業の公認、ＷＴＯ等国際経済機構への参画等改革・開放が活発となり、民衆の消費水準も大きく向上したが、同時に沿海州と内陸部、都市と農村や富裕層と庶民の貧富の落差が大きくなっていった。また政経一体の改革は党や政府、実業界の上層部の癒着、腐敗を招来し、民衆の政治不信を深くした。中国的特色を持った社会主義経済が単なる資本主義化でないかどうか、今後の動向が注目される。（王蒙作品の注14「小康」本書二六〇頁も参照のこと）

収録作品リスト

『部屋と風景』韓東（石井恵美子訳）　原題『房間与風景』
底本・初出：「花城」一九九四年第三期

『鄭さんの女』魏微（上原かおり訳）　原題『大老鄭的女人』
底本・初出：「人民文学」二〇〇三年第四期

『太白山記（抄）』賈平凹（塩旗伸一郎訳）　原題『太白山記』、各篇の原題は訳題下に（　）で記す。
「寡婦（寡婦）」、「人参売り（挖人參）」、「参詣者（香客）」、「酒豪（飲者）」、「息子（兒子）」、「醜い人（醜人）」、底本・初出「上海文学」一九八九年第八期
「阿離（阿離）」、「観戦（観闘）」、「母と息子（母子）」、「人間の草稿（人草稿）」、「子ども（小兒）」、底本：賈平凹『太白』四川文芸出版社、一九九一年

『霧の月』遅子建（下出宣子訳）　原題『霧月牛欄』
底本・初出：「収穫」一九九六年第五期

『こころ』劉恒（徳間佳信訳）　原題『心霊』
底本：『中国当代作家選集叢書　劉恒』人民文学出版社、二〇〇〇年

『ある時計職人の記憶』西渡（佐藤普美子訳）　原題『一個鐘表匠人的記憶』
「ある時計職人の記憶」底本：西渡『草之家』新世界出版社、二〇〇二年。初出：「東海」一九九九年第八期
「雨水」原題「雨水」、底本・初出：西渡『草之家』新世界出版社、二〇〇二年
「雲」原題「雲」、底本：西渡『草之家』新世界出版社、二〇〇二年、初出：「詩林」二〇〇二年第一期

「馬」原題「馬」、底本・初出：西渡『草之家』新世界出版社、二〇〇二年
「普陀山にて祈る」原題「在普陀山祈祷」、底本：『二〇〇一中国年度最佳詩歌』漓江出版社、二〇〇二年一月、初出：「山花」二〇〇一第六期

『暗香』韓少功（加藤三由紀訳）原題『暗香』

底本・初出「作家」一九九五年第三期。『帰去来』（山東文芸出版社、二〇〇一年）、『北門口預言』（江蘇文芸出版社、二〇〇三年）所収のものは改稿

『玄思小説』王蒙（釜屋修訳）原題『玄思小説』、各篇の原題は訳題下に（　）で記す。
底本・初出：「北京文学」二〇〇四年第九期（書誌については本書二四〇頁、王蒙作家紹介参照）
「寒鴉（寒鴉）」、「なんともはや（辧法）」、「病を患う（患病）」、「老王（老王）」、「杖（手杖）」、「検査（検査）」、「くすり（用薬）」、「スター（明星）」、「記録（紀録）」、「ピンポン（乒乓球）」、「登山（登山）」、「眼鏡を作る（配眼鏡）」、「虫（飛虫）」、「君子蘭（君子蘭）」、「豊かであること（豊富）」

訳者紹介

石井恵美子（いしい・えみこ）　鳥取大学地域学部助教授
上原かおり（うえはら・かおり）　駒澤大学外国語部兼任講師
加藤三由紀（かとう・みゆき）　和光大学表現学部教授
釜屋修（かまや・おさむ）　駒澤大学外国語部教授
佐藤普美子（さとう・ふみこ）　駒澤大学外国語部教授
塩旗伸一郎（しおはた・しんいちろう）　駒澤大学外国語学部助教授
下出宣子（しもいで・のぶこ）　中央大学法学部兼任講師
徳間佳信（とくま・よしのぶ）　駒澤大学外国語部兼任講師

挿画

関乃平（Guan Naiping）
一九四五年九月北京生まれ。父関広志は画家。油絵処女作「朝」で全国少年児童美術展第二位。六一年中央美術学院付属美術学校入学、呉作人らの教えを受ける。文革期を含め十年間美術教師、その後美術記者を経て、八三年来日、八七年東洋美術学校（東京）の中国画学科創設に参画。現在同校中国水墨画科主任教授、中国中央美術学院客員教授。日本および世界各地で個展を開く。彩墨画集『世界のシャングリラ』ほか著書、テキスト等多数。

同時代《どうじだい》の中国文学《ちゅうごくぶんがく》　ミステリー・イン・チャイナ
二〇〇六年三月二五日　初版第一刷発行
監修者●釜屋修
訳　者●石井恵美子・上原かおり・加藤三由紀・釜屋修・佐藤普美子・塩旗伸一郎・下出宣子・徳間佳信
発行者●山田真史
発行所●株式会社東方書店
東京都千代田区神田神保町一―三　〒一〇一―〇〇五一
電話〇三―三二九四―一〇〇一
営業電話〇三―三九三七―〇三〇〇
振替東京〇〇一四〇―四―一〇〇一
印刷・製本●株式会社シナノ
定価はカバーに表示してあります

ISBN4-497-20604-1 C0097